CHARACTER FILE

Forever you

博詩

PROFILE

✦年齡：20歲（穿越前年齡爲30歲）

✦科系：英文系

「隨便你覺得誰喜歡你，
但那個人不會是我！」

CHARACTER FILE
Forever you
光年
PROFILE
年齡：20歲
身高：近190公分
科系：管理學系
「我的眼睛可是有標準的。看你可愛，這不就是標準嗎？」

JittiRain
Illustrator｜月見斐夜
Translator｜舒宇

光年之詩

forever you

FOREVER YOU

FOREVER YOU CONTENTS

INTRODUCTION

鈴——鈴——

寶貝手機發出的鬧鐘聲響徹了整個房裡，那是每天早上唯一能拽著我睜開眼睛的聲音。

但今天有些特別，我不需要匆忙地起床盥洗，然後跑去跟捷運上的旅客摩肩接踵。今天是星期天，不需要上班，我可以晚點起床，但也不應該再睡下去了。

我得去一個地方，那裡有重要人物在等候。

不過，眼下最重要的事情或許是繳房租了，寫著我名字的帳單已經被房東阿姨塞在我的門縫底下。

「博詩，三一一號房。」

整棟大樓的住戶只有一個人叫博詩。我的大名是取自「詩」這個概念，同時這也成了我的小名。

不知道我媽在我出生時是哪來的取名靈感，而且我還常常被以前那些混蛋同學嘲笑小名很奇怪，但有趣的是，我卻一次也沒想過要改名字——就這樣，它也跟著我三十年了。

三十歲的男人該有什麼？大家應該常常在網頁或社群上看到這個問題吧。我不清楚別人是怎樣，但以我自己的人生為例——

首先呢，我還單身。

而且，一窮二白，短期內不用想與別人共組家庭了。

還是讓現在的自己先生存下來吧。盥洗完畢後，我走去租屋處前面的小七買了大熱狗及叉燒包充飢，附近有間每次必吃的知名海南雞飯，它已經開始營業了，我照往例去點了大份的，準備帶回房裡吃。現在就等吧！

我確實在早上十點就醒了沒錯，但要出發的表定時間是——傍晚六點。靠，真不懂自己這麼早爬起來幹嘛！

下午四點，我打開衣櫃，拿出兩天前剛租來的灰色西裝換上，接著仔細檢查了自己的臉跟髮型一番。

「帥呆了……」稱讚完自己就別磨蹭了，趕緊抓起舊錢包及手機出門。

我計劃要去一家豪華飯店找那位重要的人，不過出發之前，我得先準備要給她的花。

坦白說，我對花店的認知不多，只好依靠 Goolge 這個老方法——租屋處附近有間花店，距離約一公里左右，一左轉進到巷子內，就會看見那家店在巷底左側的邊間。

Google Maps 是那樣告訴我的，於是雙腳果決地開始沿著人行道前進——雖然婚禮沒有明確的時間規定，但我還是必須趕上仔細記在心裡的重要儀式——而從我現在的位置算起，那家飯店還有六站的捷運的距離，接著得再轉摩托計程車才能抵達。

算了，這個之後再說，現在得先將注意力轉回花店上。

「直走三百公尺。」眼睛盯著手機裡的地圖，一邊緊張地低語，我要找的那家「Sweet Garden」再過一段路就會出現在眼前。

粉專上的評價說，這家店的花包裝得比任何一家店都好看，而且價格對於我這種阮囊極為羞澀的人來說還十分友善。

「向前五十公尺……向前十公尺……直走……」

螢幕上顯示，抵達目的地了，不過那家店在哪裡?!

我左看看右看看、環顧了周遭之後，才突然看到「Sweet Garden」那顯眼的白色招牌出現在頭頂上方。終於抵達了，可是……

「公休一天
老闆及員工請假去看復仇者聯盟六
避免被客人分分鐘鐘暴雷！！」

幹，這什麼鬼?!

好啦好啦，我知道復仇者聯盟最近又上檔了！

慘了，我又得花時間找新的花店了嗎？或者就不要帶花給她了？不，不行！現在感覺自己快要瘋了，整個腦袋都在想該選哪條路：一是不浪費時間找新的花店；二，接受會趕不上她重要婚禮的事實。

就在面臨抉擇的當下，對面那塊字跡斑駁的木牌闖進我的視線，那裡是一個看似荒廢的老舊店面，不過上頭既然寫了是花店，我也就沒什麼好猶豫的了，先走進去看看再說。

叮鈴——

被推開的陳舊木門敲擊門上懸掛的鈴鐺，這裡絕對是全曼谷鬧鬼鬧最凶的房子吧？即便到處都是鮮花及各式禮品，但一踏進來，鼻腔裡就充斥著舊書及木頭的霉味。

不過，這股味道比起店裡那些古董用具，還算是好聞的了。

「您好。」一個上了年紀的沙啞男聲招呼著。我轉過去盯著站在老舊木頭櫃台的人好一會兒，目不轉睛地研究著他身上的穿著打扮——看年紀應該有五十多歲了，但我不懂，他幹嘛要穿著海綿寶寶的衣服裝幼齒？

「年輕人，請問需要什麼幫忙嗎？」他打斷我的思緒，將我再次拉回現實之中。

「呃……我想要一束白色的玫瑰花，請問店裡有嗎？」

「白色玫瑰嗎？有，你想要大束還是小束呢？」

「一般就好。」

「一般是指幾朵？」老伯您來亂的吧？我可不想跟有年紀的人吵架呀。

「通常有哪些大小呢？我對這塊不太有經驗。」

「你買給誰？情人？朋友？還是長輩親戚？」

「我要送給以前的朋友的朋友的朋友，她要結婚了，重點是她從來就不認識我。」話一說完，我就想倒在地上大哭，藉此宣洩當下的悲傷。

對，所謂的重要日子就是我從大學暗戀到現在的女孩要結婚了，但我一直是個沒有勇氣去認識她的廢物，一回神，她已經和另一個男人公布婚訊了。

也因為跟今天的新娘沒有私交，所以我還得依靠一位不大熟的朋友不時的幫忙。

試想，一個連喜帖都沒有拿到的人卻要去恭喜她？我也不是想去婚禮吃一頓免費的，會刻意這麼做只是覺得這很可能是我最後一次見到她了，所以想藉此機會遠遠看她一眼，當作告別。

「人生就是這麼悲傷。」不知道自己遐思了多久，但一聽到店主老伯的聲音，我回過神、抬起頭直視他。

「我習慣了，希望總是伴隨著失望嘛。」

「但你曾經想過，眼下的狀態可能不是正確的嗎？」我蹙著眉，對他這句特立獨行的話感到不解。

「什麼意思？」

「說不定，有另一個人更適合你的心上人，而不是新郎。」

「我那樣想過沒錯，但好像有點太壞心了。」

我對這場婚禮的新郎有些膚淺的認識，因為多年前曾經唸過同一所大學。他的長相是出了名的好看，但個性實在難以形容，說得直接一點，是個既花心又任性的性子，仗著那張臉就認為所有人都想接近他、認識他。

真是的！世界也太不公平了吧！

另外，我最近才看到他偷偷勾著別的女人在百貨公司裡血拚，但這種人，竟然即將要成為我心上人的丈夫了！

「你的花束好了。」一束白玫瑰被遞到面前。對我來說，這至少算是個很大的安慰了。

「謝謝，您的花束包得真好看。」

樸素的白色紙張包裹著裡頭大約九朵的玫瑰花，兩者十分相稱，雖然老伯沒有像其他店家一樣，在花束中搭配不同種類的花材，但依舊很漂亮。

「把讚美換成錢會比較好喔。」

「您這——」風趣依舊呢，「請問多少錢呢？」

「三百。」

「太便宜了吧？」

「那就漲成四百。」

「三百就好啦，老伯。這價格討喜！」我趕緊從錢包裡拿出錢，避免他改變心意。

臉上帶著笑意，那隻充滿歲月皺褶的手接下三張百銖面額的紙鈔。

「你是近幾年來的第一位客人。」

「欸——？怎麼會?!」

「有那麼大間的花店開在對面，任誰都想去那邊買吧。」

「那您的生活怎麼辦？」

「這個啊——我有錢，開店只是消遣用的，虧本也無所謂。」看吧，這才是真正的有錢人。回過頭看看自己，都三十歲了，還沒有房子，必須租屋；車子則曾付過第一年的貸款，但後續繳不出來就被收回去了；現在做的工作是Subtitler，講得更簡單一點，我是個字幕譯者。

生涯的起點很簡單，最初是為了累績經驗而成為翻譯盜版影片的字幕組，為一些國外的劇迷提供字幕，但沒想到數年後的某一天，我的才能被人賞識，對方提供了一個替正版影片翻譯的機會，這也就成為了我比較正式的工作。

不光是劇集，連電影院上映的片子也在我的守備範圍內，不過可能是積德還不夠，所以從未經手過賣座鉅片，大多來到我手上的案子都是小型的獨立製片，這也和我的觀影品味較為相符。

好了，先把工作的事情放到一邊去，腦神經都要燒斷了。

「這是送給這幾年第一位客人的禮物。」

「咦？送我的嗎？」沒想到付錢買花還能附贈一個音樂水晶球，這個怎麼看都比我剛才付的錢貴吧。

「對，送你的。」

「我不能收。這麼漂亮的東西，我不想佔您便宜。」一個手掌大小的圓球出現在我的面前，它一部分是由透明的液體所組成的，有亮片漂浮在其中，還有個穿著白色婚紗的新娘玩偶，不過詭異的是，她的身邊並沒有新郎。

「這是屬於你的，收下吧。」

「但是……」

「不用『但是』了，就是要給你的。」

「謝謝。」語畢還不忘舉手拜了下，接著才說最後一次的告別：「那我先走了。」是時候該離開了，大概要好久好久以後，我才會再有機會來到這裡了吧。

推開門、要踏出去的瞬間，老伯的聲音讓我自動地停下腳步。

「年輕人，我可以問你一個問題嗎？」

「好。」

「如果有機會回到過去，你最想回去修正什麼呢？」

「我喔……」

「……」

「我想再回去讀一次大學，還有鼓起勇氣、上前認識她。」

如果能那麼做，我大概就不會像現在一樣遺憾了。

1 難以理解的情境

許久不曾感受到婚禮的氛圍了，上一次已經是兩年前去參加系上同學婚禮的時候。不過，西元二〇二九年五月二十七日的今天，將是我生命中難以忘懷的一天。

說真的，我沒想過時間會走得如此之快，初見某人已經是十多年前的事情，在社團博覽會那個擠滿各系學生的廣場中，她……是最耀眼的存在。

並非是她比其他同學漂亮，或像演藝圈中那幾個也就讀這所大學的演員一樣有名，而是她的親切、自然的笑聲，以及燦爛無比的笑容，讓我從第一次見面就喜歡上她了。

想來就心酸，再過不久，我就得從幻夢中醒來了。

她正準備與別人共組家庭，嫁給一個帥氣多金卻不曾愛過她的男人。

同樣讓我難受的是，我居然在婚禮前一天撞見那個男人勾著別的女生——那混帳從大學時代就是這副流連花叢的德性，現在依舊死性不改。

一點長進也沒有的王八蛋！

然後，要問我怎麼會知道？當然是因為我們曾在同一個地方唸過書啊！

「請在此處簽名。」低咒著過去沒多久，我就完全不記得自己站在會場前了。

豪華飯店的宴會廳裝點著白色的鮮花，還懸掛了水晶吊燈，桌椅皆被精心裝飾，會場內所見的布置大概花了不少錢。

雖然宴會廳為了方便賓客進出而敞開了大門，但說真的，我還是沒有足夠的勇氣，能如想像一樣大方踏進會場，只能用目光搜尋著那位重要人物。

一般來說，新人是要站在外場迎接客人的，但她跟新郎現在也許正在跟近親長輩說話，所以沒辦法到外頭來。

但即便如此，我還是清楚地看見她了。

仍舊像以前一樣漂亮，就像十年前一樣……

「蓓玟」穿了一身低調奢華的白紗，頭髮在後腦杓盤成一個髻，在臉的前方垂下幾縷微捲的髮絲，增添其甜美婉約的氣質。她臉上的妝沒有很濃，但也可能是我沒看出來。總歸就是，她十分漂亮、全宇宙最漂亮，但我還是不懂，她為什麼會愛上那種有問題的男人。

「可以在這裡簽名喔！」一個清脆的女聲將我從思緒中喚醒。

最近是怎麼了，也太常不小心就跌入自己的幻想當中了吧！

「呃……」突然就懦弱了起來：「我先等我朋友。」回答了坐鎮簽名桌的女生之後，我退開些許距離，以便從遠方盯著會場裡的人——真要走過去打招呼，她可能還不曉得我是誰、兩人有何交情，或者我就只是來騙一頓大餐的。

一想到這裡，我就忍不住低頭瞧瞧自己的模樣。

我的參加與否對這場儀式並沒有差別，重點是我為何來參加她的婚禮，就是想讓自己死心並跟她做最後一次的告別。

好，我想是時候了。在我遠遠凝視著新娘甜美的臉蛋，記下她的笑容、大笑的聲音以及那份甜美溫柔之後，感人熱淚的一幕就要上演了——謝謝妳那天走過來跟我說話，即使只是短短一句話，但卻變成了一個男人的雋永愛情。

希望我們能夠再次見面，無論是妳生命中的任何角色。至於那個混帳新郎，要是他敢花心，我一定會找機會好好教訓他。

再見……

在心中細細描繪一番後，我帶著極度的迷惘轉身離開飯店，就算回到家也還是全身無力，連將租來的西裝脫下的力氣都沒有。

隨手將玫瑰跟得來的音樂水晶球丟到床上，旋即跟著倒了下去，就為了讓自己進入真實人生中不可能經歷的美夢。

夢裡，我聽見音樂水晶球的聲音，而小玫站在那裡，她對我笑了笑，然後走掉……

♡

鈴——鈴——

手機的鬧鐘聲發出信號，提醒我該精力充沛地開始新的一天了。對，他媽的精力充沛極了……縱便再不想起來，也還是得起床了，因為今天必須進工作室。先前上司丟來一份很吃重的工作，再不情願也還是得快點完成工作。

那是一部排定在兩個月之後上映的獨立製片，但沒什麼譯者願意毛遂自薦這部既是古代背景又淨用些冷僻字的片子，於是上司別有深意地對我笑笑，同時將所有的苦痛都丟給我扛。

他還說，完成這份工作後，會用一張動物園的免費門票當作額外的獎勵。

靠！一個三十歲的人對這種地方會有興趣嗎？還是要我去跟河馬聊天？

想了就難過，於是甩頭將胡思亂想們趕出腦中，慵懶地跨步下床。等等，我那條發霉的浴巾去哪了？我看了看四周，記得是掛在椅子上。咦？除了浴巾，現在連椅子都不見了。

我的套房絕對是遭小偷了！

但怎麼有這麼笨的小偷，沒先研究一下，連我房裡沒什麼值錢的東西也不知道，應該是沒東西可拿讓他太傷心，才不得已拿走椅子跟浴巾吧。

一盤點起周遭的損失，我才發現房裡有好幾樣物品也有了驚人的改變，就連我身上的穿著也是，我昨天晚上穿的不是這一件上衣，也不是這條鬆鬆垮垮、《Ben 10》一樣花色的褲子——記得唸大學的時候有一件，但在畢業前就扔進垃圾桶了。

小偷有這麼勤勞？不只是拿來還給我，還刻意幫我穿上？

等一下！廁所門上那張《莎翁情史》的海報什麼時候換成阿利安卓[1]的某部電影了？那份好奇心迫使我趕緊轉過身，重新將房內仔細檢視了一遍，接著我的心就沉到了腳踝邊——這似乎不是我的套房，卻也無法否認它是。

幾年前出清掉的日本漫畫書櫃又回到了原處，冰箱比現在嶄新了許多，衣櫥也不例外，還有那個，靠！是我曾經丟掉的蝙蝠俠床單！所有的事情一次湧進了我的腦海之中，既懷疑又恐懼自己是否迷失在夢裡。

啪！

一巴掌打在自己的臉上，疼痛蔓延到了下顎。這絕對不是夢，但為什麼一切都跟原本不同了？

我奔回床邊、抓起破舊的手機，糟了……就連手機都是我以前的那支，不過更嚇人的是螢幕上顯示的日期。

今天不是西元二〇二九年五月二十八日。

而是，西元二〇一九年五月二十七日！

我的時間，就像《蝴蝶效應》那部電影一樣，倒流回了十年前嗎？

1 阿利安卓·崗札雷·伊納利圖，墨西哥籍的電影導演，近年作品有《鳥人》、《神鬼獵人》等。

智障，這裡頭一定有什麼事情搞錯了。

懷著滿腹疑問，我衝去打開衣櫃、看著大鏡子裡反射出的自己，試圖想親眼見證一個事實——就算身邊許多事物都改變了，但自己仍維持原本的樣貌。

「哇！」結果是大叫了出來，看著自己，嚇到眼珠子都快掉出來了：髮型變了、長相也稚嫩許多，身形就更不用說了，瘦卑巴的，我猜體重應該比現在還少好幾公斤，還有那個緊實的屁股，這怎麼看都絕對不是現在的博詩！

這不太對勁！我赤著腳跑出了家裡，想再次驗證真相——租屋處樓下有家便利商店，裡頭的每一個店員我都認識，所以不怕會丟臉——，不過當我抵達樓下時，卻只能傻站在櫃台前面。

沒有任何一個認識的店員在值班。

「您好。」紅唇女孩笑著跟我打招呼，但我竟然講不出話來，於是她偏了頭、主動詢問：「請問是否需要繳費呢？」

「不……不是。」

「那請問您需要什麼幫忙呢？」

「我……」口水吞了又吞，腦中一片空白，只有一個問題是大腦自動運算、不需要花時間思考的：「可以問一下今天幾號嗎？」

店員妹妹一臉不解，但還是好好地回答了問題：

「二十七號，星期一。」

「月分呢？」

「五月。」

「年分呢？幾年？」靠，緊張死了。

「西元二〇一九年。請問這是在錄什麼節目嗎？」吼呦——，錄什麼節目？我的東西真真切切地不見了。

還是說……我的父母是有超能力的外星人？

養育我的舅舅曾說，父母在我還小的時候就因車禍過世了，但更傷心的是，那時還太小的我不懂什麼是真正的傷心，所以沒有為此痛哭。

除此之外，我知道的故事就只剩，媽媽是泰國人，爸爸是個與我媽萍水相逢的白人魯蛇，兩人的愛情就此而生，最後變出了一個有淺褐色頭髮及眸色的小小博詩，而且這小孩比別人特別了一些些，身為一個義泰混血兒卻不會講義大利語。

嗯哼，所以哪來的超能力？根本就沒有……

又或者，時光倒轉超級簡單，世界上可能有一個組織偷偷將我從房間裡帶走，接著為了準備透過時光機進行時空旅行，而在我身上注射了某種物質……

碰！然後，我就變成時光旅人了嗎?!

不想相信也得信了，我找不到任何答案去解釋事情為何變成這樣，只能搔著頭走回房裡，翻找各式各樣的物品，希望能一解自己的疑問。

大學時期最愛用的背包放在苔綠色的日式小桌上。用了些時間翻找後，發現了幾項重要的東西：第一項是身分證，上面說明了我的名字是博詩，生在春武里府，連出生年月日也是一模一樣。

第二項是學生證，顯示我仍在人文學院就讀。

第三，發現錢包裡僅有四十五銖。我怎麼老是那麼窮啊？

第四，一張破破爛爛的提款卡。

第五，不知道有沒有錢的捷運卡。

最後一項是大二各科的課程規劃。似乎才剛開學沒多久，我在背包以外的地方找不到任何大二的講義。雖然很努力回想十年前的事情，但模糊的記憶讓什麼事都說不太準。

不過，還有一件事情是我記在心裡的——課表上今天排定的那堂必修課！

第一節的溝通英文是我唯一跟蓓玫一起修的共同科目。萬歲！我的人生終於有比帳戶餘額為零更為驚喜的事情了！

我也不清楚為什麼會回到十年前，但既然有了機會，就要盡可能把握住。

用了快半個小時接受事實，然後我決定要繼續向前走，做就要做到最好，原本的我為了沒上前去認識初戀而難過，但這一次，我將會改變一切，就與她有近一步的認識。

待辦事項

選擇最前排的座位（能坐在小玫旁邊更好）

用簡短的自介跟她打招呼

拿到她的聯絡方式

我愛她，因此，對博詩這種男人來說，能進入對方的眼裡就成了我最大的夢想。

我現在不是那個三十歲的魯蛇了，是原本那個二十歲、沒什麼自信的大學生。我明白自己過去是怎麼錯過的，從今以後絕對不會了。

厚著臉皮上吧！

「他媽的，學校是怎麼排課表的？這學期居然是跟英文系的一起上課！」

「笨蛋！這堂課是百分制，又不是算級分的。」

外系同學的爭論聲飄進了耳裡，我噗哧一笑，然後才低頭走進教室。這個情境過去也發生過，重點是，我隱約記得的對話是一樣的。

「嘿，阿詩！」

「嗨！」

就在大教室裡好幾個系的學生一片喧鬧之中，站在門口附近的同系同學開口向我打了招呼。

「今年的共同科目也太混亂了吧！人有夠多。」

「沒錯。」

「那你要坐哪裡？要跟我們一起坐嗎？」

「我喔……」我拉著長音，掃視著教室前面的區塊。一般來說，小玫會坐在教室的最前方，這次也是如此。當視線聚焦到某個人甜美的臉蛋上時，我的世界瞬間就偏斜了，無法再維持中立。

「沒關係，我……應該坐前面吧。」

「隨你囉。」

朋友雖然很重要，但女生才是永遠的首位。

事實上，我這個人沒什麼很熟的朋友，也沒有到哪都一起去的小圈圈，要是有約，通常都是全班一起去的那種。

好處是，無論是團體報告或者系上的活動，我總能得到同學們的幫忙，但這同樣也是壞處，我不得不接受自己每次回到家就會來訪的寂寞——因為我沒有特別熟的朋友，所以同學們就不太約我出去，大多數人出去玩都想跟親近的朋友一起去，對吧？

這，就是我從入學到畢業一路以來無趣至極的生活。

但一有機會回到過去，我就想改變了。再見，千篇一律的生活。為了美好的未來，我必須努力。

小玫的朋友坐在她的左手邊，她們似乎正聊到興頭上，不太好打斷，於是我躊躇了一陣子後，才鼓起勇氣開口：

「呃……不好意思，請問這裡……」害羞死了。

走向最前方的座位之後，我總算有機會跟初戀對象講到話了。

雖然聲音顫抖、雙腳快要站不住，心臟也像要蹦出胸口似地劇烈跳動，但就算如此，我還是必須保持冷靜，當眼前人隨和地對我笑了笑，並回答我問題的時候。

「空著喔，你可以坐。」

嘿嘿，人正心好！聽到她那樣說，我就果決地移動屁股、快速坐下。這是我人生第一次厚著臉皮，但這也幫助我坐到了離小玫最近的位置，不過我很緊張，什麼話題都想不出來，只能坐著不動、默默觀察情況。

碰！

教室的門被推開，一開始的混亂及喧鬧聲逐漸褪去，這堂課的教授來了，而且仍舊是凶狠聞名的那位，就……我以前上過他的課，不得不承認有人就是可以又凶又厲害。

「這門課有好幾個學院一起上課，所以不會點名，但老師希望大家能合作一點、每次都來上課，因為大部分的考題都會出自……」話還沒好好說完，所有目光又再次轉過去注意門口。

「對不起。」

同班同學製造出的聲響徹底打破了先前的寧靜。當某個人現身在眾人面前，好看的外表及近一百九十公分的身高，讓他在大學生之中成了相當知名的人物。

「找個位置坐下。」教授平和地說，於是三位管理學院的學生魚貫走上教室階梯，但有些不幸的是，他們太晚進教室了，大多的課桌椅已經被坐滿，沒剩什麼空位了。「前面還有一個空位，快過來坐。等下我們要開始講解這學期的課程詳情了。」

長者開口重申，這讓那群人中的某一位決定走下來。所有人盯著他的每一步，就像可以的話要把他拆吃入腹一樣。

「光年，這裡有空位！」小玫微笑著，熱情地邀約高個子。

原來他們兩個人大學就認識了！

情敵！

那個名叫光年的男生緩緩走向教室前方，狡猾的目光靜靜地盯著我，然後在我身旁剛好空著的位置坐下。想不到即使回到過去，我還是得再次見到蓓玫的浪蕩新郎。

「你誰啊？怎麼會坐在這邊？」教授開始講解這門課的課程大綱沒多久，找碴的低音就冒了出來，激得我轉過頭瞪了那傢伙白淨的臉一會兒才回嘴：

「這教室的桌子又沒有寫名字預定，要坐哪裡都可以吧！」

「要坐哪裡都不是問題，但我看到有人獨自坐在管院的人當中，你是沒朋友嗎？」喔吼——，那張嘴就跟外表一樣厲害。

我承認，在唸大學的那幾年完全不曾跟這個男生講過話，所以對他的認識也很表面，只知道他很帥、花心、家裡有錢，以及跟小玫唸同個學院，但誰知命運竟然讓我今天跟這個有事的傢伙說上話。

「說話不要沒大沒小。」我一臉嚴肅地制止他。這死小鬼，我是三十歲的大哥哥了。

「好好好，底迪——」底迪你爸啦，是弟弟吧！還是我落伍了？

「……」

「所以底迪叫什麼名字？」

「難相處欸！」喔喔～不小心把心裡話講出來了。

「好吧，那就叫底迪囉。底迪——」

我不理會他，只是低頭專心讀著課程大綱。這學期要拿到九十分才有A，不過這對英文系的人來說問題並不大，麻煩的是旁邊那隻蒼蠅的聲音，讓我無法平靜下來。

「不要再這樣叫我了！」其實很想給他一個幹，但我擔心會嚇到暗戀的女生，讓自己的形象破產。

「那底迪叫什麼名字？我叫光年。」

「好的，光年，我叫阿詩，很高興認識你。」

「高興認識你，阿詩底迪。」

幹！

為什麼外顯的表象跟真實的內在會差那麼多？就我所見，那個叫光年的男人雖然是個很有魅力還到處撩妹的人，但對於不認識的人，尤其還都是男生，不應該是這副想跟對方混熟的模樣才對吧。

「歹勢，最近剛開始練習用『底迪』『美眉』這種詞彙，女生們好像常常這樣用，感覺很可愛。」

「可是我不是女生。」

「只是試用一下嘛。」

「去試用在別人身上啦！」

「蓓玫美眉，吃飯了嗎？」沒事突然從我頭頂上喊話。

名字的主人從講義中抬起頭，同時用幾近悄悄話的聲音說：

「光年不要玩了，還在上課。」

「齁齁，人家不陪你玩了。」我開心地嘲笑他作為報復，於是光年瞪了我一眼，總算是願意在課程一開始就結束這種弱智的遊戲。

印象所及，小玫跟光年因為唸的是同個學院，所以念書時候認識了，不過兩個人當時並沒有常常一起出去，等到我知道自己喜歡的人暗戀光年時，已經大四了，所以我想，小玫這時候應該還將自己的心意藏著掖著，不想讓別人知道吧。

不過，阿詩我是不會就此認輸的！想到這裡，我轉頭看著嬌小的人，等待教授開始講些跟課程無關的廢話，才友好地向她搭訕。

「那個……我是人文學院的。」

「喔。」她放下筆，並抬起頭直視我。「我是管理學院的，叫做小玫。」

「小玫你好，我叫阿詩。」

「阿詩？」哇，連一臉困惑的時候也好可愛！在心裡激動完之後，我趕緊將理智拉回甜美的臉蛋上，開始解釋名字的意思給她聽。

「是『詩歌』的那個『詩』。不好意思，我跑來坐在小玫的朋友之中。」

「沒關係的，平常光年就不會跟我們坐一起。他有他自己的小圈圈。」

「瞭解，我的話……通常都跟不同的人坐一起。」

「阿詩是個好親近的人呢，真好。」才怪，其實是我喜歡耍孤僻。或許是系上的女生非常多，男同學們也都各有小圈圈，所以博詩的人生就被塑造成了目前這種孤獨的樣子。

「其實我也想有些不同學院的朋友。」我邊微笑邊說，希望能讓她看見我傳遞出去的真心誠意。

「我可以跟你做朋友唷！我朋友也是，這個是艾玲，然後在艾玲旁邊的是坤婉。」

「很高興認識你們。」

我把頭探出去，點了一下做為招呼。

根本沒有我害怕的那麼困難！實際上，去和小玫交朋友比我想像的還更順利，但有點不巧的是坐到情敵旁邊的位置，而那傢伙現在似乎正盯著手機螢幕——哼哼……Line震動個沒完，一個講完就立刻換跟下一個聊，不管過去還是現在，這男人始終沒有變。

「底迪在看什麼？」靠，被抓到了。

我趕緊將視線轉向別的地方，但似乎來不及了，我的手臂被戳了戳，感覺真討人厭。

「幹嘛？」

「英文系有哪個女生很可愛嗎？」

「怎樣？你要追？有點難喔，大多有對象了。」

「少騙人了。」

「乖乖上課！」說出口的話無疑就是女人在教訓孩子。的確，即使時光倒轉，但我的思想還是三十歲的模樣，整整差了十歲怎麼可能會合得來。

「現在有什麼好乖乖上課的？教授只是在說明課程而已，他還沒開始上課呢！底迪——」

「給你錢，可以不要再用這個字了嗎？煩！」

「那你把錢拿來，我保證不會再說。」

「我整個錢包只剩四十五銖耶！」不光只是嘴上說說，我還拿出錢包攤開來，接著拿出兩張二十銖的紙鈔及一枚五銖的硬幣。林北要拿錢砸你的頭！「拿去，然後可以不要再叫『底迪』了吧？」

「可以。」他把我手上的錢拿走。等一下，我只是要嚇唬他，為什麼結果跟我想的不一樣？

「呃……你真的要錢喔？」

「是你自己給我的。」

「但、……但這是我僅存的四十五銖。」

「那又怎樣。」

「還我二十。」我討價還價著。不然我中午要吃什麼啦？

「你也太走投無路了吧？」語畢，瘦高的小鬼就把四十五銖還了回來，一邊還重申：「我不要了，而且也不會再叫你『底迪』了。媽的，好累。」你這才知道喔。

「沒事，知錯就好。」

「怎麼那麼可愛啊？小口愛」

比「底迪」更令人無語。智障，你的舌頭有什麼問題？現在吐出來給我看看！

「你本人居然是這副德行。」邊說邊朝對方搖搖頭，不過那人聽了卻沒有覺得不好意思，反而回了一個讓人很想搧下去的虛偽笑容。

「你之前就知道我了吧？不然怎麼會這樣說。」

「路上遇過，別人說你很有名，但一跟你講過話卻有些失望了。」還以為會更酷一點。這樣看來，我開始有些希望了：如果撇除富有、撇除外表、撇除家世背景，把這見鬼的一切都撇除掉，我覺得自己是有能力一拚的。

「你是曾對我有什麼期望？」

「誰知道。」或許是未來的我有所期望吧，希望他能變成更好的男人，這樣就不會讓小玫傷心了，不過也就那樣了啦。還好，我有機會可以改變過去的時空，讓兩人最後不需要結婚，並在未來的時空遭遇離婚的事件。

「有時候，我們人就是一直對別人有太多期望，希望人家這樣那樣，但其實人家也只是做自己罷了。」誰讓他進入心靈雞湯模式的？

「嗯，能做自己很棒，像是當個花心大蘿蔔。」

「謝謝你喜歡。」

「你這個沒感覺的人，好欠罵。」

「想罵我的話，請打 089-774xxxx。」

「喂！你也太厚臉皮吧？」

「這是偷要女生電話的小技巧，不懂嗎？」

這個男人……真夠危險的。

「但我不是你要把的女生！」

「呵呵。」他悶笑了幾聲。「都偷偷分享把妹技巧給你了，居然沒感覺？糟了你！」之後，說話的人就不再管我了，只顧著花時間和聊天室一長串的女生聊天，而我，則再次將注意力放回蓓玫身上。

她看起來非常認真上課，我找不到插話的空檔，只能等到下課。光年第一個衝出教室，就像瞬間移動一樣，接著其他同學也陸陸續續離開，我磨磨蹭蹭、平心靜氣地等著嬌小的人慢慢將上課用品收拾進包包。

為了讓自己能繼續跟蓓玫聊天，我必須做點什麼，要是錯過了這次，大概就沒機會再接近她了。電光石火之間，光年偷偷要女生電話的那招浮現在我的心裡頭，於是我忍不住露出了一個壞笑。

如果嘗試用用這招，應該也不會失去什麼吧？

「小玫……」好吧，反正都這樣了。

「嗯？」名字的主人抬起頭，直直看向我。

「就……妳想罵我嗎？」

「什麼？」

「妳想罵我嗎？想的話就打給我，電話是 082-643xxxx。」

話一說完，那人聞言就噴笑出來，讓我不禁懷疑自己是不是做錯了。等等，有什麼地方出錯了嗎？還是說，光年用的那招只對某些人有效？

「阿詩你好有趣喔，突然要我打去罵你。」

「就……那個……」

「想跟我做朋友的話，可以加 LINE 喔。讓女生打去罵你那招，大概只有光年一個人能用吧。」

呃，被小玫拆穿了，還是說，是我跟光年那小子先前講話講得太大聲了？不過也不重要了，因為纖細的手沒幾分鐘後就拿出手機，將螢幕上加 LINE 好友的二維條碼秀給我。

喔耶——

我終於得到聯絡方式了！

事情發生得太快，等我回過神，嬌小的人已經跟她那群朋友走出教室了，留我坐在課桌旁眉開眼笑、像個沒有理智的人，死命地盯著 LINE 裡的個人資訊。

真是不敢相信，像博詩同學這種的魯蛇居然能命運大翻身，想著眼淚就要流下來了，同時手上也傳了個貼圖給對方。

Bhotkawee：ʕ•ᴥ•ʔ

再過了兩分鐘之後，我就收到蓓玟回覆的貼圖：

Maiiii：

怦！怦！怦！

心臟止不住地狂跳，我可以瞑目了，呵呵。回到過去的時空，再次成為一個二十歲的小鬼真是太值得了……

♡

我望向哪裡都是一片粉紅色，差點想踩著芭蕾舞步回家，充斥在身邊的幸福感讓捷運上擁擠的人海變成了微不足道的小事，錢包裡的一銖不剩也不再是個問題，就連還沒繳的房租也一樣。

原來，愛情有期盼的感覺這麼讚！

就連回到家的那一刻，我躺到床上來回打滾，仍是笑得合不攏嘴，並跟自己保證，明天一定要找機會跟她聊更多事情。

從傍晚到深夜，我不吃不喝，將所有的時間都奉獻在擬定作戰計畫上，直到寫滿了整張紙：第一步是傳週二早安圖給她，接著找些瑣事跟她聊天，接著希望接下來的課能有機會坐在她旁邊。

所有想法一瀉而出，我寫了又寫、不停地寫，也沒注意到自己是什麼時候意外趴在一堆紙上沉入夢鄉的……

叩！叩！叩！

大到刺耳的敲門聲將我從美夢中喚醒。我在新的一天裡伸了伸懶腰，雖然眼神仍舊朦朧，腦子也處於非常想睡的狀態，但還是盡可能讓自己清醒。

陽光透進了室內，我仍然趴睡在那張日本小桌上，唯一不對的地方是它不是原本的苔綠色了，我環顧周遭之後，也發現屋內再次產生巨大的改變。

屋內不曾有過的電子鐘現在卻立在床頭，上頭顯示的時間是西元二〇二九年五月二十七日的早上十點。

嚇！我又回到現在的時空了嗎？

叩！叩！叩！

有個人仍持續敲著門。我用手抓抓頭，突然有些緊張，努力站起身、直奔門口而去。我深吸一口氣，然後轉開門把、直面某個人。

「死阿詩，你怎麼還是這個樣子？」

「光年！」

我大叫出聲，活像是大白天見鬼一樣。

「嗯，就是我。那你這是？剛起床？」我呆站著動彈不得，只好默默研究起眼前那人的外表——光年穿著黑色的襯衫及西裝褲，他的長相及髮型跟十年前沒有改變太多，唯一明顯的差異是那雙漆黑的眼睛裡投射出來的沉穩。

「好，我懂了，我們都對發生的事情感到遺憾。」

「你在胡說什麼？」高個子的樣子真的太奇怪了，更重要的是……我們居然認識？

「你到底醒了嗎？」

「沒。」

「快點去洗臉、沖澡！我們得趕去參加儀式。」

「什麼儀式？」

可別說是小玫的婚禮喔！因為這一年、這個月、這一日，不正是我的初戀情人跟站在面前的男人結婚的日子嗎？但是為什麼……

「死阿詩，我說你也太嚴重了吧！你不記得我們今天得去跟小玫告別嗎？」

「什麼意思？」

「今天是火化的日子。」

「火化什麼?!光年你到底在說什麼？」

「靠，你是怎麼了？」

「你才怎麼了，給我把話說清楚。」

「小玫過世了，你記得嗎？」

我嚇得腳都軟了，心臟噗通噗通地快要跳出胸口，只好咬著唇直到滲血。

時光倒轉的確讓蓓玫不需要再嫁給光年，但她也因為這次的改變而永遠離開了我。

回到過去的結局：蓓玫死亡。

2 一次尚且不夠

狼狽地被拖進浴室刷牙洗臉、梳妝打扮好之後，我仍然覺得自己的意識尚未清醒，就連看著倒映在鏡子裡的自己，也嚇得差點跌坐在地，因為那張臉上滿是絕望。

光年拉著我的手下樓、將人推進車裡。我們的目的地是一座廟宇，那裡即將舉行我愛的人的喪禮。

客人很多，大家都處在極度的哀傷之中，但我認識的人沒幾個，只有光年及另外兩個小玫的好友——她們含著淚、衝過來抱住我，一直哭個不停，讓我終究沒壓住情緒、放聲大哭。

我恨自己讓事情落到如此田地，如果沒有我自私地想改變過去，或許未來時空的蓓玫就不會這樣結束性命。

「阿詩，你冷靜點。」光年將我拉過去抱緊。我任由淚水流淌、弄髒他的精緻襯衫，卻一點也不覺得羞愧。

「光年，該怎麼辦？我該怎麼做……」

「要撐住。」寬厚的手掌來回撫著我的背。這時的光年是個暖男，不像是我原先認識的模樣。

「都是我的錯。」

「不，那是個意外。」

「才不是，這一切都是因為我。」因為我讓時光倒轉……

即使在車程中，我就知道蓓玫的死因是避暑時的一場溺水意外，但還是無法調適心情。我改變了十年前的過去，在共同必修的課堂上認識蓓玫，我與她、還有光年也因此成為了好朋友。

但我們的關係一改變，發生的事件也就變了——媽的，比原本還更糟糕。

「今晚要去我那邊睡嗎？」低沉的嗓音仍安撫著，但我沒有心情聽下去了，只是用同一句話不停責怪自己。

「一切都是因為我、因為我……」

光年帶我回到租屋處，照顧我到狀況終於好了些，但這一切都不可能再變好了。

太陽告別了天際，高個子也離開了，然後我用盡吃奶的力氣跑向花店。我不明白自己為什麼能夠回到過去，只知道，在所有事件發生之前，唯一遇到的人就是那位陌生老伯。

名為「Sweet Garden」的大型花店仍在原處，一切都與上次的狀況相同。至於對街，也沒有什麼變化，那間老舊的花店也一樣在那裡，我立刻推門走進去，結果也真遇見了我在找的那個人。

「嗨，年輕人，我們又見面了。」他的招呼聲讓我趕快上前去。

「老伯，您能幫助我回到過去對嗎？」如果伸手搖晃他的身體就能搖出答案，我就會那麼做。

「那麼，現在如何呢？」他沒有否認，只是面無表情地站在老舊的木製櫃台旁。昏暗的光線讓店裡的氣氛比上次更加寂寥，彷彿逐漸對我顯露出真面目。

「老伯，她死了。我愛的人死了。」

「那接下來呢？」他的回答像是一個沒有心的人。

「一切都錯了、大錯特錯。我只是想有機會回到過去、追到喜歡的人而已，沒想到事情會變得這麼糟。」

「有時候，命運並不能掌控一切。」

「您幫幫我。」

「……」

「我知道您有魔力，您可以把她帶回來嗎？」

「她已經死了，怎麼可能帶回來？我可不是神仙吶。」得到他答覆的當下，我差點痛哭失聲。為什麼？為什麼一切會變成這樣？為什麼死的人是她？如果可以選擇，我願意用自己的生命跟一切去換回蓓玫。

「最可惡的人是我，為什麼要害她死掉？為什麼要讓身邊的人傷心？」

「或許，人生就是這樣吧。」

「不！蓓玫該有更好的人生。」

「……」

「就算是必須和不愛她的人結婚，但她終究還是有重新開始的機會，不是這樣就……」

「你再怎麼難過痛哭，事情也是這樣了。唉，為了安慰你，我再給你一個免費的水晶球好了。」

「您覺得這很好笑嗎？」我差點、差點就要衝過去揍他的臉了，但只能頓在半空中，自己壓制住紛亂的情緒。他說的沒錯，都是我……咎由自取。

「把音樂水晶球拿去，事情自己會變好。」

店主老伯也不管我心情如何，便將贈與的東西塞進我手中，然後點頭示意我離開。

「我不需要您的饋贈。」

「給你了，我也不想收回來。趕快走吧！關店的時間到了。」

最後我還是垂頭喪氣地走了，臉上淨是未乾的淚水，乾裂的嘴一路上都在咒罵自己。

回到家之後，音樂水晶球被丟在踩腳墊上，也不知是不是丟得太大力、弄壞了發條，它自動播起音樂來，但我不想管了，只是撲到床上，邊將臉埋進枕頭裡，邊哭了出來，嘴裡仍不停喃喃自語：

「拜託，讓時光倒轉、讓我回到過去……」

就那樣說了無數次，希望它會有實現的一天。

♡

鈴——鈴——

鬧鐘聲讓我從噩夢中驚醒，伴隨著頭痛欲裂，大概是昨晚哭得太凶，現在才會如此。

我幾乎是用爬的下了床，腦中胡亂地想著該怎麼做才能改變現況，但還沒來得及踏進浴室，當我的視線觀察到周遭環境時，雙腳就頓住了，所有的思緒都被敲成碎片，腦海中只剩一片空白。

這是我在老舊租屋處的套房沒錯，但有些東西卻改變了。

阿利安卓的海報又回到原處，鬆垮的睡衣跟枕頭套，還有床單的舊花色，這些都讓我立刻激動了起來，當我試圖跑回去查看手機上的日期時，幸福感立刻就暴增了。

我又一次回到過去了，現在是年僅二十、就讀大二的博詩同學，而今天……又是我跟蓓玫一起上共同必修的第一天。

不信也得信了。

啪！

一巴掌所帶來的疼痛，讓我意識到自己正面對的是現實還是夢境。意識到這是現實之後，所有的痛苦瞬間煙消雲散，只剩下不停湧上的狂喜——既然能夠回到過去，那就代表我有能力改變未來、不讓蓓玫死亡囉？

真是太不可思議了！不過這樣也好，這次我絕對不會再犯第二次的錯了。

我立刻衝進廁所，接著用心在衣櫃裡挑出要穿的制服，吹著口哨、心情愉悅地換上。

我不忘將要做的事情寫在便利貼上，然後隨手塞進褲袋裡。

待辦事項

選擇第二排，蓓玫斜後方的座位

找機會認識她

偷踹光年（如果他坐附近的話）

早上十點鐘，共同必修第一堂的上課時間，我早點到了教室，像按下重播鍵那樣，用同樣的句子跟同學打招呼，不過正在改變的事情是，我不再走過去坐在小玫的旁邊，但同一時間，我還沒有決定好要拋棄內心深處的情感，於是只能找別的作法。

由於受限於未來時空所發生的事情，最主要的考量變成要和蓓玫保持距離，於是往上一階的座位就成了我眼中的目標。

沒幾分鐘後，教授就打開門、走進教室，四周的喧鬧聲開始消失，所有人都坐在固定的位置上，然後那位長者拿起麥克風開始說話。

碰！看吧，似曾相識。

我不怎麼驚訝會看見光年那群人走進教室，第一次是怎麼遲到的，第二次回來也不會不一樣。高個子是小團體中最顯眼的存在，仍舊拉走了許多班上同學的注意力，於是教授出面趕著剛進教室的人找座位坐。

蓓玫身邊的兩個座位都還空著，我以為光年絕對會直接坐在那裡，卻沒想到最後是他朋友坐走，而那傢伙則走上一階，直直走了過來，越來越近、越來越近……幹！我旁邊的座位也空著。

不要啊，不要坐這裡！我在心裡這樣告訴自己，但明知不可能如願。

「請讓我一起坐。」可惡，沒救了。

他都這樣問了，我還能怎麼回答？只能點點頭、沉默以對。

從暗自觀察旁邊那位就可以發現，光年的注意力幾乎沒放在講義上、也沒聽教授在講了什麼，只顧著拿手機出來回覆社群軟體上多得要死的訊息。當紅炸子雞耶，真討厭！

「你看什麼？」嚇！雖然嚇了一跳，但在對方低聲說話時，我還是連忙將視線轉移到其他地方。我沒有回答問題，假裝什麼事情都沒有發生過，但光年似乎不甘於此，又重複問了一次。

「你喜歡我？」

「蛤？」叫那麼大聲幹嘛？只是看一下就算喜歡了嗎？這邏輯也太莫名其妙了吧！

「你臉紅了。」那死小孩還繼續說，臉上一副沒什麼大不了的樣子。

「我們又不認識，我幹嘛要對你臉紅？」

「對啊，我們又不認識，幹嘛眼睛眨也不眨地盯著我看？我知道自己帥，但不要看我了好嗎？我會害羞。」害羞你爸啦！那個語氣跟表情展現出滿滿的嘲諷，但不要忘了，這世界上不是每個人都迷戀你好嗎？該死的自戀狂！要不是你是情敵，我哪會花時間看你！

「隨便你覺得誰喜歡你，但那個人不會是我！」

「生氣囉？人文學院的小子認真了。」

「你怎麼知道我是人文學院的？」

「看臉就知道了。」

「誰知道你說的是什麼長相！」

「沒怎樣，就可愛啊。」

「……」弄得我說不出話來。你到底有幾百萬種追人的招數？每次回到過去的時空，講的不一樣，但偏偏都是用在我這個男性的身上！

「喂，你叫什麼名字？我是光年。」

「問屁。」

「好好好，不說也沒關係。」說完，高個子就轉頭過去，跟後面的人竊竊私語了什麼。我也不想管他，將視線轉回暗戀的人身上，看著她纖細的後背。「博詩！」

靠！結果不得不轉向聲音的來源，因為喊我名字的人竟然是坐在旁邊的高個子！

「叫我的名字幹嘛？」

「果然，真的是叫博詩！我很厲害吧？」

「……」

「你不跟我說，我只好問別人囉。」

「問什麼問，我又不想認識你。」

「我也不知道，就像是……被什麼吸引。」

「你以為這樣很好笑嗎？」

「你覺得好笑就好笑囉。」煩死了，我回到過去又不是為了跟情敵吵個沒完的！對現在的我來說，重要的是小玫的事情才對，但我到底要怎樣才能擺脫這個礙眼的麻煩鬼？

「喂。」不過沒多久後，腦袋裡突然靈光一閃——既然如此，就讓我把危機化成轉機！

「怎？」

「就是……你認識蓓玫對嗎？」我說得小聲，只讓對方一個人聽見。

「你說什麼？」但該死的光年卻鬧著把臉湊過來，並用白目的語氣反問著。混蛋，你再近一點就要親到我了吧?!

「你認識蓓玫，對吧？」我冷靜地又問了一次。

「嗯。怎樣？」

「沒事。」

「這表情就是有鬼。要問什麼就說。」

「她有喜歡的人了嗎？」

「我啊。」

「不要鬧。」

「吼，講真話還要被罵！你是想怎樣？」

「是你太自以為是。」

「你這種外系的是懂什麼？」

我說不出話來，難道事情真如對方說的那樣？倘若如此，光年從大二就知道對方喜歡他了嗎？但既然知道了……為什麼十年過去之後，兩個人對彼此的感覺卻有如此大的不同？否認不了小玫那時的眼裡充滿愛意，但光年這傢伙卻是完全相反。看向另一方的眼神有多麼的空洞，就跟他那時一樣。

「那你有喜歡她嗎？」

「不。」

「為……為什麼？」

「就朋友啊。」

「難道不是你跟很多人約會嗎？」

「你怎麼知道？你這個人明顯是跟蹤狂，絕對是喜歡我，又害羞了，該怎麼辦呢？」

「耍什麼智障啦？」

「喜歡我就直說，拿我同學的名字當藉口幹嘛？」我喜歡的是你同學，不是你！對方到底是腦子還是認知有問題？眼前這副自我感覺良好的模樣到底怎麼回事？

「我不想跟你吵了，累了。」

我一這麼回答，對方的反應卻是拍拍他的肩膀、露出令人發毛的微笑。

「可以靠在這裡。」

「喂——！」

媽的，不管了。我趕緊低頭不語，盯著剛拿到沒多久的課程介紹，不想再跟旁邊的人對話。雖然一開始得忍耐光年發出的笑聲，但隨著時間過去，我的生活又再度回復平靜。

偷看坐在不遠處的嬌小人兒是唯一能療癒我的事情，滿腦子思考的都是，要怎麼去認識她才不會顯得唐突——用巧合應該是行不通，但要是直接走過去自我介紹又擔心嚇跑她，況且，那可能導致未來變得更加糟糕。

等到發現自己把時間都花在思考種種方法時，共同必修也已經下課了。

許多人開始收拾東西，一個接著一個走出教室。我眼巴巴地盯著小玫纖細的後背，但命運似乎突然站到了我這邊，她並沒有像平常一樣跟好友們一起離開，而是改變方向、直直朝我走過來。

天啊——！幹，也太興奮了吧！

「光年。」喔……

她找的不是我。

但就是這個距離，有機會讓我看得清清楚楚、眼裡滿滿都是她甜美的臉蛋——小玫頭髮的長度來到背的中間，讓我想伸手觸碰一次那片柔軟；她的身上也很香，雖然只是驚鴻一撇，但仍然給人在粉紅花田中嬉戲的感覺。

或許有些誇張，但全部都是真的。

「小玫有什麼事嗎？」光年的聲音讓我再次專注在多管別人的閒事上。

「你傍晚有空嗎？我剛好有免費的電影票，所以想找幾個人去看。」

「親愛的大小姐有幾張免費的票呢？」居然用了幾個人這種字眼。看看那個語氣和眼神，只能說光年真的是個很會討好女生的男人，怎麼看都是一副撩人的模樣，怎麼可能會有女生不愛上他。

「有六張。如果你答應的話，就是我這邊三個，你那邊三個。」

「好啊，我答應。」

「那就下課後電影院見囉！」

「好的，親愛的大小姐。」

蓓玫給了一個甜笑，接著轉身走回去找好友們討論，連看都沒有看我一眼，但就算如此，我還是一點也不覺得喪氣，因為竟然有其他更具影響力的情緒——

「不是說，你不喜歡人家？那你討好她幹嘛？」我承認自己真的忍不住了，當一個人為了想接近她而非常努力的同時，卻有另一個人不需要努力就可以追走她。

「我沒有討好她，我平常對每個人都是這樣的。」

「花心大少！」

「不客氣——」說完，那個人刻意伸手過來揉亂我的頭，然後眨了一下眼睛。我都要吐了。

「下次上課再一起坐吧！我一直都想坐在可愛的人旁邊！」

「快滾啦你。」

「你罵歸罵，但眼睛卻移不開。」

「自戀狂。」

「新朋友要一起去看電影嗎？」

「我……」嘴上想拒絕，但一想到初戀的臉，我就徹底認輸了。再回過神時，我已經照著光年那死小子的意思點了頭。

「所以是，要一起去？」

「嗯，但我錢包裡只有四十五銖，錢不夠。」

「沒關係，我那張免費票給你，另一張我自己出。」

「哇——！怎麼人又帥，心地又這麼好呀？」即使我先前罵他罵很凶，但我還是不得不做做樣子、找字眼盛讚對方。

「其實還能更帥喔，你知道在什麼時候嗎？」他帥氣的臉龐湊了過來，近得感覺到呼吸流敞在我的臉上。

「在、……在哪？」

「床上。」

哎呀，這聲音小得像在放屁。

換成別人，可能一不小心就被充滿誘惑的邀約給勾走了，但對我這種把愛通通都給蓓玫的人來說，才不會對這種話有什麼感覺咧！渣男！

大概是高個子觀察到了我的臭臉，於是他什麼也沒繼續說，只是揹好背包，還不忘在離開前跟我要電話，以備緊急連絡之需。中間這段時間，我就坐下來規劃要怎麼認識小玫：

從上電扶梯該先跨左腳還右腳開始，一直到偷用門市試用的香水、讓她留下深刻的印象，然後所有的計畫都在驚艷電影院之前被掃落在地——蓓玫竟然沒有來！

為什麼偏偏是今天有急事呀？我想問、我真的好想問啊——！

博詩的人生簡直無比的絕望——我被光年跟他的朋友們拖去看電影，整整兩個半小時睡得跟死豬一樣，然後又被拎去餵飽肚子，事情最終結束在我傻傻地被高個子帶回他的住處。

「今天我懶得送你回去了，就先睡這吧！」

你現在才跟我說?!

一開始不是說要先回來拿個東西而已嗎？

「不要，我要回家。」

我只有一天能回到過去的時空，重要的是，就算不知道未來會改變多少，但回自己的住處至少可以讓我安心許多。

「我懶得開車了。」

「沒關係，我自己可以回去。」

「要午夜了，捷運已經沒車了。」

「反正我有辦法。」

「你有錢喔？」

「你不能先借我嗎？」

「我今天已經請你好幾次了，所以請讓我跟借錢的事情說『不』。」完了，本日任務徹底失敗。

第一，我連走過去認識小玫的機會都沒有。

第二，好端端卻得跟情敵借宿一晚。

還有，第三，我跟光年認識不深，會擔心自己被耍得團團轉。

不過，當我低頭看了身上沒東西好偷的自己後，也就安心在沙發上坐了下來。高個子似乎也滿意了，走出客廳到浴室裡待了好長一段時間，丟我一個人觀察著偌大的住所。

二十分鐘過後，光年走了回來。他的上身全裸、下半身僅僅圍了一條白色的毛巾，讓我有些驚嚇，於是那傢伙的屁股坐上沙發時，我也跟著挪開身體、拉出一些距離。

「要先洗澡嗎？」令人惡寒的問句被遞了過來。

「我等等去洗。」

「博詩。」

「叫阿詩就好。」雖然挪開了一些距離，但強壯的身軀卻作弄似地靠得更近，讓我無路可逃。

「那阿詩，我可以說句話嗎？」

「什麼？」

「我知道你對我是什麼想法。」

「蛤？」什麼鬼想法？我對你才沒有想法！我想大罵回去，但此時的處境讓我只能吞著口水。

「像你這樣接近我的人，都是希望能跟我發生關係，雖然我沒有跟男生做過，但同樣想和你試試看，你能接受嗎？如果只是一夜風流的話。」

「等一下，你誤會了。」我試圖推開那混蛋的胸口，但光年的力氣要大得多，他抓緊我的手腕，一邊露出讓我寒毛直豎的微笑。

佛祖啊、神明啊，救救我！

弟子只是想回到過去、跟我喜歡的女生表白，不是想當他的老婆啊！

該死，我恨不得捏爆眼前人的卵蛋，但時機不允許，因為我必須將所有的力氣都用在手上、去掙開他的束縛。不過，沒來得及那樣做，兩隻耳朵卻先聽到另一方傳來的笑聲。

「我開玩笑的。你居然咬到嘴巴流血了。」

「我是來讓你耍著玩的嗎？」

「為什麼人文學院的小孩那麼壞心？」

「不要再那樣對我說話，起雞皮疙瘩！」

「好啦，你可以去洗澡了。」

「我不洗。」

「身上臭臭的不能上床喔！」

「我要睡沙發，明天早上再自己回去。」

「那就隨你吧。」

光年沒有煩人的糾纏或強迫，他一說完話就站起身、頭也不回地大步走回臥室。

鬆了一口氣，還以為會比這更慘。

牆上的掛鐘走過了午夜，我在沙發上翻來覆去、強迫自己閉上眼睛睡覺，希望明天睜開眼睛後，現在的一切都會消失得無影無蹤，只剩下一個未來時空的我，過著不知道是好還是壞的人生。不過，在此時此刻，這些事情都去他媽的吧！

睡意是不會對誰手下留情的……

嘎嘰嘎嘰——

知覺神經接受到有個微弱的聲響傳進耳朵裡，身上的力氣似乎都消失了，但我還是撐著最後一絲力氣，奮力地睜開眼睛。

晨光射進了眼底，讓我用了一段時間才能將周遭的一切看清楚。

我的身體似乎有某些部位不太對勁，忽然像被人控制一樣上下起伏，疼痛及異樣的酥麻感彷彿觸電般傳遍全身。

努力撐開的雙眼正在聚焦，率先出現在面前的景象是一個十分熟悉的男人……

這個男人就是我昨晚睡死在他家的人。

「嗚！」

喉嚨溢出了啜泣的聲音。

「你醒囉？」

好看的嘴唇埋在我的頸窩啄吻，然後輕吮。我試著扭頭閃開，但不見任何效果。

清澈的淚水開始盈眶，原先自由的雙手現在卻緊緊地摟著另一方的後背。

在所有的理智再次清明之後，我瞪大眼睛，心也一路沉到了腳踝。該死的王八蛋！

「光……光年！」

眼前這亂七八糟的場面讓我想咬舌自盡——被叉開的雙腳在顫抖，準備承受猛烈的攻勢。

可恨的光年將火燙的肉棒塞進我的體內，熟練地來回抽插，接著慢慢加大力道，讓我只能無助地在枕頭上晃著頭，嘴裡嗯嗯啊啊地呻吟著、字不成句。

小腹緊得發麻，腿也幾乎失去知覺，讓我不得不咬緊牙根。就算再想咒罵另一方，但最後脫口而出的還是呻吟。

「喜歡嗎？寶貝。」

「嗚……」

「喜歡到哭出來了嗎？」

我才不喜歡！

「要我再多疼你一點？」

「嗚……」

「好的，光年會疼到你昏過去。」

王八蛋，疼你個頭、我會痛！馬上給我退出去！

在猛烈的風暴中，我的內心正在哭泣，但也只能躺在床上全身顫抖，任由高大的身影單方面處置一切。好不容易度過了那段艱困的時期，大腿內側幾乎要合不攏了，全身上下都疼得讓我想昏睡上一整天。

「阿詩！你趕快起來、快點！」

我的盼望最終只能是空想，在結束那嚇死人的一幕之後，我的身體猛然被從床上抬了起來，光年自顧自地將我全身穿戴好後，就推著我的後背、將人送出門外。

你做到我全身都在痛，竟然還該死的趕我出去？

等一下，改變過去的時空讓現在變得如此糟糕嗎？許多問題在我腦海中環繞。我硬是抵著腳、不願意移動，直到高個子緊緊抓著我的兩肩，同時發出頗具個人特色的低沉嗓音：

「你打算要做什麼？」

「你才對我做了什麼！為什麼還要趕我出去？」嗚嗚嗚，整個屁股都在痛，媽的！狼心狗肺的傢伙，你這個……

「我女朋友要過來了，你必須趕快回去。」

「蛤？」光年的回答讓我嘴巴張得老大。

「我們只是炮友。這事你不是早就接受了？你現在還想要什麼？」

「等一下，什麼鬼炮友？」

「阿詩，你不要給我欲擒故縱。」

「我沒有欲擒故縱。」

「這樣的話，你趕快回去好嗎？有什麼事，我再打給你。」

「等一下，光年！」

碰！

「死光年！該死的王八蛋！」

我到底幹了什麼好事？我醒來是為了看見三十歲的自己跟曾經的情敵「只是炮友」？現在還為了他的正宮要來，得雙腳打顫、要暈不暈地站在這裡？

然後小玫呢？

小玫在我人生中的什麼位置？

一想到這個問題，我的眼淚就止不住流了下來。不是因為難過，而是我身上痛得要死！那王八蛋就這樣不停地撞啊撞，幹嘛不去幹香蕉樹？死光年！你這該死的種馬！

回到過去的結局：我成為光年的炮友。

3 我們還得再見面？

那晚在光年沙發上睡了一宿的事情，徹底翻轉我的未來——想不到自己竟然成了別人的小三，還得用如此狼狽的方式，連滾帶爬離開他的住處。

不行，我絕對不會接受這次時光倒轉的結局！

想到這裡，我踉踉蹌蹌走去叫了摩托計程車，前往心中預設的目的地，也就是那家店長是位年長老伯的老舊花店。

叮鈴——

門上的鈴鐺響得驚天動地，但我沒有太多時間管它，只是邊癟嘴哭著，邊用闔不攏的雙腳走向站在櫃檯的人，而看他的樣子，似乎已經在等我回來找他了。

「老伯……嗚——」傷痛欲絕，我這輩子第一次被男人蹂躪身心，太慘烈了。

「年輕人怎麼樣了？你哭成這樣，表示不滿意這個改變囉？」他說得很慢，嘴邊顯出疼愛的微笑，彷彿是想安慰我先前發生的壞事。

「對，不只沒有跟蓓玫說到話，我一覺醒來甚至還在她新郎的床上，然後就……」要怎麼講才不會覺得丟臉？不過，我想老伯應該也知道這件壞事了：「我成了別人的小三。更慘的是，他突然把我趕出門，只因為正宮要來了。」

「先冷靜下來。」

「我想回到過去。」

「人類總是那麼貪心吶。」他搖搖頭，但嘴巴卻笑得比之前更開，應該是覺得又無奈又好笑吧。

「我知道能有一次修正的機會就已經很好了，但我沒想到，最後這一切會變得那麼糟。」

「那是因為你無法滿足現況。」

「我知道。」

「你想過可能不管再回到過去幾次，她都不會屬於你嗎？」

「但……但是，時間可以改變一切不是嗎？」

「不必然是。」

突然間，一句話也說不出來。

「你記不記得，我說過好久沒有客人來店裡消費了？這不是因為人家不進來買東西，而是我不開放讓他們進來消費。」

「得到機會的，為什麼是我？」

「因為現下的你，不是你該有的樣子。」

「那麼，我應該是什麼樣子？」

他沒有回答，只是露出微笑。您也笑太多了吧！

好，他說得像是個入定的和尚，但一被問卻不願再多講，於是現在的狀況無異於在迷宮中尋找出路。

「既然都得不到答案了，那我可以再問吧？」我們看著彼此，然後我說出下面的話：「我還可以再回到過去一次嗎？」

「就算這間店讓你進門買東西，也不表示每一項物品都可以購買。」

從店裡買走物品就像是用錢買下過去的時間，不過越是聽他那麼說，我就越發恐懼，因為店主沒有說完的話就像是某些限制的枷鎖。

「那什麼是我可以買的？」

「你能買的，只有音樂水晶球。」

「請讓我買一個，任一個都行。」

「你必須自己挑選。」看著後方釘在牆上的壁櫃，上頭排列著數量龐大的音樂水晶球，於是我用手指挑了一款。

「唔……那個好了。」中間有個穿著新娘禮服的女娃娃，很像我原本拿到的那個。

「你曾經得過它了，我不會重複賣同一款。」

「不然換成有雪人的那個。」

「你不能買雪人的。」喂——！老伯，我居然不只要煩惱是否能回去改變自己的未來，還得苦惱可以買哪款音樂水晶球？您這是在玩我吧？

「那樣的話，就要那個有男生玩偶穿西裝的。您會讓我買嗎？」

倘若這樣也不行，我就他媽的要躺在地上耍賴了！明知我剛經歷了多麼傷痛欲絕的事情，他卻還是不乾不脆的，令人更加火大！

「可以，這個賣給你。」

說完，長者微胖的身軀轉向老舊的木櫃，挑出我剛才指定好的那件物品。

「希望你這次回去，能讓自己在即將到來的未來時空裡獲得幸福。」

「老伯，謝謝。我不知該說什麼，……但真的很謝謝您。」

「那本來就是你該得到的。祝你幸運。」

簡短告別之後，我拖著虛軟的身子離開店裡，趕回原本的住處。說也奇怪，無論回去了幾次，未來又改變了多少，我始終住在大學以來的棲身之處、那個位於老舊危樓中的破套房。

我將音樂水晶球小心翼翼地擺到桌上，接著跳上床、闔上眼睛，讓自己沉入幻境之中，但再次清醒之後卻發現自己仍待在原處。

仍然身在西元二〇二九年，那意味著：只有睡覺是沒有用的，可能還得等待時機的到來……

因此，唯一剩下的方法就是堅持賴在床上，不起身、不吃不喝、不移動身體，也不看那些智障的電視節目，哥只要睡覺！閉上眼慢慢睡去，並想著未來種種的可能。

我曾聽過某個時光倒轉還什麼的理論，它說就算只是改變過去一丁點，未來也會跟著改變，就像上前認識某個人。

我過去不曾認識過小玫或者她的朋友，但當我決定走進對方的人生裡，所有的事件也就不會跟原本一樣了，不管是小玫的事情，還是圍繞在她身邊的朋友。

腦子裡思考著種種的可能，就連我在教室裡的座位也會改變未來，這一次回去可得把事情想個周全。

我在床上翻了好幾個小時，躺著聆聽自己腦內的想法，直到午夜，雙耳聽見悅耳的聲音響起，就像兒提時哄我入睡的睡前故事——那是音樂水晶球的聲音，即便沒有扭動發條或打開開關，但它還是自己播起了音樂。

♡

鈴——鈴——

時鐘的應用程式傳來相同的聲音喚醒我，將我再次帶回十年前的過去，待神智一清醒就趕緊坐了起來，稍微伸展一下，不過心裡卻是意外的神清氣爽，想到自己有機會一次又一次修正過去，最初的恐懼就煙消雲散了，反正我要做什麼都可以，只求能成就自己的愛情。

就算第一次、第二次或第三次都不能如願，但我還會有第四次跟第五次的機會可以一再修正。

雙腳輕輕踩下床，徑直走去浴室刷牙洗臉，接著跑回來從衣櫃中拿出大學生制服穿好，今天開朗愉悅的心情讓顯現在鏡子裡的臉也異常好看。

最討人厭的是我只有一天的時間，而且錢包裡還只有四十五銖，幾乎什麼也買不了。

如果我有幸能從過世的父母那裡得到意外的遺產就好了，成真的話，哥就可以將它們揮霍到一銖不剩了，只可惜這不過是一個胼手胝足的人類妄想。

靠自己應該會簡單一點，像是寫下今天該做什麼的計畫，接著我就趕忙去學校了。

待辦事項

選擇蓓玫朋友（坤婉）旁邊的座位

裝熟，藉此接近目標

請求和三個女生當朋友

「嘿，阿詩！」

「嗨！」

同一齣電影的第三次放映。走進共同必修的教室之後，我就收穫了同系同學的招呼。

「今年的共同科目也太混亂了吧！人有夠多。」

「沒錯。」

「那你要坐哪裡？要跟我們一起坐嗎？」

我沒有立刻回答，先是掃視了教室一圈：當然，蓓玟及其友人仍坐在教室的第一排。第一次，我坐到她旁邊、決心去認識她，最後的結局是我在十年後的未來永遠失去她。

第二次，我換到距離嬌小人兒僅有一排之遙的後方座位，但不知是命運的捉弄還怎樣，居然把光年送來坐我旁邊，得到的結局是我莫名其妙變成了對方的炮友。

這次我不會再選之前的位置了，想要改變未來的話，就必須從現在開始。

「沒關係啦，我想去坐前面。」腦中分析完發生過的事件之後，我轉頭回答最初的問題。同學點頭表示理解，至於我，則徑直走向前排的座位，然後選擇用微笑向小玟的好友坤婉打招呼。

「不好意思，請問這裡的座位是空的嗎？」

「欸？」被搭訕的人有點嚇到，不過並沒有讓我等太久就點了點頭，用爽朗的聲音回覆：「空的，這裡可以坐唷。」

「謝謝。」

在椅子落坐之後，現在的座位順序變成了：我、坤婉、艾玲，然後是蓓玟。

我想這不會構成什麼阻礙，只是從直接搭訕初戀，變成先認識她的好朋友而已。要說我是利用人家當橋樑，好像也沒說錯什麼。

沒幾分鐘後終於到了年長的教授必須進教室的時間，然後信不信，再過不到五秒鐘，光年跟他的朋友們就會開門進來了。

五……四……三……二……一！

碰！

嘿嘿，我太厲害了！

名為光年的男人一現身，總能拉走班上所有同學的注意力。在教授透過麥克風、趕著遲到的人快點尋找座位之後，那張帥臉的主人終於移動尊臀，在小玟旁邊的空位坐下。

我將注意力從教授講的事情上拉回來，就像切換開關一樣。實際上，不管再聽幾次，聽到的話應該也跟上次差不多，所以蓓玟的事情才是我當下最該關心的。

「你好，我叫阿詩，唸人文學院的。」我想我開始習慣時光倒轉了，隨著次數漸增，我身上增加的是臉皮的厚度，輕輕鬆鬆就能認識別人，相較之下，如果要以前的我選擇睡在廁所還是認識別人，我可能會選擇睡在廁所裡面。

「我叫做坤婉。」她以友好的方式面對突如其來的搭訕。

「坤婉，很高興認識妳。不好意思，我跑來坐這裡。」我裝出哀傷的表情去博取她的同情，而這似乎也奏效了，對方連忙回說：

「不要緊，位置本來就空著。對了，你的朋友不過來一起坐嗎？」

「我沒什麼朋友。」騙你的。

「那沒關係，下次上課就跟我們一起坐。對了，旁邊是我的好朋友，她叫艾玲。」說完，坤婉就轉向自己的左手邊，開始替我介紹另一位朋友。名字的主人則沒有嫌棄地轉過來笑了一下。「艾玲再過去是蓓玟。」

唉唷———，好害羞，嗷嗷嗷嗷！

當那張甜美的臉蛋轉過來看著我的時候，博詩這傢伙的心也膨脹得像充了氣的氣球。要怎樣才能不愛上她，她這麼好。對方越是笑得燦爛、露出排列整齊的貝齒，我就越是墜入挖好的坑裡，再也不想爬出來。

「至於小玟旁邊那個男生，他叫光年。」

我立刻收起笑容，一股寒意攫住了心臟。

座位上的光年一探出頭，就讓我全身的寒毛馬上豎了起來——我還陷在他死命插進來，瘋狂撞擊我屁股的恐懼之中啦！

拜託，求你別來煩，讓我安靜一陣子之後，再找機會跟女孩們聊天好了。

不過，我這才明白，安靜之後就更難找到聊天的時機了。或許是因為小玫跟她的朋友都是很認真念書的學生，無論想問問題或者插什麼話，都必須先仔細觀察，像是現在，每個人都非常專心在上課，我就更沒勇氣了，於是任由時間白白被浪費掉。

再回過神時，共同必修兩堂課的時間已經快結束了。

有機會改變未來的時間只剩下二十分鐘，於是我利用這種的感覺再次鼓舞自己。誰會想到，就在我準備要開口的時候，光年高大的身軀卻站了起來，悄悄走去教室外面，而那些的舉動全落入了好幾個人的眼裡。

其中之一就是我的初戀。

好，我這才意識到，她正暗戀著那個男生卻不敢表白，明知對方是個爛男人，但還是喜歡他。只有我一個人知道，她的未來會為了一個認識不夠深的男人而遭受多少苦痛。

「我等下回來。」不想再等了。

鬱積在胸口的憤怒促使我趕快跟著對方走出教室。我不知道那該死的光年是去了哪裡，但我猜這個時間點應該也沒幾個去處：一是餓到下課前就跑去找東西吃，再者是上廁所。

我選了後者，因為距離最近。果然不出我所料，剛跨進男廁就率先看到的一個緊實寬厚的後背，那就是我在找的人：他正在洗手台洗手，準備要離開了，不過我的動作比他更快，趕緊抓住對方的手臂。

「嗯？」他做了一個不解的蠢臉。

「陪我抽根菸吧。」雖然我從來沒有抽過這種東西，但由於想不出拉住他的方法，就只好隨口胡說了。

「那菸咧？」

「我沒有，所以才找你。」

「我沒有帶出來，放在包包裡。」

「糟糕。」

「你老實說，來跟我搭訕有什麼目的？」不只嘴上說說，高個子還大步靠了過來，害我不得不自動向後退了一步。

「就……有啦。」

「關於你喜歡我嗎？」

你是欠人教訓嗎——？無論幾次都還是一樣自戀！我放棄了——

「知道你臉上現在就像這個表情符號嗎？」接著光年就拉著自己的臉頰，並做出眼睛快要掉出來的樣子，有夠可恨！

「我是你的玩伴嗎？」

「不管是不是，反正我都玩了。」

「我告訴你，你給我聽好！」

「嗯，說吧。」

「我、喜、歡、蓓、玫！」既清楚又堅定，連耳屎都為之震動。不過，我收穫的反應卻是一臉漠然，讓我想出手打他的臉。

「那又怎樣。」

「喂，我喜歡的是小玫耶！你沒有什麼感覺嗎？」

「喜歡她就去跟她說！來跟我說幹嘛？」

「那你為什麼最後會跟小玫結婚？不愛她的話，幹嘛要結婚？」

「等等，你先冷靜！什麼誰跟誰結婚？」

「就是未來……」我話還沒說完就冷靜下來了，好，發神經的是我，我完全忘了現在是十年前的時空，那兩個人還沒決定要結婚，也難怪現在講這些話會讓聞言的人瞪大眼睛、滿臉莫名其妙。

「你是不是不太舒服？」突然間，大手伸過來觸碰我的額頭，就像要幫我量體溫一樣。

「沒有。」但我趕緊揮開對方的手。

「記得吃藥喔。」

「就說我沒有生病！」

「好吧，那你跑來跟我說喜歡別人又是為了什麼？」我抿著嘴，盯著正在補充的人，眼睛眨也不眨。「我又沒有喜歡小玫。」

「但她喜歡你。你難道不知道？」

「知道，但是那又怎樣？」他真的很無情，一臉淡漠地回答道。

我很清楚，這時大家都才二十歲，想法仍然滿像小孩子的，不過十年過去之後所有人都長大成熟了，唯有眼前這位，他的想法完全沒有改變過。

仍然不在乎別人，永遠只在乎自己。

「如果我說我喜歡小玫，你會有什麼意見嗎？」為了確認，我又重問一次，倘若錯過了今日，我就只能在十年後的時空等待遙遠的未來降臨了。

「我沒意見，但你改變心意來喜歡我的話，只要打089……」眼前人還沒把話說完，我趕緊打斷他。

「089-774xxxx。」

「你怎麼會知道我的號碼？」

「我知道每一件與你有關的事情，包括過去一些很糟糕的。」

「你是不是暗中對我有好感，所以拿小玫的事情來遮掩？」那揶揄的口氣及輕佻的表情，讓人非常想給他一腳。

光是醒來發現自己雙腿大開，讓光年這種人給吃了，就讓我不知道要痛苦幾輩子了，現在只希望自己不要再第二次進入那種的人生輪迴了。

「你可以不要隨時都那麼自戀嗎？討厭死了！」

「怎麼連說個討厭都好可愛？」

「我問你，你是不是對每個人都這樣說？」就連同是男生也不例外。

「跟每個人都那樣說囉，要是有人上鉤就可以進一步發展。」

「你真的超隨便的！可惡，我不想浪費時間跟你聊天了！」我走過去，試圖用肩膀撞開面前的人，但出了點小差錯，反倒被光年抓住了手腕、擅自拉著我離開了廁所。

「喂喂喂！你要帶我去哪裡？」嘴巴開始嚷嚷，手也試圖想掙開束縛，不過他的手卻像壁虎一樣黏，不管我再如何掙扎，他都不願意放開。

「只剩十幾分鐘就下課了，先陪我出去吃飯吧！」

「你等到下課之後再跟朋友去吃！」

「這時候的人比較少，而且我餓了。」

「關我什麼事？」

「我等下把小玫的秘密告訴你，這樣你才好追她。」聽見對方嘴裡的提議之後，我也就不再繼續嚷嚷，雖然還不太餓，但終究是願意走去樓下、跟他一起吃飯。

吃飯錢去了三十銖，外加一瓶飲料要七銖，再見了錢錢——

「你吃什麼？」我點了打抛炒肉，而光年吃的是海南雞飯。眼睛明明有看到，嘴巴卻硬要再問一次。

「眼睛瞎了嗎？」懶得回答，只好嗆回去。

「那我就不說小玫的事情囉？」

「唉唷——，我吃的是打抛炒肉啦！」我趕緊回答他，還一併給了一個做作的表情。

「這樣回答有點可愛。」他說著，一面喝著海南雞飯的湯。「對了，你是唸人文學院的對吧？什麼系？」

「等一下，我是要問小玫的事情，誰讓你盤問我？」

「我要先知道想追我朋友的人夠不夠資格啊。」你都丟出震撼彈了，我還能說什麼？只好一邊撥著盤裡的飯，一邊不情願地回答問題。

「好啦，我是英文系的。」

「然後呢？自我介紹一下，讓我更了解你吧！」問得像要睡在我床底下一樣，你到底小玫的朋友還是當我老公？然後，如果想問我內心罵成這樣，會有什麼辦法？我也只能……

回答他。

「我叫博詩，小名是阿詩。義泰混血，但不會說義大利語，也不喜歡吃義大利菜。我喜歡讀的書是莎士比亞，常玩的遊戲是超級瑪利歐，不過總是死在第一關。我是個沒什麼朋友的人。嗜好是做白日夢，希望有一天能小玫在一起。講完了。」

靠，人生中爆自己料最多的一次！希望聽的人有滿意。

「你想過要怎麼做，才能給一個人最好的照顧嗎？」

「對他全心全意。」

「用什麼方式？」我睜大眼睛想，然後回答說：

「她想要什麼，我都能為她做到。可以當個男傭，幫她打掃；可以接送她；可以替女朋友補習不擅長的科目。」

「哈哈！」嗷，居然嘲笑我！「你知道剛剛說的每一件事，當朋友也可以做到嗎？」

「但我想當的不只是朋友啊。」

「那樣還不夠。」

「那麼哪樣才夠？」

「你知道小玫喜歡我吧？」

「嗯。那你說，你比我多了什麼？」我雙手離開湯匙及叉子，然後抱著胸、靠在椅背上。

「對小玫的認識。」

「喂，我知道，不然怎麼會喜歡她？」

「我問你，你有跟小玫聊過天嗎？聊了好久好久的那種。你有看過她的缺點嗎？還是說，你只是遠遠看著人家，就覺得愛上她了？要是你多知道一些小玫的事情，說不定你就不會繼續喜歡她了。」

「不可能！」

「那你之前有沒有談過戀愛？」

「沒有。」

「這下困難囉。」

「有那麼難？」

「嗯。沒經驗的人不只要追到人很難，試著交往之後，說不定很快就分手了。」

「那這下子我該怎麼辦？」我開始著急地抹著額頭上的汗水。第一次知道沒談過戀愛居然是這麼大的問題嗎？還是說，是光年那小子在騙我？

「不過，這個問題還是有方法解決的。」

「什麼方法？」

「要跟我交往看看嗎？」

那一秒，我的情緒命令身體做出了一些事，一些在我胸口翻攪到差點爆發的事情，那就是……把盤子裡的湯匙扔了過去！幹！

♡

「下課了啦！你這個混蛋！」

我恨死這種地獄時刻了！

跟光年出來吃飯感覺一點意義也沒有，坐在教室裡放屁說不定還有用些！然後，看吧，在我準備回來執行預定的計畫時，蓓玫已經不在教室裡了，我只能夠垂頭喪氣、受著情敵的放肆嘲笑。

我發誓絕對不要再相信這個騙人的小子了！

「什麼？小玫沒有留下來等你告白，好慘喔！」

「都是因為你！」

「我這麼努力幫你找方法，怎麼可以來怪我呢？阿詩小朋友！」

「方法就是要我跟你交往嗎？發什麼神經！」

我用力推了前方那人的胸口一下，然後才側身閃開，但那纏人的傢伙還是跟在我後面。「走開！我要繼續去上別的課了！」

「什麼時候想接受我的提議，都可以打給我唷。」

「這句話你去跟別人說吧！」

丟下這句話，我立刻就轉身離開教室，完全不理對方的抗議。一天結束了，機會也沒了，我最後還是一無所獲。當我絕望地回到了住處時，整個錢包裡只剩下八銖，想來就覺得難過，以前的日子到底是怎麼過的？

明天醒來之後也不知會遭遇什麼事情，但絕對猜得到我跟小玫是絕對不可能有結果的，雖然心底還是偷偷有點期盼命運會站在我這邊。

至少我們曾經自我介紹過，即使只有短短的幾秒鐘。

然後，那一秒鐘，請成就我們的未來好嗎——？

「阿詩，你醒了嗎？」

也不知是何時意外睡著的，等到有意識的時候，我的全身上下都在痛，手和腳也幾乎動不了，唯一能做的就是張開眼皮、面對眼前的狀況。

穿過聽覺神經的那個聲音似乎有些熟悉，在睜開眼睛的當下，率先映入眼簾的是光年的那張臉。

靠——！我們該不會又是超友誼關係了吧？

「你……你對我做了什麼？」心裡一邊問，一邊命令自己做好逃跑準備，問題是我身上一點力氣也沒有，什麼都做不了。

我又驚又怕地低頭檢視自己的身體，心臟像戰鼓一樣怦怦直跳，因為我眼前所見的景象比那件事還要嚇人。

好，我這回不像上次是裸體，上下身都有衣服遮蔽著，可是露在衣服外頭的部分卻叫人心驚膽跳，到處遍布著紫紅色的瘀青，簡直沒有任何一處的膚色是正常的。

臉上又麻又癢，像是皮膚上被人放了上百萬隻的螞蟻在啃食著，我的嘴巴無法打開，似乎還有血或其他東西沾黏在嘴邊，這些可疑的狀態逼著我盡可能地擠出嘶啞的嗓音。

「光……年……我怎……」麼了，句尾消失在喉頭，我痛得想放聲大哭。

「先睡一下？你的狀況不太好。」

「我……怎麼了？」

「你被打了。」

「……」我說不出話，只好做出不解的表情，聽話的人為此嘆了一口氣。

這裡是光年的房間，現下躺著的床也是他的，但到底是發生了什麼事件才讓我痛得死去活來？可別說是被光年的老婆抓到，所以把我被揍成這副支離破碎的樣子吧？

「你先睡一下，我去熱稀飯給你吃。」

「不要，快說……」好奇心比正在啃食我喉嚨的乾澀更有力量。

「好吧，你大概是想知道被打之後的狀況對吧？小玫現在已經跟那混蛋簽了離婚協議書，至於肚子裡的孩子，小玫的家人會接手照顧，跟那混蛋一點關係也沒有。」

「離婚？」

「嗯，不離麻煩就大了，他把你跟小玫打傷成這樣，幸好孩子保住了。」

幹，你說清楚那位是人夫還是殺手？

「那……你跟我呢？」

「嗯？」

「我們是……什麼關係？」

「我們？我們就是朋友啊。」

呼——，稍微安心了一點。

「會上床的朋友，人家說這叫什麼？」

「蛤?!」

「別張嘴，等下喉嚨會痛。你先睡一下，我趕快去幫你熱稀飯。」

「為什麼會上床啊？」

「當然會上床啊，因為我愛你。」

稍等一下——，為什麼我醒來遇到的事情越來越大條，還總是被捲入類似的漩渦中？我不明白……

總之，獲得回到過去時空的機會到底是好運還是壞運啊？

回到過去的結局：蓓玫婚後的生活一敗塗地，

而我（又）成為光年的炮友。

4 離開光年又見光年

在這次醒來就遇見光年的時空中，有件荒謬的事始終微微影響著我的心。

這次不同的是我沒有成為別人的小三，我們之間只有彼此，不過也都為了讓對方能夠遇見更好的人而不去確認關係，但話雖然如此，我們卻也處於上述的關係之中將近十年，真是他媽的瘋了。

「這樣看我，是還想問什麼？」光年假意將臉沉了下來，手上勺著溫熱的稀飯送到我的嘴邊，他現在這副柔情蜜意的模樣，一點都不像我以前遇過的光年。

「可以問嗎？」我一邊說，一邊稍稍張開嘴巴吃掉稀飯。

好吃耶！這在哪家店買的？

「你已經問了快十個問題了，再讓你問一個也不會怎樣。」

「就是……我們是那種關係，呃……」不知道該怎麼說，我尷尬地搔了搔後腦杓，花了一段時間才好不容易找回自己的舌頭：「誰在上面、誰在下面啊？」

就這樣啦！面前的人輕輕地笑出聲音。

「你這頑固的小鬼！要再去看一次醫生嗎？你怎麼看起來什麼都忘了。」

「我就只是……只有還有點腦袋不清楚而已，你就幫忙回答一下不行嗎？」

「你在上面。」

「真的？」不敢相信光年這種人竟然會雌伏在我身下。

「我讓你在上面的時候。」幹！我的夢化作齏粉。

「你幹嘛給我希望啦！」

「就想欺負老婆啊。」我對他張著口，面前的人於是寵愛地揉了我的頭髮。我是你老婆嗎？怎麼可以一再成為同一個男人的老婆啊！「是不是你強迫我的？」

「誰強迫你！是你自己八年前跑來叫我跟你睡的。」

「才不是真的！」

「我們第一次上床是大三的時候，因為那時的你被小玫拒絕。儘管如此，你還是堅持繼續愛著小玫，而我當時也還到處留情，所以我們就只是炮友。但阿詩，你知道嗎？一直以來……」

「……」

「我一直都愛著你。」

靠！轉折也太大了吧，這位朋友！

騙人的吧？第一次聽到時不想相信，但對方竟然又強調了一次！光年這種人怎麼可能會愛上我？絕對不可能！這個身邊女人沒斷過，也不想為誰定下來的人怎麼可能決定掛死在一棵樹上，而且還是愛上我這種一無是處的人，太難讓人相信了。

至於小玫的事情也沒有太複雜，就是光年不留情面地拒絕了人家，於是她決定跟同學院的學長在一起，畢業沒幾年後就因商業因素廣發喜帖，不過小玫就倒楣在男方是個火爆浪子，常常對妻子飽以拳頭，最後事情就以先前聽到的那樣收尾。

「那我的住處呢？」小玫的話題結束後，我從大學時代就住在裡頭的破舊住處就從我腦海中冒了出來。

「什麼住處？」

「我住的那裡啊！」

「你想回去？」他會這麼問就表示我還住在那裡，意思是我應該沒有搬過家，只是有需求時過來這邊住一下。光是這麼想著，我的心裡就輕鬆了許多。

「嗯，我想回去。」

「你今天的狀況還不太好，明天再回去吧。」說完那句話，光年便繼續餵稀飯給我，直到幾乎清空碗裡。我得說對方的動作讓我相當不知所措，除了餵飯、餵水、餵藥外，他居然還替我擦身體和換衣服！

連我的家人都沒有這樣做過！

「阿詩！」

「幹嘛啦——」

「遮什麼遮！我都看過了。」哈囉，誰會習慣得了，你現在脫的是我的內褲耶！身為一個（心理層面上的）處男，會覺得忐忑不安很正常吧！於是，我躺在床上，像個剛發育的孩子一樣，縮著身體、用手遮住小雞雞。

「不要，我可以自己擦、自己換！你可以出去了。」

「手還在痛是要怎麼自己擦？」

「我做得到啦——」

「阿詩不要鬧了，快點擦好就可以快快睡覺。」

「我沒有鬧，但那真的很丟臉！你又不是不知道，哪有一般人會脫衣服給別人看啦！」兩人持續地拉扯，就看誰會先認輸。

「我們現在這種狀態哪裡是一般人？手拿開！」光年強硬地下達命令。

「不要！手拿開的話，我身上就什麼也不剩了。」

「這樣才能幫你穿上新的褲子啊！你今天怎麼那麼不聽話！」

「我平常就這樣，哪有不聽話！」

「我要是忍不住了，就會狠狠打你屁股喔！你可別事後再來罵我。」

「你打啊！我就會把你踹進一樓的垃圾堆裡！」

「踹吧！我會在你身上狠狠討回來的！」

「可是我可以自己擦！」仍舊認真地吵個沒完。

「快點把手拿開！」

「不要！等下……」

「快！……快點！」

靠，絕望的人生！最後還是敵不過那傢伙的厚臉皮，我主動舉起了白旗，任由那個黑心鬼從我腳上輕鬆脫下最後一道防線。

我將頭埋進枕頭裡，垂下眼睛，不想看到那人的臉，但耳朵裡仍然聽見輕笑聲，同時還有不間斷的白目話語。

「吼～臉不必那麼紅吧！身體放輕鬆，開心一點。」

開心？我連自己這輩子還開不開心得起來都不知道咧！

真的是啞巴吃黃蓮，居然要被身為情敵的男人脫褲子擦身體。我不清楚十年前和他一起坐在共同教學大樓的穿堂吃飯後發生了什麼事情，但不得不承認這個未來時空的確是滿驚悚的。

被水浸到半濕的毛巾擦遍了全身，讓我的身體一顫一顫的，呼吸也變得困難，等到被換上新的褲子時，神經也已經快要繃斷了，蜷曲的十隻手指通通掐在床單上。

「好了，乖孩子可以睡囉。」光年邊說邊笑。

「陽光那麼刺眼是人家要怎麼睡？」

「等下幫你把窗簾拉起來。」沒讓我久等，兩隻長腿走向窗戶邊緊緊拉上深灰色的窗簾。即使仍有無法遮蔽的光線透了進來，不過當下的氣氛已經越來越適合睡覺了。

我闔上眼皮，但雙耳仍小心翼翼地聽著周遭的聲音，接著在高個子擅自將自己塞進床上空位時，被嚇到再次睜開眼睛。

「喂喂！你做什麼？躺上來幹嘛？」

光年愣了一下，然後字字清晰地回答：

「我的床。」要我踹你是吧！

「知道，但我在睡覺，你滾去別的地方睡，不是還有沙發嗎？」

「睡了不舒服啊，床還有這麼寬，你是打算一個人全佔了不成？心腸太壞了吧？」他用撒嬌的語氣丟下這句話。真的好欠揍，這是光年本人嗎？我還以為他是被鬼附身了！

「就……我身體不舒服啊，你一起睡的話，等下就被傳染了。」

「別擔心，我很健壯。」我擔心的是自己！誰要擔心你——

「但是……」

「睡吧，寶貝。再不睡的話，我就趁機找事情做囉。那你可能就會有好長的時間不能睡覺了。」在聽到這種回答之後，我全身僵硬、無法動彈，只能安安靜靜地躺在床上，任由對方的手臂攀到我身上來。

我們緊緊相擁著，直到感受到輻射過來的體溫。一瞬間，我的感覺又困惑又詭異。

我跟光年的關係實在有些詭異，在我睜開眼睛之後，明知他變成一個我不熟悉的人，可是不知為何……卻感覺到謎樣的牽絆。

光年是真的愛我嗎？然後這個時空的我——在被現在的我替換掉之前——有沒有一點愛著這個

男人？還是仍舊一個人堅持愛著蓓玫？

「光年……我可以再問個問題嗎？」不問的話，大概會睡不著，於是我利用這個機會將腦子裡困擾的事情直接問出口。

「嗯？」

「你為什麼對我這麼好？」

「我為什麼不能對你好？」

「因為你是個渣男。」

「我承認，以前曾經是，但喜歡你之後就不當渣男了。」那語氣流暢得像是自動答覆一樣，並不是說他沒有感情，但那比較像在自言自語。

「那你為什麼會喜歡我？」

「你問過了。」

「我想再問一次。」

「因為你是博詩。」

「但……但我一無所有，還在租房子，工作……呃，薪水也不多。」如果我還是個字幕翻譯，薪水應該也不會太多。「似乎沒什麼優點可以吸引你、讓你喜歡我。」

「我喜歡跟你做愛。」混蛋！差點要把腳踹在他臉上。

「對不起，是我蠢到問你這種問題。」

「其實也沒什麼大不了的，就只是相處起來很舒服，想為一個人變得更好、做得更好而已，所以我最後愛上你，這並不奇怪吧？睡吧，其他等你睡醒再說。」

光年趕緊結束了談話，同時些微地收緊了手臂，大概是擔心情侶間的莫名爭吵會影響到傷口。

有一剎那，我偷偷在想：「如果我們繼續這樣在一起，會變成怎樣。」

但下一秒卻不得不將這些想法丟掉。

因為我不愛他。

又或者，可能愛，但我記不得曾經發生過的事情了。不過，那些都不重要。

過去的我太自私了，所有事件的發生都起因於我對現況不滿的貪婪，未經許可就將別人拉進悲慘命運之中，因此，我打算結束這一切，再次回到過去，但什麼也不做，去終止這個時光倒轉的循環。

明天，我會再去一次那家花店，然後求得一個時光倒轉的機會，將一切回復原樣。就算小玫會因為跟光年結婚而沒有幸福，但至少，她是愛著這個男人的。至於我，也會回到先前那樣，過著一個人的生活。

這樣應該對每個人都好，不然事情越弄越糟了，重點是，這些改變並不是我身邊的人所接受或樂意的，又何必讓他們去承受那些不該承受的事情呢？

至於當下時空的光年，我希望他能得到一個真正愛他的人，而不是像我這樣一無是處的人。

相信我，時間一到……每個人的人生就會成為它該成為的樣子。

♡

叮鈴——

最後是晚了兩天，我才終於能在老伯的店裡露臉。都是該死的光年關住我，哪裡都不讓我去，我才被迫被關在房間裡，直到身體狀況好轉後才能夠返回自己的住處。好不容易找到機會第四次跑來店裡時，時間已經過了好幾天了。

「好幾天不見了，我還以為你滿意這次發生的改變了。」長者的冗長句子讓我搖搖頭。雖然老伯臉上笑著，但大概很清楚我正在想什麼。

「有好有壞。」

「說給我聽聽吧。」

「咦？您不會知道嗎？」

「沒有人會知道所有事情的，我也只會知道自己該知道的事。」

「就是……該怎麼說，就最終，我還是沒有跟我愛的人有結果，卻一再跟她的新郎在一起，但這次比較怪的是，他居然真的喜歡我。」

「也滿好的。」

「但我不愛他，還害我喜歡的女孩過得很辛苦，要是忍受下去，我應該會死不瞑目。」面前的人瞇起眼睛，像是看穿了什麼，然後他反問：

「所以年輕人你想要再有一次回到過去的機會對嗎？」

「對。」老伯真的很懂我，但我仍補充：「這次應該是最後一次了。」

「確定嗎？」他問得像是隱約知道什麼，不過這一次我的心十分堅定。

「我確定！我要再回去一次，但卻不改變事情原有的樣子。」

「如果你確定要那麼做，我也無話可說。」

說完，他轉身朝向放著音樂水晶球的置物架，將它拿出來放在櫃台上，這回裡頭的玩偶一樣是個穿著長袖紅衣服的男孩，站在一棟小小的屋子旁邊。我不知道它意味著什麼，抑或是個信號，提醒著我這次改變十年前的時空後，我又會再次回到一個人的生活。

「原本的價錢對嗎？」

「沒錯。」

我從錢包中掏出錢、遞了上去，付完錢並說了簡短的道別後，就回到曾經住過的地方，它的狀態跟我每一次回來時沒有差異，但奇怪的是先前買來的音樂水晶球卻不在床頭櫃的原本位置了。

等時間到來的時候，我拿出便利貼，再次寫下回到過去之後的計畫：這次必須做的事情只有一樣。不過，就算清楚自己要做什麼，我還是想將它記下來。

待辦事項

讓一切都跟時光倒轉之前一樣。

鈴——鈴——

鬧鐘再次喚醒了我，不必去猜測博詩現在人在哪裡，因為從身上穿的衣服及周遭的環境都很好地說明了我再次回到過去的時空，來到自己二十歲的時候。

想來就覺得又難過又開心。開心的是，我可以將一切變回原樣，而讓我難過的，同樣也是這個讓我必須獨自一人的原樣。

但好吧，不是每個人的人生都像我一樣，可以做第二次或第三次的修正的，不過修改了以後卻害得他人必須面對苦痛，我也不是太喜歡。

盥洗過後，大學生的制服被拿出來換上，接著我直奔學校，為了讓一切都照原樣進行而努力回想以前做過的事情，只不過得忍受那有些無聊的重複放映。

「嘿，阿詩！」站在門口附近的同學開口向我招呼，而我也必須回答得跟每次一樣……

「嗨！」

然後過沒幾秒之後，同學就會抱怨今年的共同必修人多得要死。

「今年的共同科目也太混亂了吧！人有夠多。」

「沒錯。」靠，莫名地像是買了樂透之後，一再地中獎一樣，不過我很驕傲自己的腦袋還能記下那麼多項事情。

「那你要坐哪裡？要跟我們一起坐嗎？」

如果是前幾次，我應該會為了和蓓玫拉近關係而說「不要」，但這次卻不一樣，我不再努力做任何讓狀況變得更糟糕的事情了。

「嗯，讓我一起坐吧！」因此，唯一的答案就是同意。

「沒問題，但我要坐最角落的位置喔！」說完，對方就跑上了教室的階梯，然後屁股落在教室最上面的那排座位，離蓓玫大約是三十排的距離。

我垂著頭跟著同學走過去，坐在過去的同個位置上，等候教授走進教室，當教授一進來、過不到幾分鐘，門就會被打開了。

碰！

是光年跟他的朋友們。

我承認自己沒辦法對眼前的景象視而不見，我還是盯著他——那個笑起來就讓世界就變得明亮的人——也不知自己是什麼時候開始看見這些優點的，或許就是昨天，我們還一起待在高個子的公寓裡的時候。

那個版本的光年真的非常好，好到令人感到安心，不過當他變回現在這個徑直坐在蓓玫旁邊的小屁孩時，又讓人同情不起來了。

我的一天就這麼平順又極其無聊地過去了，共同必修下課後又接著上另一門課，一天結束後，我買了便當帶回住處吃，像以前一樣看著漫畫讓時間流逝，心裡只祈禱著，當自己睡醒的時候一切都會變回原樣。

那天將會是蓓玫跟光年的婚禮。

他們兩個人都不會認識那個叫博詩的男生。

而我仍孜孜矻矻地做著字幕翻譯的工作，繼續住在老舊的租屋處，就像大學時代一樣。

人生也不過如此吧。

手機螢幕上的時鐘移動到了午夜時分，我躺在床上、閉上眼睛，任由睡意進來掌握一切。

鈴——鈴——

還是一樣的聲音呢——

我想繼續睡，但又想知道世界是否已經回復原樣了，所以不得不躺著伸伸懶腰、摳掉眼屎，用盡一切方法讓自己清醒過來。視線環顧了屋內一圈，所有物品的放置都跟以前沒有兩樣。

但我仍不放心，趕緊衝向衣櫥、打開來看看要穿去婚禮那套出租西裝還在不在。結果是：不在！不過，廁所裡隱約傳來的唧唧叩叩聲卻嚇得我不敢動彈。

「誰?!」是小偷嗎？

又或者——可別跟我說是光年——如果還是那樣，我絕對會咬舌自盡！不過，應該不可能才對，我都將過去的時空修正成那樣了，沒有上前去認識任何人，一切應該都會變回原樣吧。

「欸？你醒了喔？」

「……！！」

怎麼可能？為、為什麼蓓玟居然會在我房間裡？

我吞了好幾口口水，但卻一句話也說不出來，只能望著纖細的人走到外頭，替我處理洗衣籃裡頭的衣物，彷彿是個人妻。

咦？難道我們結婚了？這有可能嗎？

「阿詩餓了嗎？我等下弄東西給你吃。」

還煮東西給我吃？這是怎麼回事？難道這次，我的美夢成真了嗎？

「小玟……在這裡陪我嗎？」額頭的邊緣冒出冷汗，掌心也濕了，不知道是因為緊張還是怎樣，我變得不像我自己。

「嗯。抱歉，我擅自開門進來了。我擔心你不舒服。」我蹙眉，「擅自」就表示我們沒有住在一起，可以刪掉小玟是我老婆的選項了。

「我沒事，就……只是不太懂自己為什麼會不舒服。」我也不會什麼套話的藝術，所以就直接問了，這樣才會知道在這個時空發生了什麼事情。

「你最近看起來壓力很大，還有就是，我明天就得走了。」

「蛤？走去哪？」

「我知道阿詩你不想讓我去，但我真的必須要走。」女孩的臉上有一些陰霾，她落坐在書桌的椅子上，表情像是快要哭出來的樣子。

「對不起，小玟，但我真的不懂。妳要去哪裡？跟誰去？還有什麼時候才會回來？」

「我要跟我丈夫去美國。」小玟結婚了?!

「那光年呢？」這兩個人現實中不是應該結婚了嗎？「光年消失去哪了？」

「我求你，不要提到光年好嗎？你越說，我就越覺得內疚。」

「你為什麼要覺得內疚？」

「阿詩你不是知道嗎？」

「我什麼都不知道！說真的，我也不懂為什麼事情現在會變成這樣。」我咒了長長一串話，其實我們的人生都應該回復原樣的，不該扭曲得好像是異世界。

「接受現實吧，阿詩！」

「小攻你說，現實是什麼？」

「現實就是我家破產了，為了生存下去，我爸媽不得不將我嫁給有錢人。然後，你知道最痛苦的是什麼嗎？是我知道他殺了光年，卻只能佯裝不知情嫁給他！」

「……！」

「就算阿詩你要我再說幾百次，我也還是無法離開他。」

「光年何時死掉的？」我咬著牙，全身顫抖，硬是擠出聲音問。

「你幹嘛明知故問？」

「何時?!」

「我不想再提到他了！」

既然得不到答案，我也不想浪費時間等了，像是不要命似地衝出了住處。我也不知道那麼痛苦是為了什麼，是知道小攻的人生怎麼一敗塗地的？還是知道光年被殺了？許多想法不停地湧進我的腦中，同時雙腳仍不停地跑著。

我打著赤腳，忘記在出門的時候穿上鞋子了，身上還穿的那套破舊的衣褲，任誰看見都會變成焦點，但我不在意，只是專注地向前跑，心裡非常想哭，卻沒有掉下一滴眼淚。

叮鈴——

抵達的信號在推開門時響起。

「老伯！」五十多歲的店主仍站在櫃台，如同他的慣例一樣，投過來的目光充滿了擔憂，他一句話也沒說，只是等我走向前，然後才低頭將目光落到了剛好放在面前的報紙上。

「這是什麼？」

「你讀讀看。」

一則篇幅不大的頭條新聞成為了我的焦點。除了大篇幅的政治新聞外，報紙右上角還有一則謀殺案的報導，光年？照片中的他被碼到看不出任何細節。

只知道屍體上沾滿了鮮血，同時有個簡短的標示，讓人到下一頁去閱讀詳細的案情。

兩年前被刺死在酒吧裡、凶手無法被逮捕歸案、起因猜測是一場爭執……這是什麼意思？難道是因為小玫的丈夫有權有勢，所以可以蓋住新聞？

「老伯，我不懂。我回到過去就是為了讓一切都不要發生改變，但為什麼結局卻沒有回復原樣？」報紙被丟回桌上，我握緊拳頭，盡可能壓抑住洶湧彭湃的情緒。

「當你起心動念要改變某一件事，就算回到過去的時空後什麼也沒做，但情況也已經不一樣了。」

「那麼我該怎麼做？每個人要到什麼時候才能不因為我而死掉、不因為我而痛苦？」

「那或許就叫做『命運』。」

「不！」我搖頭。「發生的所有事情都是因為我一個人的自私。」

能一天天過日子就已經很好了，我卻東要西要，想愛一個遙不可及的人，超過自身所能承受的夢想讓人全然忘記看看自己所擁有的，一得到機會就想要更多、想要十全十美，等到回過神才發現，除了無法擁有完美外，還將一切摧毀殆盡。

「年輕人，你有疑惑過自己那天為什麼可以走進這間店嗎？」

長者的聲音將逐漸沉淪於幻想之中的我叫醒，我抬頭正視著他，然後才搖了搖頭。

「我不知道，只是因為隔壁那家店沒開。」

「它沒開，是因為被安排要關店。」

「意思是，您刻意讓我進來的嗎？」

「好久了，十多年前，你的父母曾經來過這裡。」店主老伯的話語像是一把沉重的鐵鎚，用力地敲進我的腦中。已經好久沒有人提到我爸媽了，他們兩位已經永遠離開人世，於是家裡的人也不想再談及那次的失去，但……老伯卻主動提及了這件事。

「您在鬧我對吧？哈哈，我媽是春武里府的人，哪可能會來您這間位於曼谷小巷弄裡的店！」聽起來真可笑，我忍不住回了嘴。

「他們兩位曾經來過這裡，就站在你現在站的位置，然後想從店裡買走一顆音樂水晶球。」

「……」

那語氣，以及那張認真的臉，讓我雙腳幾乎要站不穩。我爸媽在我約莫兩歲還三歲、仍年幼不知事的時候就過世了，我只知道死因是一場意外，但撫養我的舅舅卻沒講過太多細節。

「他們想買給你，但似乎沒送到你手上對吧。」

「對，我從來沒拿到過……」許多的疑問冒了出來，讓我趕緊慌亂地往下詢問：「那它去哪了，老伯？為什麼我媽不曾給過我？」

「還想再買一顆音樂水晶球嗎？」他沒有回答問題，只是笑著轉移話題。前一次，我說過不會再回來要買音樂水晶球了，但現在，為了再求一次機會，我可能必須把自己的話吞下去。

「要，但我還沒搞清楚我爸媽的事情。總之，您就幫……」

「我說過，店裡不是每一顆音樂水晶球都能讓你買，對吧？」話還來不及說完，就被另一方打斷，不給我說下去的機會。最終，我也不得不順水推舟，先從他想談的話題談起。

「我知道。」

「還有，你也得知道，現在你能購買的音樂水晶球只剩下最後一顆。」

「什……什麼？」

「機會，是不會一直都有的。你比其他人優越之處是，你有好幾次可以回到原本的人生去改變未來，而其他人則不得不低頭接受自己的人生只有一次機會，不過你現在的處境也和其他人沒有不同了，只剩下一次機會，並且不再有機會彌補。」

「我願意。」

「但……有一個限制。」

「您就直說吧。」

「若時光倒轉了，你就得永遠待在過去。」

「等等，老伯。『永遠』是指我不會在明天醒來了嗎？」我看見眼前的人眨著眼代替答案，我迅速地往下問：「那這樣，我要怎麼知道，這次回去有沒有將每個人的未來變好？」

「你的人生走到了那個時間點之前，是不會有人會知道的。明白這些之後，你還想買最後一顆音樂水晶球嗎？」

「想。」我幾乎想也不想就用堅定的聲音回答。

不管怎樣，我還是想使用最後一次的機會。

聽完我的回答，店主老伯就轉身朝向老舊的木櫃，並將最後一顆音樂水晶球拿出來放到我面前。

這顆音樂水晶球的外型圓圓的，跟前幾次無異，改變的是裡頭的玩偶，不像先前是男生或女生的人偶，這次換成是一朵藍色的玫瑰花出現在裡頭。

絕對是《美女與野獸》[2]！

「價格也……」就在詢問的時候，雙手也摸著褲袋裡的錢包，接著才發現我光著雙腳跑出來時，什麼都沒有帶出來。「呃，請先讓我回去拿錢之後再來付款。」

「不用了。這就是你要問的那顆。」

這下子，我更加目瞪口呆，況且先前拋出太多問題了，所以我一時也不清楚面前的人到底想說什麼。他似乎看出了我的不解，終於打算揭曉答案。

「你的父母在十多年前走進來買的那顆音樂水晶球，現在就在你的手中，我終於也算是完成他們的請求了。」除了驚嚇還是驚嚇。面對接二連三而來的驚嚇，我只能張著口、愣愣地站在原地。

「你大概想知道他們求了什麼吧，唔……我那天還附上一張祝福卡當作禮物，那可不是每個顧客都可以拿到的。」

「我爸媽寫了什麼？」我的腦海裡幾乎沒有關於爸媽的記憶，於是當有人知道他們的事情，我就更加迫切地想知道。

「他們希望你有美好的人生。」

這句話聽在耳裡，一時之間令我既想哭又想笑。想哭的點是，即使我們幾乎不曾像其他家庭那樣一起生活，但我仍可以感受到他們的愛與關懷，但可笑的是我現在的人生過得一點也不好，就連前途也晦暗不明到令人心驚。

「那為什麼我從沒讀過那些？為什麼爸與媽沒有打從一開始就將音樂水晶球送給我？」

2 玻璃罩中的一朵紅色玫瑰是《美女與野獸》這則故事的要素之一。

「那是因為他們沒有機會。」

「您說的沒有機會是……」

「年輕人，有些答案也許是當下無法說明的。我想你該回去了。」我的臉皺了起來，既使心裡有更多想問得要死的問題冒出來，但現實裡的我只能點點頭。「不過，我可以再給你一些建議嗎？」

「好。」

「以前，你沒有將人生活出價值，因此你對自己的人生有著不滿。這最後一次的時光倒轉，是你僅剩的機會，你也只能再活這麼一次……要發揮人生的價值，然後幸福快樂。」

「好，我會做到的。」

「那你去吧，希望你能有美好的人生。」

我一邊接過音樂水晶球拿好，一邊道出簡短的感謝。雖然沒花多少時間，但相信我，無論時間過了多久，我仍然會在心中銘記今日的狀況。雙腳轉向門口走去，每一步彷彿都是炸彈的倒數計時。

「對了。」我隨著店主的聲音轉了過去。「或許會有點痛，希望你能忍耐。」

咚！

還來不及點頭，我的頭就不小心撞上了門。

「您知道?!」邊說，就邊用手揉了揉額頭，但不忘做最後一次的道別：「我先走了。」

「年輕人，再見了。」

外頭的陽光照了進來，那瞬間，我看清了店裡的全貌，然後老舊的木門就被關上了。

現在的目標是回家，不知道小玫還在不在，或者已經回去了，不過這些問題等我抵達時就會知道答案了。可是沒想到，懷裡的音樂水晶球竟然突然在半路上自動播起音樂來。

我嚇到寒毛直豎，不解地低頭看著懷裡的東西。

逼——！

汽車的喇叭聲迴盪在大街上，眨眼之間就掩蓋掉好聽的樂聲，我抬頭看向聲音的來處，然後才發現自己不知不覺之間，竟然不小心踏進了車流穿梭的馬路上。

事情發生得太快，快到我來不及移動，只能僵直著身軀、瞪大雙眼，屈服於接下來的衝擊，一瞬間，我的身體被大了好幾倍的物體衝撞，接著噴飛出去，血腥味在鼻腔裡蔓延開來。

然後我的頭部大力撞擊地面，旋即昏了過去。

哪裡痛了？不過是全身上下都失去了知覺。

眼前一片光亮，什麼也看不清楚，而且令人昏昏欲睡，不過我的雙眼卻睜著老大、看著前方的一切，什麼也做不了。就在那個時候，眼底慢慢浮現兩個人的身影——那是我爸媽——就在這條馬路、在這裡、在這一個點上，我們的影像被疊加在一起。

五月二十七日，是他們兩個的忌日。

這就是我為什麼不曾從他們手上拿到這顆音樂水晶球的答案嗎？因為他們在有機會將東西交給我之前就早一步離去了。那我呢？在我拿到爸媽的禮物之後，接下來會變成怎樣？

只能問了自己好一陣子，然後眼皮慢慢闔上，沉入不曾到過的幻境，那裡寒冷、痛苦，而且寂寞。

感覺就像……就像是人活著的最後一口氣。

5 我會帶你飄浮

嚇！

我像隻擱淺的魚從床上掙扎而起，不知道是那顆音樂水晶球將我帶回過去，還是自己正陷於某處的漩渦之中，這裡沒有馬路，也沒有汽車，令人作嘔的血腥味也不復存在，只留下從後頸一路疼到股溝的痛楚。

這不只「有點痛」了吧，老伯。您的提醒……通通是謊言！

接下來的問題是，那個世界的我在被車撞了之後呢？嘿，我不會就這麼死掉了吧？

還有我在閉上眼睛之前看到關於爸媽的畫面，難道只是頭部受到撞擊時浮現的幻影，清醒之後就消失了？老伯說他們買給我的那顆音樂水晶球，也不在這裡了，就像是為了時光倒轉而被我用掉的路引。

從深淵中掙扎爬起之後，我的心臟仍舊持續地劇烈跳動。我從世界上最愛我的人手上得到最後一次的機會，但我們卻不再有機會見面，一想到這裡，眼淚彷彿默默要流下來了，於是我不得不頻頻眨眼，好不容易才壓抑住自己的情緒。

算了，清醒後第一件該做的事情是什麼？我立刻拿起了手機，確認時間及日期。沒錯，如我所料，今天是西元二〇一九年五月二十七日，第一堂課是早上十點鐘的共同必修——溝通英文。

每一次醒來，我的錢包裡都只剩下四十五銖和一張捷運卡，除此之外，就是一張不常用又沒有錢的破爛提款卡，全部都像重新開始一樣歸零，連當個窮鬼的部分也一樣。

想想我那時是怎麼過活的？每一次在終於收到翻譯的稿費之前，總要餓著肚子、挨上幾天。

不——我沒有那麼能忍耐了。

所以這次回來，我必須要改變自己的行為模式，其中之一就是得厚起臉皮向別人騙吃騙喝，讓自己能夠活下去。可惡，奮鬥的人生為何那麼無依無靠！

不過抱怨歸抱怨，最終還是得積極地面對這個不知道會將我帶往何處的世界，或許店主老伯說謊、會將我帶回十年後也不一定，至於今天，我只要對每件事都盡了全力就好，反正我也僅有一次機會了。

十點鐘。

那堂共同必修的英文課開始了，在為了要坐哪裡而絞盡腦汁之後，我最終決定搬去跟同主修的一群同學們坐。就如你們所知的，英文系的男生少之又少，而成群的可愛女生們又都跟我不熟，這也就是為什麼要找個生活喜好合拍的人這麼難了。

那群人中有一個叫邁克，今天我想跟他建立起一個兩人小組。雖然對方內向又滿會隱藏自己的，但說真的，我們的個性差不了多少，所以都不像別人有可以拉著到處去的朋友。

「今天是什麼風把你吹來坐這裡？」

「想念的風呀。」

「耍什麼爛招，我要吐了。」對了……忘記說，這傢伙的嘴也很壞。

邁克是個人類，男性，身高約一百八十五公分，體重不知，但身材很好，因為交朋友的時間都拿去上健身房了。他喜歡吃乾淨飲食，喜歡在課堂上聽伊善風格的說唱，有空的時候就躲回住處，也不知道家裡是藏了什麼好康，可能就跟我一樣，就算沒事也先回家比較好。

「不耍也行。我只是無聊，想找人聊天。」我倚在椅背上，視線看向教授坐著的教室前方。

第一排的桌子仍被管理學院的同學佔據，當然蓓玫和她朋友，還有光年，照舊是坐在那裡；右手邊接下來的第五、六排是經濟學院的，左邊則是教育學院，然後教室的最上面是人文學院的同學們，明顯是有好幾個系混雜在其中。

「平常看你認真得要死，為什麼突然想在課堂上找人聊天？」一旁的人回了嘴，拉著我再次回望說話的人。

「現在不想認真讀書了，成績再好也賺不到什麼錢。」

「哇！一副很知道自己未來的樣子。」

「我知道啊。我這個人……看未來很準的。」

「那你看一下我的未來會是怎樣？」

「是我的好朋友啊。」

謝謝你做球給哥打！我想要有朋友咩，想要跟其他人文學院的同學一樣有個精彩的新人生，所以請跟我當朋友吧！

「笑死，我又不想跟你當朋友。」

「好傷我的心喔！」我裝出很萌的聲音。真可憐自己都要三十歲了，還必須用自己十年前的身體裡裝可愛。到底要多可愛的撇嘴，朋友才會喜歡呢？

「你是中邪喔？你平常不是都不想跟大家交朋友嗎？」

「我現在想了，好寂寞。你都不會寂寞嗎？」

「不會。」

聽他那樣說，我也不會認輸，像個煩人的黏人精一樣湊了上去。首先，得要想個我們都喜歡的聊天話題。不久後，有個字在我腦中被提煉出來：「書」。

「邁克，我房裡有很多書喔，你想借哪一本都可以直說。」

「幹嘛要借？」

完了，這種答案似乎意味著對方要拒絕一切的好意，於是我沉默地坐了回去，想著這種突擊的方式好像不可行，反而讓邁克更加煩躁。難道我不該用這種方式接近人家嗎？

「這個星期六……」

我轉向開口的人。

「嗯？」

「這星期六你有沒有空啦？我想去看《復仇者聯盟：終局之戰》。大家都看過了，媽的！」

我的心脹大到快要爆發。哇，真的是在約我?!

「我要去！」

「那之後跟你確定時間。不過，你應該還沒看對吧？」

「看了，但還想再看一次。你知道嗎？漫威的復仇者聯盟已經出到六囉。現在這是什麼鬼？《復仇者聯盟：終局之戰》剛結束？才到第三階段而已，遜斃了。」

「你有病嗎？亂扯一堆鬼話。」

「呃……」

我忘了，那是未來的事情。

我們之間的閒聊結束了，但我暗自覺得比原先的預想美好許多，至少邁克不討厭與我有進一步的交情，不再只是同主修的同學而已。光是這樣，就足以讓我重新開始過二十來歲的生活了。

無聊至極的生活，再見。

找朋友的任務，成功！於是，我將注意力轉回一個女生的纖細後背，她坐在遙遠的那方。其實我也知道答案，無論用何種方式接近她，我們終究不會相愛。

但就算是那樣，我還是想盡最後一次的努力，即使無法擁有她，只希望她和她選擇的人能在未來幸福快樂。

「邁克，我要跟一個女生告白。」

「你這種人有喜歡過別人喔？」沒有加油聲，只有邁克臉上滿滿的懷疑。

「就……就初戀嘛。」

「你是想到喔？」

「我們是好朋友了啊。」

「有嗎？」這混蛋！他看到我一臉不爽，才繼續往下來說：「你要這樣跟她告白？到目前為止，她看起來對你有意思嗎？這樣才能正確評估情勢。」

「她連我的名字都不知道。」

「靠……然後你要去跟她告白？首先，你要先去跟她裝熟，然後自我介紹、交個朋友吧？那樣機會應該會比較大。」

「你沒看過呆頭鵝跟校花告白的漫畫嗎？這是同一招啊，而且人家成功了呢！」

「那是漫畫，白癡！」

又被罵了一次。好啦好啦不說了，可以吧！我只是想找機會去認識小玫，怎麼會那麼難？我嘗試過幾次，但沒有用，她似乎滿保護自己的。

但我要受不了了。如果再不跟她告白，我就要受不了了！

「妳好，我叫阿詩。」因此，下課之後，我得在被憋死之前先說出口：「妳可能不記得了，我們那天在社團博覽會見過，那時我迷路了，然後妳走過來問我準備去哪個社團的攤位。當我還很困惑的時候，妳就主動牽著我的手、帶我過去了。」

「……」

「那時我就對妳印象深刻了，只是說不出口，只能將一切藏在心裡。從那天起，到現在已經過了一年多，但我還清楚地記得妳的語氣、表情和動作，還有妳的笑容，所以今天想把我心底的感受告訴妳。」

我鼓起勇氣、深深吸了一口氣，眼睛眨也不眨地盯著前方。

「蓓玫，我……我喜歡妳。」

一片安靜……

安靜到自己臉上冷靜的微笑開始褪去了，我舉手用力地搓著自己的頭，盯著鏡子裡自己的那張臉，然後忍不住覺得恐懼——硬是用這個樣子去跟女生告白的話，絕對只有被罵的分。

就連練習告白都如此一團亂，正式上場會怎樣？做夢去吧！大概真的必須像邁克同學建議的那樣，先去認識她再說。

喀！

「喔喔，不好意思……」靠北！

廁所門栓被解開的聲音讓我回頭，然後看見瘦高的某個人出現在我面前。欸?!我進來的時候明明有好好觀察過沒有人在，這傢伙是什麼時候進去拉屎的？？？

「光……光年！」

「你認識我？好開心喔！」名字的主人面無表情地回應著，他直直向我走來，但在最後轉了一點方向，停在隔壁的洗手台。

「你剛才有聽見我在講什麼嗎？」無法忍住不問，也不敢看著對方的眼睛，只好低下頭去。

「沒聽見。」

安心了一點。

「蓓玫，我喜歡妳。」

「喂——」怎麼可以騙我相信你！你這該死的小鬼！「這不關你的事。」

「怎麼會無關？小玫是我的朋友，而且父母也認識，難道要我甩手不管嗎？」

「不！我說的人不是你朋友！」

你覺得他會相信嗎？不過信了也不錯。

「整間學校叫小玫的人可能有上百個，這個我懂，但是叫蓓玫的呢，我想只有這一個，你這笨蛋。」

「呃……對啦，但那又怎樣？你既然都知道了，那我先說，我要追小玫。」我粗脖子紅臉，裝出一臉囂張去嚇唬對方。

「你脖子還好嗎？」

「你白目喔？」

「只是擔心你，看你臉紅脖子粗的，好好說話就行了。」

「我才不要浪費時間跟你講話！反正我本來就要追小玫，你想拿去跟她說就去吧！」話一說完我就閃過身，意圖要走出廁所，不過對方卻快步上前擋住了門。「閃開！」

「我們還是有事要聊聊。」

「但我沒事要跟你聊。」

「我答應不會把這件事告訴小玫，但你得先跟我把話講清楚。」

「好啦好啦。」隨便你了，要帶我去哪裡都隨便。

我學到一課了，無論時光倒轉幾次，我的人生就是會跟這個叫光年的人扯上關係：第一次是情敵，第二次是朋友，第三跟第四次是炮友，只希望這一次，我們兩個人的關係會沒有前幾次那麼糟糕。

教學大樓的餐廳，再加上站在一起點午餐的氛圍，是否覺得有點熟悉？

當想到未來要雌伏於那個人的身下，而且還是個小三，我全身就抖得像被上身了一樣。

「中午的人多得要死。那邊有空位，先過去佔。」光年指著餐廳一角，那是一個大約可坐四個人的獨立座位，所以我們得先趕過去放包包，避免被其他學生搶先。

「你去買吧，我不餓。」我簡短地說，然後在椅子上坐下來。

「你是要我自己吃然後看你吞口水嗎？快點去買！我等等先顧著桌子。」

「不要。」

「怎麼那麼固執？」

「我不是固執，只是沒有錢，可以了吧？」靠，他害我無路可選。

「好可憐喔，想跟女生告白卻沒有錢。」不只揶揄我，光年還笑了我一波。很好笑嗎？你們含金銀湯匙出生的傢伙！

「我有點難過。」

「啊，為了安慰膽小鬼，我請你一頓好了。」

「關你屁事，你憑什麼安慰我？」

「憑我是小玫的朋友。想吃什麼就說吧，等下買來給你。」

「是在乾爹什麼？」

「我有錢。」

「哼哼。」

「快點餐！等下我去買，隨便你吃。」他都這樣說了，我哪還會不好意思？每一銖都還在包包裡，而且肚子還能飽飽的，哥哥我就不拒絕底迪的好意了。

「我要吃打拋豬加熟透的荷包蛋，然後要大份的。」

「嗯哼。」

「飲料的話，要裡面有椰肉可以咬的椰子汁，也要一瓶水來解膩。對了，那家店似乎也賣磅蛋糕，我要一塊，剛好胃說它想吃。然後還要轉角那家的烤丸子，像恐龍蛋一樣大顆的。要買齊喔！」

「好。」

「沒有騙我吧？」

「但我買來你要吃光光喔，沒吃完就要按我看到的賠償。」

「用你看到的來當標準也太莫名其妙了吧！」

「我的眼睛可是有標準的。」

「哪裡？你舉個例子來瞧瞧。」

「看你可愛，這不就是標準嗎？」

「……」

荒謬。

我清楚記得，無論是誰，都會被光年聊天時玩梗的魅力所迷住，而我遇到這種狀況，一樣也玩不過他，所以只好裝作沒有多想。

「好了，說夠了就快點請客。」

「什麼啊？人家只有被稱讚了請客，而我卻稱讚了卻還要買給你吃，心會不會太狠了。」我不想再多說多錯，趕緊擺擺手要趕他走，接著高個子就走開了，讓我安心了點，不然都要呼吸不過來了。

沒幾分鐘後光年走回桌邊，同時依序將一樣樣食物買了回來，最後放滿了整張桌，害我不知道該先挑哪一樣吃。看吧，這就是只顧著吃的因果報應。

「吃吧。」光年的屁股坐到了對面，他點了簡單的海南雞飯來吃，而我則開始一口接著一口將打拋豬跟荷包蛋送進嘴巴裡。

「有話快說。」

「說話前先把飯吞下去好嗎？」吼！拖拖拉拉的，於是我花了時間咀嚼、把食物吞下去之後才說話，而這一切都落進了對面那位的眼裡。

「叫什麼名字？」光年開始問了。

「博詩。」

「好怪的名字。」

「那你就別問。」

「領帶上的徽章看來是人文學院的，你幾年級？」

「跟你一樣。」即使外表看似年輕，但我告訴你，我的智慧卻是大人的等級，連柯南都得去旁邊流眼淚。

說真的，我們學校的學生從大二開始就不太繫領帶來上課了，褲子也會改成比較舒適的款式，不然就是跟隨流行，但我呢，是屬於不太有品味的那群，於是最簡單合適的穿著就是符合規定的制服了。

「我現在才發現你的頭髮跟眼睛都是淡咖啡色的，你是混血兒吧？」

「嗯。」恐龍蛋大小的丸子被塞進嘴裡，我慢慢地嚼著，切斷他往下問的機會，而光年似乎懂了，所以也安靜坐著等——不過要等我吃完，可能得花很長一段時間——我吃完第一顆又接著吃了第二顆。

「你要收著拿回去吃嗎？」白目……

「你什麼時候才要講小玫的事情？」對面的人不回答，只是沉默地對著我笑。「看什麼？」

「看到可愛的人就想看一下。」

「不給看。」

「吼，連眼睛的主人都沒權力看嗎？好凶喔！」

「立刻給我講正題！我人沒有外表那麼好！」我開始克制不住，對他發起脾氣。回到過去到底是對還是錯啊？

「喔喔承認了，連吵架都好可愛。」

「智障什麼啦！」

「都要愛上你了，如果不喜歡小玫了，可以回頭考慮我喔。」下一秒那個人就用手掌拍了拍旁邊的椅子。「來乾爹這邊坐，保證會把你養得好好的。」

「我又不想當你的炮友。」也不知怎麼脫口而出的，等我意識到的時候，對面的人也沉默了。大概是這陣子以來，常常擔心會在醒來的時候變成為光年老婆，所以才會無法擺脫那段記憶。

「為什麼你會覺得我要你當炮友啊？」

「就……不知道啦，你大概對每個人都這樣想吧。」

「不會，對想玩玩的人是一種對待方式，對喜歡的是另一種。如果你說你不想當炮友，我就不會那樣對你啊。」

「用朋友方式對待我就夠了。」

「真的夠嗎？可以有多一點的期待喔。」

「要不是心疼食物，我就把它們通通摔在你臉上！」

「好好好，我玩得太過頭了。不要想太多，我對可愛的人都好聲好氣的。」

「我知道。」

「你怎麼知道？偷偷觀察我齁？」

「喂——」

我曾經思考過，為什麼每一次回到過去，我的人生總要跟這個男人有所牽連，現在我才明白，在時光倒轉回去修正過去之前，只有我從遠處單方面看著光年，相反的，因為我們連說上一句話的機會都沒有，所以他的眼睛裡不曾看見過我。

這次，我大概不得不適應了，再過十年後，無論是處於何種關係，他都會在我的人生佔有一席之地。

「我會找機會讓你去認識小玫。」邊鬧邊吵了一陣子，光年最終還是進入了正題，而且他說出的話還正中我的下懷。

「真的？」

「但有條件喔。」

「還有什麼條件？」早就知道他不可能免費幫我，但一聽到答案，我還是忍不住拉下臉來。

「給我你的電話。」

阿詩的人生實在令人沮喪，我用了電話號碼跟死光年交換飯錢還有他幫我找機會認識蓓玫，這似乎有點熟悉喔！但有時候又感覺不知道自己的想法是不是錯了。

不過時間也無法倒流了，我在那個時候也想不出辦法，對光年提出的條件也只能照做。

我們中午之後就分開了，他去找朋友，而我則像隻寄生蟲一樣黏著邁克到處去，在上完下午五點的最後一堂課後就各自分道揚鑣。

我沒有立刻回家，而是順道去了某位我連名字都不知道的老伯的花店，也不知道自己內心在期盼什麼，不過至少想親眼看到那間老舊的店是什麼狀態，還有那位老伯……是否還活著。

叮鈴——

在有人推門而入的時候，門板上的鈴噹總是很盡責，但店裡的狀態看在眼裡卻讓我愣住了，連腳都無法移動，因為屋內只剩下斷垣殘壁，還有那群轉過來一起看我的人。

還是我進錯店了？

「請問有什麼事嗎？」有個女生問，她綁著馬尾，穿著深藍色的襯衫及緊身牛仔褲，樣子看起來很幹練。我確定我們之前絕對沒有見過面，而四周其他穿著相似服裝的人——無論男女——也沒有一個是面熟的。

「呃……我想請問，這裡曾經是花店對嗎？」

倘若不是，我就能立刻轉頭逃得遠遠的。

「是的。」但她竟然說是。

「那請問店主老伯在嗎？我曾經是他的客人。」我們在十年後見過面，所以我想老伯現在應該還活著。

「嗯……我是他的姪女。他老人家已經過世了。」

「欸？」

「沒錯，過世快五年了，所以我才想將這家店重新裝潢成咖啡廳。」

怎麼可能？那麼那位賣我花的老伯又是誰？還是說，是十年改變了很多事，這裡換成了新的店家，那位老伯並不是面前這女生講的人？

「真的很抱歉。」

「沒事的。」

「那……我可以再問一些事情嗎？」

「好。」

「您的伯伯是賣花跟一些紀念品，像是音樂盒之類的，對嗎？」我超希望她搖頭說不是的，不然的話，我大概會整個脊椎發涼，因為我竟然跟死了十五年的人聊天。

「喔對啊，他老人家在生病過世之前賣了很多年，您也是他的客人之一對吧？」

「……」

目瞪口呆。

「您一定從很小就光顧我伯伯的店了，非常感謝。」

「……嗯。」

「有空的話，可以來我新開的咖啡廳坐坐喔！跟服務生說您認識添福伯伯的姪女，我們就會請你喝免費的飲料。」

「謝謝您。」

自己好像還無法脫離神秘的迴圈，除了老伯帶著我來回穿梭時空好幾次之外，更加倍奇幻的事情是他竟然沒有實體在這個世界上！

這場電影的精采已經超乎我的想像，而且還用高難度的方式極限轉身……

第二天開始。

由於沒有跟管理學院一起上課的共同必修，也就意味著我得忍耐見不到初戀情人蓓玫這件事，要問我會不會難過？是有點，但一想到接下來的課都會見到面，就覺得安心了些，而現在看起來無法安心的事情就只有吃飯的事了。

我以前除了接翻譯的工作外，就是等著舅舅每個月給錢，但自己也清楚這樣填不飽肚子，還會造成舅舅的負擔，他自己也有小孩要養，想只依靠他一個人是不太負責任的做法，所以當我有了重新開始的機會就得加倍奮鬥，找份特別的工作升級自己的人生，讓自己的吃穿用度都不用再靠別人。

第一個工作是翻譯文件，這我以前就做得不錯，現在因為累積了長達十年的工作經驗，所以只會更好，。

第二個工作是翻譯盜版字幕，但擔心盜版的不太好，所以我準備了一點履歷去投電影的字幕翻譯，希望能有哪間公司願意雇用我。第一間認真投的公司就是我十年後工作的那間工作室。

第三個工作，我準備要動用先前不曾跟別人說過的天賦。

偷偷跟你說，就是我會彈吉他唱歌啦！中學的時候，我朋友曾稱讚我唱歌好聽，有機會可以加入音樂社去追女生，女生們一定會滿教室尖叫，因此我打算去大學附近的酒吧應徵看看。

想到這裡，我就開始動手執行計畫裡的每一個項目，準備在今天傍晚下課後順便去酒吧看看。我已經滿二十了，可以安心工作、不必擔心臨檢。

我選的店是「The Favorite L」。

因為這間店的外觀不會太奢華，經營路線很清楚，有室內區跟不是很大的室外草地區，一眼望去整間店裡不超過一百桌，食物跟飲料都是大學生負擔得起的價錢，我想在工作完之後應該可以拿到小費跟免費的食物才是。

在七點開始營業之前，我大約在六點左右走到店門口，準備跟老闆自薦，雖然門上並沒有貼出任何的應徵告示，但我還是想先主動問看看再說，因此就如你所見的一樣，我闖進了店裡。

「您好，我叫阿詩，希望能跟經理或者老闆見個面。」

一走進店裡、看見第一個服務生，我就立刻行了個拜禮。

「我就是這家店的老闆。」靠，有眼無珠啊，讓我重重地摑自己巴掌、責罰我的愚蠢。

「呃，您好。因為哥看起來太年輕了，所以我就誤認了。」

「好會說話。」

眼前的人將抹布丟到最近的桌子上，然後酷酷地將雙手插進褲子的口袋裡。

「沒有沒有，我只是剛好來應徵工作。」

「什麼工作？」他認真的神情讓我嚇了一跳。

「駐唱歌手。」

「我們店裡有駐唱了。」

「那……我可以在傍晚的時候表演，就是剛開店到固定的樂團上場之前。」那人聞言搖搖頭，但我不放棄，放棄了就沒東西吃了！於是我提出了令人有興趣的提議：「我沒有一定的價格，薪資都隨哥的意思，就算不給也沒關係，只要讓我試試看就好。」

「一般來說，我們店裡七點到九點本來就沒有駐唱。」

「那更好，能有新的消費體驗。」

「那你有一起表演的朋友嗎？」老闆又問。

「沒有，我一個人來、一個人唱、一個人離開。」最後一句不用說齣，豬頭！

「那有吉他嗎？」

「沒有，店裡可以借我嗎？」

就這樣，一聲長得像高速公路一樣的嘆氣聲。

「來，表演看看。舞台前面有木吉他。」

「謝謝哥！」我也不等了，立刻連走帶跑來到舞台前，拿起靠在牆上的吉他。因為店裡的特色都是樂團表演，所以沒有給歌手坐的椅子，於是我不得不笨拙地站著彈奏歌曲。

「今天我要表演的歌曲是《Sunflower Feelings》。」

「店裡要的是大眾音樂。」

「蛤？」

「最近比較紅、客人會喜歡的歌。」

「這樣的話……」這一年有暢銷歌曲的藝人非常多，像是邁克 Jenmana、Whal & Dolph，那個名叫 The Toys 的花襯衫男孩也是。嗯，挑一首歌來唱好像也不錯：「那我唱《100%》。」

「好，來吧。」

我在心中數到三，然後將手擺到了吉他的弦上，不過……

「我可以拿手機出來看和弦彈嗎？」

「你這——」

「嘿嘿。」都隔十年了，誰會記得怎麼彈啦。

老闆大哥似乎非常無奈，於是點頭同意讓我拿出手機、好好看一看和弦跟歌詞。好了，要來真的了。

一、二、三．

『我會帶你到外太空飄浮 那裡只有你 只有你 但不用害怕 喔嘿……』

飄出銀河系了啦混蛋！

「夠了。」

被制止了，我連副歌都還沒唱到。

「請問怎麼了？」

一般般。

「你的聲音不錯，但沒有比其他人有特色，還有剛才那首歌，讓你繼續唱的話，我一定會立刻死在店裡。」

以前那些唱得好聽的稱讚是朋友騙我的嗎？我想衝回中學時，去狂罵那群害我對自己有十年錯誤期待的傢伙！那群混蛋……

「剛好有陣子沒彈吉他了，但我會努力增進自己的。」

「練好再來如何？」

「那哥還有其他職缺嗎？」我沒有東西吃了，有什麼我能做的就來吧。

「都滿囉，你要不要去其他店問看看。」癟著嘴要哭了，為什麼命運要如此傷害我呢？不管何時我都那麼窮。

「嗨，傅克哥！」眼淚還來不及流下來，剛到的人的聲音就將我們兩個人都注意力都拉了過去。

「嘿，臭光年！」討厭死了，這世界也太圓了吧！三不五時就剛見完面，一轉身又見到面，這次也一樣，高個子就這樣走進店裡，像是跟老闆很熟一樣。

「哥在幹嘛？」銳利的眼神盯著我一會兒，然後才轉向這家店的老闆。

「有同學來應徵歌手，聲音就一般般，沒有特別好聽，也沒有吉他，得跟店裡借，所以現在正在協商要怎麼辦。」

「哪位啊？」

「這個啊。」他立刻指向我。

「收吧。」光年說得堅決，他肯定的模樣讓我感到訝異。

「你搞什鬼啊？看也沒看就說要收，你們認識？」

「不算是，但收吧，收了客人一定會變多。」

「確定？」

「他至少有個優點。」

「是什麼？」

「可愛。」

可愛這個字是要在我身上用幾次！

「那誰來擔保我的損失？如果客人不開心呢？」老闆仍在仔細考慮，而我則開始對老天祈禱，希望祂能保佑我脫離有一餐沒一餐的生活。

「不會不開心啦，相信我。」

「你擔保？」

「對啦，至少有我啊。」

「……」

「我會每天都來聽。」

「那就來試一次看看，但沒辦法讓你每天表演。你週二跟週四有空嗎？」

「有空。」

「從七點半到八點半，每一晚的酬勞是五百，小費歸你，還有一個餐盒讓你帶回家，你可以嗎？」

「可……可以呀，世上最可以了！」

「那就先來自我介紹一下吧。」

聽到那樣，我趕緊將吉他放回原位，然後神情愉悅地跑下舞台，雙手舉起來拜了又拜，能哭的話，我大概就哭出來了，只是眼淚它不願意掉，省去讓哥看到一場印象深刻的大戲。

「喂，不用拜成那樣啦。夠了，工作賺錢而已。」

「因為哥給我機會啊。」

「到底在開心什麼啊？」

「哥！我好開心，你看到我的肉在跳了嗎？你看你看！」毫不猶豫馬上遞出手臂，並且捏著自己的肉獻寶。

「我就說很可愛吧。」我引頸期盼來自哥的回答，但光年竟然插了嘴！於是，我送了一個威脅的眼神過去，同時罵他：

「湊什麼熱鬧？」

「傅克哥，阿詩對我說了不禮貌的話。」

「騙鬼。」

「阿詩說話不好聽，真難過。」

「臭光年，是你先去弄人家的。所以你叫阿詩是嗎？」最後還是老闆將我們隔開來，不然智障的戰爭大概會吃掉比預期更多的時間。看吧，心情才好一下子就又生氣了！

「是的，阿詩是我的小名，大名叫博詩，現在讀大二，已經二十歲可以進酒吧了，不信的話，哥可以先檢查我的身分證。」

「嗯，我信了。」還來不及掏出身分證，就先被制止了。「台上自我介紹的時候，你就說自己叫博詩吧，客人應該會喜歡。」

「沒問題。」

「那你住哪？」

「離大學只隔一站的出租大樓。」

「很好，那表示你不能用塞車來搪塞我了。」

「遵命。」

「那換我自己介紹吧，我叫 Fluke，是同所大學管理學院的校友啦。每年常常去幫忙院上的活動，所以認識了不少學弟妹，像是光年。」說完，他轉身去拍了拍另一方的肩膀。「阿詩認識光年了對吧？」

「不算是。」

「認識啦，你幹嘛那麼嘴硬？」死光年，你這個……

「好，那就託給光年好了，今天我會讓阿詩先觀摩一下店裡的氣氛跟樂團。對了，你怎麼來的？」傅克哥最後轉過來問我。

「從學校坐摩托計程車來的。」

「那等下看完表定的樂團演出，就可以讓光年送你回去。」

「喔——沒關係啦，不好意思。」其實是怕不知不覺就傷害了彼此。

「不用不好意思，我非常樂意送你回去。」

「誰要你表示意見了？」

「你們這些小朋友吼，到底是冤家還是仇家啊？」講也講不清、說也說不對，彼此怒目相向，直到傅克哥看著我們搖搖頭、轉身去巡視店裡其他的工作。

至於我則被光年拉著手腕、跟在他後面走到一個角落，以便我利用所有可能的時間去觀察一切，從布置桌子的服務生、啤酒的酒促女孩，一直到第一位走進店裡的客人。

七點，店裡播起了音樂、等待客人的到來，接著當時間接近八點半，店裡就越發熱鬧了起來。這裡固定的樂團有好幾個，照日期輪流演出，如果客人有比較迷哪個團，傅克哥就會讓他們在週五或週六的晚上演出，演出費也會有所不同。

「點東西吃吧。」沉默了許久，最後光年先開了口，而講到這個話題呢，我絕對是回答很快的。

「沒有錢。」

「等下我買單。」

「憑什麼讓你請客啊。」

「不然我借你，何時有錢再拿來還就好。」我停下來想了一下子，現在肚子也開始叫了，可能也無法再忍受飢餓多久。

「店裡有什麼推薦的餐點嗎？要最便宜的。」

「最便宜的就炒飯了。」

「那我要不加豬肉的炒飯，但要加兩顆蛋。」

「好，稍等，我去廚房幫你點。」

「一副老闆的樣子耶。」

「一定要的——」居然沒否認，嘖！

我望著寬厚的後背逐漸走遠後，便換將時間都集中到台上正在演出的樂團身上，一看就知道他們真的很有經驗，又能娛樂觀眾，又能讓他們沉醉其中，跟著跳、跟著唱，偶爾也跟著難過，真的太厲害了。

「加兩顆蛋的炒飯來了，然後這是白開水。」

「謝謝。」店裡的服務生來上了炒飯，但光年卻還沒回來，也不知是死去哪了，不過一環顧店裡，我就看見他正被坐在桌邊的客人慫恿著喝酒。我猜應該是朋友或者認識的人吧。

過去也好，待在這裡有夠討人厭的。

不過那也只能是個夢，因為不到十分鐘後，光年就裝模作樣地跑回這桌，身上居然還帶著酒味。我是個不菸不酒的人，不過這種店裡工作，就算不熟悉，大概也很快就會習慣了。

「炒飯好吃嗎？」眼前的人表情十足八卦地問著。

「嗯。那你咧？不餓嗎？」

「喔——我一桌桌打劫人家的食物就飽了，只是擔心你而已。」

「不用擔心我，我吃飽了。」

「那表演的樂團如何？」接下來的話題飛到了正在台上表演的那群人身上，那是個五人樂團，主唱是個很有個性的女生，儘管有時演出的歌難過得差點馬上要去死，但他們表演的大多還是令人想跳舞的熱門歌曲。

「很棒，表演很有趣，我看不到他們的車尾燈。」

「是也沒錯。」

「靠！」也不會安慰我一下。

但光年這男人的本性大概就是這樣吧，於是我也不想計較了，將注意力重新放回前方舞台的表演上。一直到十一點半，現場演出的樂聲停歇，換成了一首輕鬆但不主流（相對於剛才的演出來說）的歌曲。我猜傅克哥是想讓客人在關店前的半小時感覺放鬆。

我比較喜歡這種氛圍，沒有令人頭痛的喧鬧，也沒有亂舞的客人，每個人都坐在座位上，輕鬆地喝著酒精飲料、將時間花在聊天上。

然後有一首歌響起，我不知道那是哪一首歌，但聽了覺得好聽。

「不是英文系的嗎？翻一下這首歌給我聽吧。」光年又一次打斷我美好的氛圍了！

「啊你自己不會翻喔？」

「聽起來滿難，不太熟。」

「講得一副我聽過的樣子。」

「那你現在聽，等下再翻不行嗎？它很好聽說。」

「有 Shazam[3] 吧？你就打開 app，找到歌後再拿去翻譯啊。」

「我沒有 Shazam，而且這個是不插電的版本。」

「好啦好啦，我聽一下。你這……」

那張帥臉露出滿意的笑容，而我則轉頭專注到正在撥放的優美歌曲上，歌似乎已經播完一段了，所以只能抓到一些段落。

3　Shazam：一個聽音樂就可以找到歌名及演唱者的應用程式。

『Back to the dream and the dreamily[4]』

「這句意思是『回到夢境裡』。」

『Back to the who that I'm speaking to』

「回去尋找我曾聊過的人。」

『I broke through the night so you were nice to me』

「我徹夜難眠 為了讓你對我好」

聞言的人點頭表示理解，然後送了一個甜蜜的笑容給我，讓我的心底忐忑不已，所有的注意力全都被打散了，待我再次喚回注意力時，歌已經來到副歌的段落了。

但麻煩就在這是一首情歌，而我也不太想翻譯。

「嗷！為什麼不繼續翻了？」光年邊問邊蹙眉。

「不用了吧？副歌很容易翻了。」

「那我試翻看看。」

這首歌的副歌是同樣的歌詞重複兩次，因此，當歌詞循環到原本的地方時，高個子就開始翻譯自己聽到的部分。

『You're my favorite fish』

「因為你是我最愛的魚」

「……」

「這句我有翻對嗎？」

4 〈My Favorite Fish〉的歌詞，由 Gus Dapperton 演唱。

「嗯。」

『**You're my favorite**』

「你是我的最愛。」

『**I don't usually fall in love**』

「我通常不會愛上別人。」

『**I'm not used to…**』

「我不曾習慣於此……」

在聽到那句之後，我也不知道自己該有什麼表達，只能對面前的人眨著眼睛，對他眼神裡傳來的某些東西故作無知，光年是很擅長勾住別人的心沒錯，但那些在我身上是起不了作用的。

「阿詩。」

「有什麼事？」

「其實這首歌大概的意思是……」

「……」

「就算海裡有許多的魚，但你仍舊是我最愛的那條魚。」

「……」

「這樣對嗎？」

「大……大概吧。」

我不知道海裡到底有多少魚，也不知道身邊究竟簇擁了多少的人，我只知道，現在，他是唯一一個我將注意力放在他身上的人。

鈴——鈴——

我的來電跟鬧鐘用的是同一個鈴聲，而我開始討厭起它們了，討厭到現在馬上就想換掉，問題只是在距離起床時間前還有快半個小時的現在，我得先接起打來給我的陌生電話。

如果你敢回「抱歉打錯了」，我就會狂罵你。

「喂？」接起電話之後，我擠出了最愛睏的聲音，但等到聽見電話那頭的回覆時，雙眼睜得比原本還大。

「哈囉，親愛的，醒了嗎？」

「誰呀？」

「是我。」

「哪個『我』？」

「光年。」

死光年，居然是你——！幹嘛一大早打電話來？別人要睡覺！昨天好不容易回到家都快凌晨一點了，而且我還得忍著煩躁、坐這隻死狐狸的車回來，沒想到一大早他打電話來煩個不停。

「幹嘛一大早打電話來？有什麼事其他時間再說啦。」

「我打來叫你呀，怕你睡太久沒有起來上課，你不想跟小玫講話嗎？」一講到小玫，原本鬱悶的情緒立刻進入了寧靜的狀態，再好好聽一下。

「我想啊，但不要再這樣了。」

「不要哪樣？哪裡不爽，說吧。」

「不想要你一大早就打來叫我啊。我想睡覺，而且太早起會頭暈，還很快就會餓了，而且餓了就很麻煩，吃鹹的不解餓，必須找點甜的來吃才行，但甜點很貴啊，好煩喔，為什麼好吃的甜點都要上百銖啊？」

「那你想吃什麼？」另一方問。

「問這幹嘛？」

「等下點外送去給你。」

「這樣好嗎？蒙布朗什麼的好貴喔，還有檸檬派也是。啊！磅蛋糕也好好吃。然後啊，最近學校附近的店有新品對吧，就是那個什麼果凍鮮奶的，人家說要好吃的話，要加三下的覆盆莓糖漿喔。」

「你都說成這樣了。」

「喂，這只是隨便講講而已。」

「聽到我都餓了，等下我打電話去訂。」

「哇！！真是太不好意思，但謝謝你囉。」

「嗯。」

登登！騙吃騙喝完成！

「只是打來叫我對吧？那先這樣，我要去洗澡了。」

「不繼續睡了嗎？」

「打來講了落落長，誰還睡得著啊？我掛囉。」講是那樣講，但我才不浪費時間等待另一方的回答咧，馬上就迅速切斷通話。

我今天能在光年的幫助下，再次跟小玫講話了，所以必須比每一天都帥、身上也要比每天都香，重要的是得找乳液來擦一下，就算明知缺乏睡眠的膚況無法回復也好。

「嘿邁克，我們今天去坐第一排看看。」我緊勾著逐漸變熟的好友的脖子，半強迫似的，讓他不得不同意。

早上十點。

「幹嘛要去坐那裡？那是教授的視線重點耶。」但好友仍舊抗拒著。

「我覺得中間比較是視線重點啦，走嘛。」

「有事就直說好了。」

「就我想找你一起去坐我喜歡的人附近啦，嘻嘻！」有夠害羞。

「這樣不是滿好的嗎？幹嘛要我去當電燈泡？」

「想有人幫我加油啦，去嘛，那個……等下讓你在教室前面睡得很舒服。」我聽見邁克長嘆了一口氣，但最後他還是願意聽從我的勸說、跟了上來。

預備了一會兒之後，管理學院的同學也陸續走進教室，我專注地盯著他們，直到光年瘦高的身軀及他的朋友群出現在我的視線裡，而那個麻煩鬼也像是知道什麼一樣，大步直奔我來。

「光年，這是我朋友邁克，他來跟我們一起坐。邁克，這是光年。」

「你好。」邁克尷尬地笑了笑，然後轉過來在我耳邊低語：「這就是你喜歡的人喔？」

「才不是！我喜歡的人不在這裡。對了，小玫咧？」一邊問，眼神一邊飄向門口，但當我聽到回答的時候，希望的泡泡就破滅了。

「小玫今天不會來喔。」

「怎麼可以這樣！」

「她不舒服啊。居然還嘟嘴！」

「那你幹嘛不先打電話跟我說？」我保證還會氣光年二十分鐘。

「我從八點就一直在上課，教授又凶。跟你道歉可以嗎？」

「我想哭。」

我的智慧已經三十歲了，但一住到這二十歲小鬼的身體裡，理智就像消失在空氣中一樣。

「下次也見得到，幹嘛哭啦？」

「不爽啦！」

「照顧一下你朋友吧，他大概還沒吃飯。」吼，我差點就要噴火了，死光年對邁克的簡短交代以後，他就跟著朋友們走上階梯，像是忽略我一樣，但他明明昨晚盧我盧得要死。

「這下怎麼辦？要搬去後面坐嗎？」旁邊的人問我的意見。

「坐這啦，我現在沒有力氣走路了。」

雙腳都軟成水了，跟喜歡的人講話的期盼一點也不剩，現下唯一能做的事情是靜坐調整呼吸，然後跟自己說要放寬心……

週四晚上。

這是我第一晚，也是第一次在酒吧現場演出。

緊張到不知道該用什麼方式描述，只知道自己的心根本不在身體裡面。

雖然店裡的客人不多，但新手如我還是無法拋開擔憂，我得在七點半上台唱歌，有一個小時的時間能讓我盡力表現。

我昨夜只顧著練習近期熱門的歌曲，以備客人點歌之需，投入到幾乎都沒睡覺，害怕自己正式上場的時候，會因為過度緊張而失敗。

「放輕鬆，第一次都是這樣啦。」老闆傅克哥冷冷的嗓音並沒有讓我比較好過，但也不得不做出微笑說一切都準備好了，讓他能繼續喜歡我。

「我會努力的。」

「你準備了哪些歌？」

「有準備《100%》。」

「你還要再唱這首喔？」

「我先說了，這次會比之前好聽三倍。」

「吹牛吧？」

「不信就等著聽。」

「嗯，盡力唱，我等著聽。」他對我寄予厚望，在此同時，我也收到了服務生要我上台的信號。傅克哥沒有去別的地方，他就抱著胸、站在底下看，至於我則專注在自己的每一個動作上，以至於快要把自己逼瘋。

先拿過吉他，然後慢慢坐到店裡備好的木製高腳椅上。

店裡的掌聲稀稀落落的，似乎不太有人注意我，客人們只顧著在座位上喝酒聊天。這樣也不錯，讓我的緊張減少了一些。

「我先自我介紹一下。」麥克風已經被調整好了，剛好就到我的嘴邊。「我叫博詩，小名是阿詩，但老闆說要我稱呼自己博詩，這樣客人才會喜歡。」

「這不用講啦！」

聽到傅克哥的暴怒聲後，好幾個客人馬上就笑了出來。

「看吧，老闆說話了。如果今天歌藝上有什麼疏漏，希望我不會被扣錢，因為這是我第一次有機會在各位面前唱歌。」

其實我腦海中有許多預設好的話要說，但當看到某人走進店裡時，它們就通通消失不見了。

……光年。

他沒有直奔舞台前，而是在店的最後面占了一個位置，但就算如此，像我這樣站在台上的人仍舊可以看清楚對方，也許是因為他的長相及身材讓他在朋友間脫穎而出。

「阿詩！阿詩繼續說啊，在看什麼？」

傅克哥將我從分心中喚醒。

「啊……喔，今天要唱的第一首歌是我練得不錯的歌，所以希望大家也能一起唱，這首歌是《100%》。」

「唷唷唷——！」來自客人極大的鼓勵，讓我聽了很開心。

吉他開始彈奏前奏，我的注意力在和弦切換及觀眾間來回營造氣氛，等一切都就緒之後，才對著麥克風唱出練習好的歌詞。

『每天多想我一點 在你還能夠的時候 每天親近一點就夠
I said shit 100% rich 不用思考人生 Lit 你不用等候
I said 我努力傳 LINE 描述了許多 But you said bye bye
I said don't be a little kid. Just do it like a quiz
I'm gonna let you fly』

看起來大家會喜歡我喔，他們通通都看著我。

還是說，其實我唱得超爛，害客人們酒都喝不下去，痛苦到要用眼神制止我唱歌？所有猜測都在我腦中打架，但我還是得先唱完這首歌，然後才會知道評價是好是壞。

『愛情將不會墜落 咻——』

唱到這裡，我就對著麥克風長長地「咻——」了一聲，然後結果讓我嚇呆了，因為客人們喜歡到笑聲及掌聲沒有停過。

那一秒，我將目光投向光年，想知道他現在是什麼表情，卻沒想到那個人已經在望著我了，於是我們兩人在那短短的瞬間四目相接，他笑了……

『愛情讓我們沉醉
累了嗎？想讓你休息一下
在我帶你飄浮之前
我會帶你到外太空飄浮
那裡只有你 只有你 但不用害怕
我會帶你到危險中飄浮
那裡只有你 只有你 但不用害怕』

啊，你猜今晚誰會先飄浮？是我先飄？還是顧客的腳先飄過來？

歌曲結束在熱烈的歡呼聲之中，也不知是不是我的耳朵分辨不出有些聲音其實是罵我的，但我還是笑著跟大家說謝謝，等到氣氛再次冷卻下來，我才慢慢透過麥克風跟聽眾說：

「謝謝大家一起來飄浮，我很開心每個人都獲得歡樂。我還有些特別的東西要跟大家說，那就是……各位顧客可以點想聽的歌喔。」

「真的——？」前面桌子的小女生大聲地問。靠，那個妹妹跟著歌搖晃，搖到瀏海都分開了。

「真的。」

同一時間，一張黃色的便利貼被送到了我手上。

死定了。

「呃、這首歌我不會，真的很抱歉，請先給我時間練習。是說……我比較擅長的是Getsunova，還有Cocktail的歌之類的。」給點暗示，希望大家點歌的範圍能夠窄一點，不然要有人硬是選那種宇宙不熟的歌，博詩的生涯絕對就會結束在第一天。

沒幾分鐘後，第二張便利貼被送了上來。

「哇——，有客人點了Getsunova的歌，叫做《最響亮的沉默》，呵呵。」

笑中帶淚啊。

「這首歌我也不會，請讓我換成《多遠才是近》，嘿嘿。」

就這樣，整間店爆出了客人的爆笑聲。什麼啊？哪裡好笑了？

「博詩唱首歌吧，求你了。」不知道是從哪個方向來的聲音，但似乎滿心累的。

「好的，就如大家所願，呃……是說我要唱哪首歌來著？」

「喂！」

「耍人喔！」

「終於喔——」

於是我就接連帶來了第二首及第三首歌，客人們也非常可愛，很勤奮地拿著五銖十銖的小費上來，現在看起來大概有上百銖了，我有錢了！

「學弟，乾一杯讓哥開心一下。」但問題隨之而來。

那件事超乎我的預料，但卻是每個酒吧的駐唱歌手都會遭遇到的現實，那就是客人過度的好意，我現在也面臨了同樣的情況，有個同校約莫是大三或大四的學生遞了杯子過來，且因為舞台比較矮，我又坐在椅子上，所以剛好就遞到了我的嘴邊。

我該如何是好？從出生到三十歲，我這輩子一滴酒都沒喝過，但這是客人又不能拒絕，於是不得不鼓起勇氣從對方手上接過酒杯拿好。

「學長，我朋友怕會影響聲音，所以不太喝酒。」光年不知道從哪裡冒了出來，但也還好有他恰到好處地打斷了對話。

「喝一點而已啦，學弟。好心點，等下給你小費。」說完，他就掏出一張百鈔拿在手上。

喔吼——！還等什麼？給他灌下去！

跟錢有關的事情，我會盡全力拚下去。最後，我乾掉了整杯酒，味道甜甜的、沒有很糟，似乎摻了不少的可樂，好像也沒有預期的那麼可怕。

「阿詩，你在堅持什麼？」光年送了一個制止的眼神，於是我挑眉回去，像是在說「那又怎樣？Who cares？」。我長大了啦，都三十歲了，要做什麼都可以吧！

等我意識到自己錯了，已經是之後的事了。當有第一個客人來請酒，第二跟第三個人就會跟上，而我也無法拒絕，只能邊唱邊喝，幸好工作的一個小時先滿了，那彷若是救命的鐘聲。

傅克哥讓光年把我帶下來，我也不知道周遭發生了什麼事，因為我連站都歪歪斜斜的，於是最後被架出了店裡。

「錢咧？我的薪水呢？」在被塞進一輛車之後，腦子裡開始想些有的沒的。那車上獨特的氣味，一聞就知道是光年這個男人的味道。

「傅克託給我了。」

「飯盒呢？飯呢？」

「飯盒也在這裡。」

「小費咧？」

「在我這。」

「那麼拿來、拿來。」我晃了晃手指，頭暈得想吐，但仍撐著理智、專注在現在的事情上。

「我要叫摩托計程車回家。」

「不用，等下我自己送你回去。」

「你知道我住哪喔？」

「去我家。」

「不去！」抗議似乎一點用處都沒有，他不只不聽，大手還將安全帶拉過來，緊緊地固定住我的身體，我也懶得吵了，頭一偏就睡著了，等到再次被叫醒已經是被拋上軟軟的床時了。

「會痛啦！」也不會在乎我一下。

光年沒有回任何一句話，只是跟著爬上床，自顧自地一顆顆解著我衣服的鈕扣。

「你要對我做什麼？」我又問了一次，努力想扒開他纏上來的手。

「脫衣服，讓你去洗澡解酒，然後等下來吃飯。什麼也不吃的話，胃病會找上你。」

「等等我自己脫。」說完就立刻撐起身坐好，撐著眼迷濛地看著面前的人。「光年……」不知道為什麼心裡一直想叫這個名字。

「嗯。」

「光年。」

「什麼事？」

「我今天唱歌好聽嗎？」

「爛透了。」

「我練了一整晚喔。」

「再重練。」

「那我重唱一次。」想讓某個人聽。

「你那什麼鬼飄浮嗎？算了吧，神經都要斷了。」但我不聽他的制止，只是盯著那張看不清楚的臉，然後從喉嚨發出沙啞的聲音。

『You're my favorite fish. You're my favorite』

你是我最愛的魚 你是我的最愛

「……」

『I don't usually fall in love. I'm not used to…』

我通常不會愛上別人 我不會習慣於此

但當我兩天前第一次聽到這首歌時，我就愛上它了。

這首歌……我想唱給某個人聽……

7 便利貼上的問題

灑進來的晨光逼得人不得不睜開眼。

觸手可及的軟床讓我睡得很熟，頭還有點沉，不過身上其他部位似乎都很正常，待視線重新聚焦後，我才周遭環繞的細節看得更清楚了些。

幹！這不是我的房間，不過幾次時光倒轉也讓我明白這是誰的地方。

「醒了喔？」而此時，那個人也在浴室門邊露臉，於是我給了他一個「狗狗不懂」的表情。

「唔、我昨晚睡你房間喔？」

「嗯。對了，你的頭跟身體還有沒有哪裡不舒服？」

「有一點，但洗個澡應該就好了。是說……你昨晚有沒有對我做什麼？」說完，我馬上低頭檢查自己的身體——現在身上穿的衣服不是昨天穿的那套，而是死光年一件花色不知道是什麼鵝的衣服。

你問我為什麼知道？一、這件比我的大件多了，還有，二、每個人身上都有自己的味道。

「我能對你做什麼？問你自己昨天晚上對我做了什麼吧。」高個子上前來，面帶威脅地與我面對面，身上衣服也沒穿，只在腰上圍了一條毛巾，害我忍不住想起以前面臨過的情境。

「那……那我對你做了什麼？」

「你把我踢下床，媽的……害我得去外面睡沙發。」

「我又不知道。」

「是啦，醉成那樣，我出面不讓你喝，你還不願意，想直接乾杯。」

「對客人不好意思嘛。對了，昨晚是你幫我換衣服的嗎？沒偷吃我豆腐吧？」

「誰要偷吃你豆腐啊，博詩。」銳眼微瞇，接著補充：「你是自己脫、自己洗澡，然後自己回來睡的，完全不關我的事。」

「那是我厲害。」

「是——，那你趕快去洗澡，這樣才能出去吃飯、接著上課。等下制服可以先拿我的去穿。」

光年下了簡短的結論後，也不等我有任何反應，就過來拉住手腕，將我從床上一路拖著，直到把人推進浴室。

一切發生很短的時間裡，當盥洗完畢時，我就聞到從外頭隱約飄來的香氣。

「你弄了什麼吃的？」吃的事情要說啊，我的狗鼻子馬上靈敏了起來。

「打電話叫外送，不是我做的。就之前答應你的那些。」

「欸——真的嗎？」大腦給腳板的命令比說話還快，再回神的時候，我已經走到小小的餐桌旁邊了，面前是令人眼花撩亂的甜點們，貧苦出身的我從小就沒什麼機會吃，要等到工作那時候才有機會品嘗，而且吃的時候還要小心翼翼地含在嘴裡、不太想咀嚼，就怕會太快吃完。

到底在感傷什麼！

「我還點了鮮蝦稀飯，以備不時之需，你才能吃得飽飽的。」看光年說的。

「這是諷刺我嗎？」

「哪有諷刺？對了，這有兩碗，一碗是五隻蝦，另一碗是三隻，你要選哪個？」

「為什麼給的不一樣啊？」

「你先選。」

「你說的喔——，那我要五隻的。」

「好。」說完，大手就將蝦子從一碗撈出，放進要給我的另一碗中，害我忍不住馬上阻止他：

「喂喂，幹嘛這樣？我還以為是店家給的不一樣。」

「我想分你啊，怕你會餓。吃吧、吃吧！」光年不聽我的反對，將一碗稀飯推到對面，並在椅子上坐了下來，逼得我無法反對，只好跟著坐下。

「謝啦。」這真的是我人生中第一次早餐吃成這樣，連那什麼加三下覆盆莓糖漿的果凍鮮奶都吃到了，想來就要哭了。

「不客氣。」

「對了，昨天傅克哥給的錢在哪？」

「吼！好貪心喔！」

「我就是要你從中扣飯錢啦，但我也知道不夠，大概只能分期了，其他的下次再補。」

「講那麼多！吃飯、吃飯，請你我高興。」

「哪來那麼多錢？」

「我爸媽啊。」

「承認了齁——！」

不得不承認每個人的生命起點不一樣，我記得在原本時空的十年之後，光年已經坐上一般年紀輕輕的人很難坐上的位置了。他家裡是做室內裝潢生意的，從設計到施工都做，收入多到不知該如何計算，底下還養了好幾個人。

鏡頭換到孤身一人的博詩先生時，還埋頭苦幹在翻字幕、趕死線呢！哼，又悲傷了，看吧，最近好常悲傷。

「光年，我昨天有沒有做什麼失態的事情？」我一邊舀著稀飯放進嘴裡，一邊問著，第二次問及昨夜的狀況。

「昨晚喔？也沒做什麼，就是唱歌唱了一整晚。」低沉的嗓音回答著，臉上一臉平靜。

「是喔？唱什麼歌？」

「你那首飄浮什麼鬼的。」

「搜哩，就很洗腦咩，我練到聲線快要壞了。」

「嗯，但我喜歡，滿好聽的。」

「哈，大型唱片公司可以來聯絡我了吧？」

「你開心就好。」那雙銳利的眼睛垂下望著前方的食物。「那個稀飯好吃嗎？」

「超好吃！果凍牛奶也好吃；這片蛋糕，我剛剛趁你不注意，忍不住用手指偷沾了一點蜂蜜吃；還有那個檸檬派跟蒙布朗，看起來也很好吃。我都快忍不住了，嘴饞得要死。」

「那就吃啊，是在等什麼？」

「先吃鹹的，再吃甜的啊，而且要等你吃了，才能換我吃。」

「等我幹嘛？我不喜歡吃甜的，買給你一個人的啦。」

「真的？」

「嗯哼。」

「那我都吃掉囉。」高個子笑了的樣子像是在說「隨便你高興」，於是我拋開了所有的不好意思，將面前的食物全都一掃而空，連影子都沒有剩下來。

沒有分食排在桌上的甜點之故，光年自然比我還早就把飯吃完了，但奇怪的是，他並沒有吃完後就去做別的事，而是坐在那裡盯著我看，害我差點一陣噎到。

「看什麼看？」

「看你吃東西就覺得什麼都好好吃，你盤子要順便舔一舔嗎？」

「少激我……，我真的會做。」

「你有那麼餓嗎？」

「你住過熱到快受不了的地方嗎？有沒有餓到差點哭出來過？我有。……所以我才會這麼看重食物跟冷氣的價值。」這不是要灑狗血什麼的，只是把事實說給他聽，但光年似乎投入到從椅子上站了起來，隨意地揉了揉我的頭。

「吼，幹嘛啦！頭髮都亂了。」

「以後餓了不用忍，熱也要跟我說。」

「這麼說是你要每天買食物來給我嗎？」

「嗯。」居然不否認。

「為什麼要對我這麼好？還是說，其實你對每個人都很好？」

「那就要回溯到對一個人好的目的是什麼了，無法否認，對我來說，就是必須要有回報。」

「那你想從我身上得到什麼？我不知道。」看我這副德性，大概幫不上什麼忙吧，哈！

「只是想接近。」

「那對你有什麼好處？」

「我也不知道，只是想接近你，喜歡在你身邊。」

「……！」

過去，或許是感覺不自在，也擔心對方不自在，所以我不太喜歡與人親近或熟識，最後就像過去那樣，不得不成為一個孤獨的人，但對光年卻不一樣，我承認自己的感覺跟他沒有不同，相處起來真的很舒服，而且還能夠完全做自己。

一想到這裡，臉上就熱了起來，不得不垂下眼。沒想到，另一方接下來卻問了：

「很熱嗎？」

「蛤？」我抬起頭，視線對上面前的人。

「是很熱嗎？臉都紅了。」

「大……大概吧。冷氣不太涼齁。」

大概……就真的想我講的那樣吧，身體受不了，感覺也受不了了。

碰！

「關太大力了！」

「抱歉抱歉。」

光年馬上警告我關車門太大力了。能坐上這台豪華歐洲車，真是我博詩屁股的福氣，椅墊又軟，空氣清淨劑的香味既奢華又昂貴，車裡甚至還有電視可以看。

引擎先發動好了，當我在副駕上坐定、拉過安全帶扣好後，光年就將車平穩地駛出停車場、往大馬路開去，同時手指在音響控制鈕上移動，播放車程中要聽的音樂。

「好聽耶。」只不過聽到宛若糖漬櫻桃般甜美的音樂跟節拍，心裡就忍不住想調侃：「很常載女生齁？」

高個子的雙手握著方向盤，原本專注在路況上的視線轉過來撇了我一眼。

「你怎麼知道我很常載女生？看過喔？」

「嗯，有看過。」如此風流成性，跟女生們聊天的訊息又長長一串，我也為此偏執地認為，如果小玫不是跟我在一起，而是選擇嫁給這個男人，最後就會為了這個浪蕩子傷心。

「我從來沒有讓哪個女生上過車，你怎麼可能會看過？」

「少騙人了，那些在學校裡看到或者跟你逛百貨公司的女生咧？不要告訴我是用飛的。」

「竟然還知道是在哪裡遇過？你愛上我了吧。」

「有病喔！」

「好啦，我承認載過很多女生，但現在沒有了。」

「去騙幼稚園吧！」

「傷心，阿詩不相信我。」傻了才相信你。「我會做給你看，看我說的是不是真的。」

「吼！去證明給你未來的對象看，不用來討好我。」正在喃喃之際，前一首抒情歌也恰好播完了，自動切換到下一首歌，但那讓我安靜地坐著，再也說不出話來，因為聽見的歌耳熟到莫名地心跳加速。

「你不是說不知道這首歌？」

那是前幾天在酒吧裡第一次聽到的《My Favorite Fish》，而且我喜歡到回家就找出歌名，整個晚上唱了好幾次，沒想到再一次聽到它會是在光年的車上。

「怎麼可能不知道，是我請傅克哥買這首歌來店裡播放的。」

「這樣你那天幹嘛騙我翻譯？想整我嗎？」

「沒有整你。」

「有！」

「真的沒有要整你，只是想讓你知道歌詞的意思。」

「知道了又怎樣？」

「我想分享啊！整首歌跟歌詞意思，你喜歡嗎？」

「唔……嗯。」

「看吧，至少知道我們同心吧。」

「……」

「我自己也很喜歡。」

♡

我對光年的感覺是何時開始改變的呢？如果拿出一張紙，從相遇的順序開始排列：

第一次，我們一次話都沒有講過，但我透過初戀情人蓓玫的人生看著他——來者不拒的花心大少，不會愛任何人，而且換女人跟換內褲一樣頻繁，這讓我只能日日夜夜詛咒他，就連跟小玫結婚的前一天，還勾著女生在血拚，光年在我腦海中的形象完全很糟。

在第一次有機會回到過去時，更印證了光年鰻魚般滑溜的特質——他不只會說話，其魅力也能牽動聽者的心，他清楚自己是誰、有怎樣的魅力，總是能運用到讓人對他死心踏地。不過，這些所見所聞也令我更加確定自己討厭這個人。

第二次回到過去，我們有些交談的機會，但聊的並不多，然後在未來世界醒來時，我莫名成為了他的小三。那時的感覺，只能說，如果能殺人的話，我早就把光年殺掉了。

第三次回到過去的結果完完全全地改變了所有人的未來，換成光年追著我、單戀我。在沒幾天的共同生活中，很奇怪的，我發現自己逐漸沉溺於他的好，甚至不經意有個念頭閃過：如果我們兩個人的日子繼續這樣過下去，會是怎樣的光景？

到了第四次回到過去，小玫的模樣幾乎被我給拋開，取而代之的是光年的形影。當我在那一天早上醒來，發現那個男人已經不在這個世界上時，也不知道為什麼，但我腦中的想法就像被打開了電擊開關一樣。

但心裡深處卻不像一開始那樣討厭對方了。

而這第五次的回到過去，也是我最後一次有機會修正生命中的一切，在有機會更認識光年之後，看見了他的想法、他的用心，更是讓我無法討厭這個人。

鈴——鈴——

就在我不經意地想起那個麻煩鬼時，他竟然就打來了！

光年的名字顯示在前方舊手機的螢幕上，讓我猶豫是否要接，不過煩歸煩，但我還是照例接了起來——他如果講些沒營養的話，我就隨時掛掉電話。

「喂喂，怎樣？」

「你有空對吧？」那傢伙反問。他大概翻過我的課表了，才會打來的時機那麼剛好。

「知道還問。有什麼事？」

「我現在也很閒，所以想找你過來坐坐。」

「吼——誰要抽空去找你？只有一個小時的空堂，等下就要趕去上課了，況且……」我還來不及把話講完，電話那一頭就插了嘴。

「但我跟小玫坐在一起喔，真的不來嗎？」靠！差點想打自己一巴掌，居然不小心說了前幾句話，但任由機會溜走又太蠢了，所以為達目的而改變心意是沒有錯的。

「在哪？我馬上過去。下一堂課剛好可以遲到沒關係。」

「那就會計系館樓下見。」

「好啦。」

還是約在小玫的系館，開心死了。雖然說，小玫跟光年兩個人讀的是不同系，但因為彼此家裡認識，再加上吸引人的外表，於是兩人算是滿熟的，不過怪的是，光年卻沒有追過她，不像其他曾經勾過的女生那樣。

先把那件事放一邊好了，對現在的博詩同學來說，以最快速度去見女孩才是最重要的事情。一來到系館附近，遠遠就看見了美麗炫目的小玫，令人不得不試著控制呼吸，避免自己在靠近時發出令人生厭的喘息聲。

光年跟蓓玫兩個人單獨坐在一起，齁齁——害羞。

「抱歉我來晚了。」我講話馬上客氣了起來。

「沒事。小玫，這是我朋友，叫博詩，簡單叫阿詩就好。」這帥小子介紹得很好，於是我給了他一個四分之一秒的微笑，然後轉回來對初戀露齒笑了足足一秒半，以便讓人知道誰在我心裡比較重要。

「你好，阿詩。我叫小玫唷，是光年的朋友。」最好聽的聲音，好聽到眼淚都要掉下來了，想哭。

我對她的自我介紹點了點頭，臉上滿是喜悅，接著被大手拉去坐在他那一邊，而小玫則坐在對面。

她的臉……彷彿沒有毛細孔一樣，比馬爾地夫的海水還要清澈，看起來甜美可愛，令人想要呵護。

「聽光年說，阿詩也跟我們修同一門必修課，是英文對嗎？」看吧，怎麼可能不喜歡她，連講話的時候都掛著笑容。

「是的。」

「都是朋友，講話不用那麼客氣啦。」

不想當朋友，想當其他的啊，但我沒說出口，不然會嚇到她。

「我……我是英文系的，有哪裡不懂、需要我教妳的話，就跟我說喔。」一邊說一邊不敢看她的臉，害羞到椅子都坐不穩，兩隻腳抖得被光年的蠢腿踢了一下，好失態。

「對了，光年說有朋友會來的時候，我就買了水預備著，這給你。」小玫遞了某個牌子的礦泉水給我。此刻，我幾乎手足無措，命都要去了一半，但當我轉過去和光年對上眼並得到「你快拿」的回答時，我就馬上伸手接下了她手中的水。

「謝謝。」有一瞬間，我們的手指碰在一起。天啊！要怎樣才不會不小心笑到露出牙齦啊？

我就跟重回十四歲的老爺爺沒有兩樣，太爽了——

我的夢還飄了很遠，我們聊著有的沒的，像是喜好、休閒時的活動、喜歡的書、常吃的東西，還有各種生活習慣，可說這次的見面讓我們對彼此有真正的認識，而且小玫也沒有任何討厭我的跡象。

她總是那麼地可愛，要我如何不愛上她？

「今天跟阿詩聊天很好玩，有空的時候，我們再約囉。」開朗的說話聲停了一下，似乎花時間在想些事情。「其實，下一次的英文課，你可以來跟我們一起坐。」

「可以嗎？」

「可以啊，我們很熟了呀。」

唷呼！從蓓玫口中說出的「很熟」一次療癒了我破碎幾十年的心。

「但我現在得先走了，教授要點名。」她輕聲說著，雙手拿起包包揹好，同時將資料夾抱在懷中。

「小玟下次見，掰掰。」我道別。

「掰。」

嬌小的人走了，只剩我跟那一頭盯著我、眼睛眨也不眨的巨大水牛，無聲地彼此對視，但最後，光年伸手拿走了我珍愛的水瓶，一邊面無表情地說：

「我渴了，可以借我喝一下嗎？」

「你幹嘛不喝自己的？」我想罵給全系聽。

「啊？我都喝完了啊，所以才想喝你的。」

「不給。」

即使我說得再堅定，但還是每次都慢了對方的動作一步，光年扭開瓶蓋，舉起來喝掉了半瓶水。

「真爽。」

「光年！」

「……」

「你這個混蛋！」

說完，我舉起拳頭揍了他胸口好幾下，同時搶過水瓶，喝掉剩下的一半來安慰自己。

♡

接著週五就到了，我通常週末都不會做什麼特別的事情，只是待在家裡，醒來就吃，看漫畫跟線上電影結束一天，不過開啟新生活的不同處就在於我可以跟好友出門看電影了，耶！

跟邁克約好了時間，在電影院前面見，或許再買些飲料或爆米花來分，藉此增進彼此之間的友誼。

「等很久了嗎？」我招呼坐在電影院大廳等的朋友。

「還好，我也才剛到。」那人帶著笑回答我。哇嗚！他今天很帥耶。過去都只看過邁克穿制服的樣子，這還是第一次看到他穿襯衫跟這種高檔的褲子。

「你吃過了嗎？」

「跟我家那個吃過了。」

「蛤？」不敢相信！記得從認識到畢業的四年間，我只見他很自閉、跟誰都不親近，卻不曾知道自己的朋友已有交往的人。「你有交往的人了？」

「當然啊，都二十了。」

呃……我都三十了也沒交過啊！

「那你家那個去哪了？他沒跟你一起來嗎？」

「有來，但我要看電影，他就去那邊的星巴克了。」

「幹嘛不約他一起來？為了朋友而分開很可憐耶，等一下他不平衡。」

「阿詩，你先聽我說。」我話還沒說完就被打斷。

「我家那個不會在那邊想東想西的。」

「好強喔，是我也喜歡的女生類型。」

「我家那個是男生。」

「喔……欸?!」比邁克死會更猛的事情是他的對象是男生！什麼什麼？快說！我想八卦！

但最後我選擇沉默，不大敢問，等著看親愛的好友是否願意跟我說自己的私事，而邁克也願意開口直接告訴我，雖然說得不多，但仍很開心他的信任。

「你就約他一起來看電影啦。」

過去，他因為害怕大眾的目光，交往這件事讓兩個人更顯低調，但其實這時代已經很開放了，所以我希望他現在是快樂的，並且勇於對大眾呈現真實的自我。

相愛無罪，對吧！

「不太好吧，只跟你約了兩個人。」

「幹嘛想東想西，你是我朋友，你男友也一樣是我朋友，別想太多。」

話雖如此，卻沒想到一部英雄片竟會變成甜蜜到令人窒息的粉色愛情電影，坐在旁邊座位的我，只能緊咬著下唇，不讓自己對情侶的嫉妒顯露在臉上。

三個人來看電影，但我卻是兩人間無比多餘的那個。

爆米花互餵、飲料也喝同一支吸管，看電影的時候也不分開，手緊緊牽著不放，只有我獨自坐在一旁渴望，鋼鐵人不重要，美國隊長也沒什麼價值，兩個多小時下來，就只顧著看這對情侶。

最後電影結束也不知道看了什麼，人家是投入到哭，而我是投入到腦熱——想跟他們一樣談戀愛，我該怎麼做才好。

不過也就做一下夢而已，跟他們分開之後，工作卻突然來了。

傅克哥打給我，什麼原因也沒說就叫我去店裡。懷著好奇，在接近傍晚五點時匆匆忙忙地趕到，此時店當然還沒開，但工作人員已經開始工作好久了。

「傅克哥好，喊我來有什麼事嗎？」我舉手拜了下，走去尋找身為老闆的男人，他正站在收銀台做事前準備的檢查。

「看過粉專了嗎？很多客人問到你，他們很喜歡你唷。」Fluke 的語氣比任一天都爽朗，看就知道他心裡應該歡欣喜悅得很。

「我還沒上去看，但有那麼好喔？」

「嗯啊，然後今天也要開客人的意見箱，如果喜歡的人多，就可以再創造一些熱度。」

「太好了，我週二的表演會更盡力，也會多練一些歌。」

「你開心就好。不過，今天……」他招了招手。「過來、過來。」

「要做什麼嗎？」

「客人開始喜歡你了，必須在店裡的粉專上更新一下照片。」

「哈——應該不會有人上去罵我吧哥？」

「誰會罵你？敢罵你，我就刪他留言。」大哥真的好幫忙喔。

「我想好文案在等你了，像是……『在此遇見博詩，這裡不見那裡見』，這個如何？白爛白爛的。」

「哥喜歡就好。」

「去拍照前先來幫忙開意見箱。對了，光年是死去哪了？怎麼還沒來？」一聽到這個名字，我手臂上的寒毛就通通豎起來了。怎麼又是他？我們是否太常見面了？

「哥在找我嗎？」看吧，話還沒說完就成真了。

「我才在念你說，真是說人人到。」

「這表示我們有志一同。」高個人直直走向櫃台，他看著我的臉，接著舉起手、寵愛地揉揉我的頭。喂，是跟我的頭有什麼仇啦！

「不要再弄了可以嗎？」其實想罵得更凶，但顧及人在傳克哥的面前。

「頭髮還是好軟，人也一樣可愛。」

「幹！」

「你想要喔？」

「滾遠一點好嗎？」

「不好，離你太遠好痛苦。」那張嘴比香草糖漿還甜。

「你們先不要鬧了。光年來幫我看一下內容，你唸我寫，至於阿詩，你先等店裡的攝影師來幫你拍照。」我們移到了一張接待客人的木桌坐下，意見箱就擺在面前，傅克哥也拿著 iPad 跟了過來，接著光年撈出寫著意見的便利貼，開始一張一張唸。

「粉紅色是哪一天的？」

「粉紅色是星期五，黃色是星期四。」

「好，第一張。」大手拿的是粉紅色，而我則靜靜地坐在看著他們做事。**「十點二十分，飲料還沒來，只能一直喝水，無奈。」**

「靠，就管線壞掉了啊，等下讓豆豆再上粉專道個歉。」傅克一邊說，一邊在螢幕註記下來，而光年也拿出第二張便利貼繼續念。

「打拋炒肉好好吃喔。」

「這要歸功於廚師。」

「哥店裡的歌很有趣。」我興奮地笑著，高個子接著吐出下一句：**「歌手也漂亮。」**好吧，不是說我。

「十點之後就沒有啤酒促銷了嗎？」

「跳過、跳過。」傅克哥輕聲說。

「店裡沒有 REGENCY[5]，想喝泰國的酒啊。」

「REGENCY 不好賣，就喝店裡有的吧。我拿外國貨的時候就說想喝泰國的，哪天賣泰國的酒，他媽的又說想喝國外的，我都不知道該怎麼做了。」他獨自一人煩躁碎念。

「喜歡博詩。」

「……」彷彿世界瞬間停止轉動，任由沉默壟罩周遭好一會兒後，我才抬起頭來，就在那時看到光年正盯著我看，害我不知所措。

「又一張。『**博詩好可愛，想每天聽他唱歌**』。」高大的人低頭唸著留言，不時交替盯著我看，不知道為什麼，他越是拿起來唸，我就越是緊張了起來。

「『**博詩的《100%》最棒了！**』真的嗎？是很煩吧。」後面那句，光年分明是想攻擊我。

「你自己耳朵聽不懂。」

「好喔。這張說，『**阿詩底迪不會喝酒還硬喝，超可愛的**』。」

「為什麼都強調『可愛』啦！」我開始反駁，越是看著那風流傢伙的視線，心裡就越是忐忑。

「就人家這樣寫啊，不然要我怎麼唸？」

「好啦好啦，我不計較了。」

「這張問說，『**博詩死會了沒**』。」

「……」

「大概是害羞了，唸下一張也行，又是博詩的。」我感覺光年正在鬧我。「『**想聽博詩唱 The Walters 的《I Love You So》**』。這你會唱嗎？」

「可以，我去練。」

5 泰國的威士忌品牌。

光年似乎不太拿週五的粉紅色便利貼起來唸，只顧著拿我表演那天的黃色出來，但不幸的是，那天是我的初登場，所以寫的人也特別多。

「『**想要阿詩的電話號碼**』。這個好荒謬。」說完，那死高個還把紙揉成一團丟到地上，這讓傅克哥抬手敲了他的頭，懲罰他亂丟垃圾。活該！

「**博詩讀哪個學院的？想見他。**」唸的人開始咬牙。「這比要電話還荒謬，見什麼見。」

「等等，光年你放太多情緒進去了。」傅克哥打斷唸留言的節奏。

「我放情緒？沒有吧。」大手伸進了箱子裡，拿了一張新的出來。「我承認是真的很可愛啦，大家都喜歡。」

「他寫什麼？」我問，但沒有得到答案，只好看著高個子繼續唸下一張。

「但不喜歡他喝別人遞上來的酒。」

「……」

「醉了還不知道自己幹了什麼好事，竟然脫衣服給別人看，不是每個人都很會忍耐的。」

這跟我有什麼關係？還有，客人是想從我這得到什麼？

「好像是最後一張黃色的了。」

「……」

「**博詩，晚上打給你唷。**」

深邃的眼睛盯著我不放，英俊的臉上此時似乎帶了點怒氣，也不知道在氣什麼，但最後這則從紙上唸出的留言更是讓我眉頭都皺在了一塊——客人都沒有我的電話號碼，是要怎麼打給我？

「媽的，不唸了。讓我去外面抽個菸。」

發什麼神經啊？自己唸了又生氣，然後還自顧自地走出去。

「阿詩。」

「是？」傅克哥將我的視線從寬廣的後背再次拉回喊人的老闆臉上，他手上有一張便利貼，盯了一會兒之後，臉上滿是問號地喃喃自語：

「紙上哪裡寫要打給你了？」

「……」

如果不是客人寫的，那剛才光年吐出來的事情大概就是來自他一個人了。

我眨了眨眼，渾身不自在到不知道該把手放到哪裡去，或者視線該看向何方，心裡只能回答剛才另一個人說出口的問題：如果打來的話……

我就等著接電話好了。

8 在此遇見博詩，這裡不見那裡見

The favorite L
在此遇見博詩，這裡不見那裡見。

半個小時前，店裡的粉專開始推廣我的照片，照片中的我有著最吸引客人表情，因此我花了在床上打滾的時間，一邊讀著留言。

大部分都是誇獎，有些還說唱歌很可愛？那首歌很可愛嗎？

說話好笑、才華洋溢的藝人，也有些是來調侃的，包括幫忙取了個新綽號，叫「酒中英豪」，那是他們說的，但不想說的是，那是我第一次喝酒。

然後，螢幕上顯示的臉書粉專被換成了來電提示。光年的名字只是飛快地閃過面前，我就充分做好開戰的準備了。

「粉專上有一堆人誇你，飄飄然了齁？」

看吧，都還沒出聲就聽見找碴的話語了，而我怎麼可能會認輸。

「沒有飛，因為有點吃太多了。你打來要幹嘛？」

「寂寞，沒有人聊天。」

「那光年的情人梯隊呢？放去哪了？」

「都沒連絡了。」

「有可能嗎？說謊要下地獄喔。」

「如果我說的是真的，你要給我什麼？」好會討價還價！他都這麼說了，我是要拿什麼給他啦？我全身上下就只有內褲跟這間破舊的住處而已。「如果我開口，你會不會給啦？」

「我有說要給嗎？沒有妹也是你家的事，不懂幹嘛跟我要。」

「很會說嘛。」

「本來就很會，不只會說，還嘴甜。」

「那很會說的人可以幫我一件事嗎？」為此嚇了一跳，他又要找我什麼麻煩啦？我怕聊著聊著又氣到不小心把手機丟出去。

「什麼事？」但還是調適好與虎對抗的心情，先問個清楚。

「陪我聊個天，什麼時候睏了再掛電話。」聽到這裡，我就馬上插嘴。

「喔——好想睡喔，那先這樣囉。」

「等等，本來想跟你聊些小玫的事情，真可惜你不想聽了。」深吸了一口氣，再慢慢吐了出來。光年是那種既聰明又狡猾的人，一知道我喜歡的是誰，就總是拿人家的名字來利用，然而我也無法不中他的招，因為內心還是想多認識小玫一點。

「那讓我問一下，小玫喜歡什麼？像是……喜歡吃什麼、喜歡什麼顏色、喜歡聽哪種類型的歌之類的。」既然如此就問個夠吧，反正都花時間跟光年這種人聊天了，前幾天的交談完全沒有得到相應的回報。

「你喜歡人家，卻不知道她的事情喔？」靠，看看你的回答，自己找我聊小玫的事情卻每次都句點我，你搞什麼鬼啊？

「就是不知道才問你。」

「小玫喜歡吃有加莓果的東西；喜歡淡淡、柔和的顏色；喜歡哪種類型的歌曲，不知道；其他的部分也不清楚。」
「真糟糕，你這是哪門子的朋友？」
「不太熟的朋友啊，所以不太有興趣。對了，我現在開著電腦，你照片底下的留言超多。」太會移轉話題了，我飛快翻了個白眼。「在此遇見博詩，如果沒遇到要去哪？人家這樣問，要怎麼回答？」
「命中註定就會遇到。這個不用回，是我心裡的自問自答。」
「底迪喝醉的時候臉紅紅，好可愛！哼！」
「……」
「阿詩可愛。又『可愛』了，也用得太浮濫了吧。」
「你到底對別人有什麼不滿啦？客人喜歡不是很好？」
「但光年不喜歡。」
「那怎樣光年才會喜歡呢？」我放軟了聲音，輕輕嗆了回去。
「像是阿詩不准喝醉，然後必須一直讓光年去接他下班。」
「光年在搞什麼鬼？」
「不知道，但現在真的麻煩大了，搞不懂自己在幹嘛。」
對話斷在莫名的地方。除了安靜傾聽之外，誰能回答這個問題啦？總之，我們今天晚上沒有再聊過蓓玫的事情，因為話題中都充滿了光年。

我愛週一、超愛週一、全世界最喜歡週一了——

同學們不停抱怨、憎恨著週一的到來，因為那是必須回來面對繁重課業的訊號，但我卻相反，開心到希望週一快點來，這樣才能跟自己暗戀的人上同一門課。

不過在此之前，我得先諮詢一下在感情上經驗豐富的人。

「邁克，你一開始是怎麼追你男友的？」我們坐在系上的大理石桌，各自埋頭做著必修課老師指派的作業，但作業太無聊，讓人得用輕鬆的事情改變一下氣氛。

「我喔？我約他來我房間，然後就生米煮成熟飯了。」

「你 Wi-Fi 喔——！」

是個有趣但不能用的建議，小玫大概會直接從我臉上踢下去。

「其實愛情並不困難。」

「或許對你來說是這樣，但我的卻得更仔細思考，她不是任何人都容易親近的類型。」

「如果是這樣，那你就得想想這個不好親近是她本來就那樣，還是她只是不想讓你親近。」邁克沒有看著我，而是專注在手上翻譯的詩詞上頭。不可思議的是，那傢伙的話讓我思考了起來。

「難道我們的關係沒有進展，是因為我還沒有認真前進嗎？」

「阿詩，對你有心的人，你不用奮力一搏也可以輕鬆追到啦，豬頭。」

「……」

「我問你，假設我帶回房間的是別人而不是我男友，人家不喜歡我的話，他會願意跟我睡嗎？」

「願意。」

「豬頭！我幹嘛幫你這種笨蛋設想情境啊？」

「抱歉、抱歉。」對話就這樣結束在被罵笨蛋之中。

事實上，我還有好幾個問題想問邁克，但怕被他從椅子上踢下去，於是還得留待下回分曉，一直等到十點鐘才一起動身前往期待了一整週的課堂。

在昨晚做好的計畫中，期望的位置是蓓玫旁邊的座位，卻沒想到一踏進教室，所有的夢想都化為了灰燼，因為光年那死小鬼已經佔領那個位置了！

「想不到光年這種人會早到。」我擠出笑容、率先招呼了高個子，接著才咬著牙、低聲說道：「過來一格，那邊我要坐。」

「晚到就坐別的地方囉，怎麼能搶別人的位置呢？小玫……這裡沒人坐對吧？」我要拿木條從你嘴巴尻下去。

「沒有，光年坐吧。嗨，阿詩。」

「你好——」在嬌小女孩兒打招呼之際，我立刻就換掉臉上不滿的表情，手朝著小玫揮了兩三下，然後屁股坐上光年隔壁的位置。就算中間有所阻礙，但我們的愛情卻不曾遠離。好吧，我好像有點太入戲了。

「邁克，來坐這裡。」我拍了拍身旁的椅墊，被叫到名字的人於是點點頭，作為無聲的答應。

因為曾修過一次這門課，該懂的東西也都懂了，所以我沒有太用心其中，於是此時就變成了趕完系上作業的時間，同時也暗中觀察我的初戀——一般來說，小玫不喜歡在聽講的時候被打擾，因此任何想好要說的話都可以刪掉了。

我想，等下課程結束之後，或許可以約她跟她的朋友去咖啡廳增進友誼，儘管心裡萬分想帶她去酒吧聽我唱歌，但就像之前說的那樣，小玫不喜歡去那種店裡，於是這個選項就被刪除了。

「這是工作還是作業？」坐著寫了一陣子的功課後，光年打破了寧靜，於此同時，教授剛好也走進教室，好幾個人連忙跑回座位上，這也讓我們之間的對話沒有引起太多注目。

「作業。」簡短的回答之後，繼續埋頭苦幹。

「是什麼作業，好多喔。」

「少管閒事。」

「問都問了，你就說嘛。」

「這是莎士比亞的詩《鳳凰與斑鳩》。」

「沒聽說過。」

「聽過才奇怪。而且難翻得要死，還得翻成一首詩，要怎樣翻得好聽也是個問題。」

「但學這個，應該也是喜歡的，不是嗎？」

「呵，曾經喜歡啦。」尤其是在接下來的十年裡，除了拿來翻古代電影外，這部分的知識都沒什麼在用，最後自己最愛的還是未來的工作。

「這很正常，沒多久我們的喜好就會改變，但我相信，還是有一些是不變的。」

「有什麼是保持不變的嗎？」

「問你自己吧，有沒有什麼事情是不曾改變過的。」我轉頭看著說話的人，像是需要個答案一樣。

「我錢包裡的錢啊，原本有多少，最後還是一樣。」

光年露出笑容，用低沉的嗓音回道：

「你真的始終是個白目得可愛的人耶。」

於是我也露出假笑，同時用找碴的聲音回答說：

「你也始終是個白目得欠教訓的人。」

這就是仍舊不變的事物……
有時我們聊得似乎很有內容，但有時又超沒營養的，不過聊天的時候……很奇怪，我會因此完全忘了周遭的人。
兩個小時就像幻境一樣過得很快……
「下課了，我等下還有約，之後有空再見囉。」
「等……等一下，小玫。」
話還沒來得及說完，嬌小的人跟她的朋友們就飛快跑出教室了，於是我伸手只抓住了空氣，懸在那許久，直到聽見嘲笑般的笑聲傳了回來。
「好可憐，心碎了齁。」我發誓接下來兩個小時絕對不跟他講話，以懲罰他讓我氣到全身都在顫抖。「真沒用，下次也還會見到啊，不然我幫你約也行。」
「真的？」我想賞那個發誓不會跟他說話的自己一巴掌，這才過不到三十秒，太意志不堅了吧。
「嗯。我們的話就傍晚見啦。」
「見？見什……」混蛋，自顧自說完還不聽人家抗議。光年這傢伙一樣是個任性找麻煩的小鬼。
而且下課後還得見識這種任性第二回——在邁克分道揚鑣去其他學院找他男友，而我正準備要回家的時候，竟然有個障礙物擋在那裡，甚至抖著腳坐在樓下川堂等。我見事態不妙、想著要躲開，卻總是晚一步，身體已經先被大手拉住了。
「要幹嘛？我要趕快回家，今天接了很多工作，沒空跟你鬥嘴鬥個沒完。」這可沒有說謊，自從得到再過一次二十歲人生的機會，我就很認真在為自己打下基礎，希望藉此可以逃開未來失敗的人生。

「等下我送你回去。」低沉的嗓音簡短地回答著，不過看過來的眼神中卻彷彿帶著脅迫。

「不用你送，不喜歡被別人送，長大了可以一個人回家。」

「好。」

嘴上說好，但卻拖著我移動，像是準備要教訓人一樣，因著力量及身材的巨大差異，最終我還是硬被塞進車裡，而光年也不浪費時間多補充什麼，只是發動車子、將車子開走，同時被我的各種質疑攻擊。

「不知道路卻自願送我回家？你知道要把我送到哪去嗎？」

「知道。」他轉過來正視我。

「喂，你怎麼會知道？用心靈之力窺視我嗎？」

「我知道，因為你等下就會自己說了。」車子在十字路口停紅綠燈，若要去我的住處就得右轉，但當綠燈一亮，光年卻開車直走，讓我焦急地坐不穩椅墊。

「是要去哪？」

「餓了。」

「那就在這裡放我下車啦。」

「不放，放你下車的話，我要跟誰吃飯？」

「真的很任性耶！」我重重地扯著自己的頭，暗罵命運讓我必須遇見這樣的人，而且還不只遇見一次，時不時就見到面，比冤親債主跟著還緊。

「吵吧，再來！我喜歡，真可愛。」

「誰要跟你吃飯啊！」

「剛才阿詩罵了什麼呢？沒聽見耶。」該死的光年將耳朵湊近了過來，還一臉欠揍的樣子，於是我喊得更大聲。

「喂——！」

「哈哈，動聽得要死，再來、再大聲點。」

「喂——！！！」

「真是可愛。」

我沒力了，願意心甘情願做豎起白旗的人。試想看看，就連坐在餐廳的桌子前，我的身體還是虛弱到坐不穩，大喊到極致讓人耗盡能量，一多大喊就開始餓了，於是面前玲瑯滿目的菜單就成了我關注的焦點。

光年並沒有帶我到多昂貴的店裡吃飯，只是一家大學生常常餓著肚子來吃的熱炒店，因此價錢十分可愛，也很適合我這種荷包乾癟的人。

「想吃什麼？」面前那人問道，但我對要吃什麼還在三心二意。「芥藍脆皮豬肉飯，唔，貴了十銖，不要好了，換成炒飯加兩顆蛋比較好。」

「又是蛋炒飯了，臉都要圓成蛋了。」

「你管人家的臉幹嘛。」

「是是。」聽到那句話，高個子就低頭在店裡的紙張上寫下菜名，接著抬頭繼續問：「那要喝什麼飲料嗎？」

「這裡沒有免費的水嗎？」掃視整間店裡，內心對於沒有地方寫著「飲料自助」的字體感到有些難過。「那我要店裡最便宜的水。」

「我請客，你就點吧。」光年似乎有些不耐煩地說著。

「怎麼可以？來吃飯就該各付各的，不能一直請人家。」

「只請飲料，所以盡量點。」

「那可樂。」

「好。」討人厭的笑容！

將點單送給店裡服務生不久後，食物就被送上桌了，我點的是蛋炒飯，而光年則是芥藍脆皮豬肉飯。說真的，炒芥藍也很好吃，只不過脆皮豬肉太貴了，所以就沒點。

只能內心流著淚，飛快地把飯勺進嘴巴裡，但光年似乎不願意碰點來的餐點，只是偶爾拿飲料起來喝，其餘的時間只顧著盯著我的臉，看到我差點要噎到。

「不吃是怎樣？」看起來很餓，但真的來了卻又不吃。

「有啊，吃了。」

「吃什麼吃，一口也沒看你塞進嘴巴。」

「偷看我齁？」

「去死。」

也沒有多想關心，於是就繼續看著自己盤裡的食物，不到十分鐘，我盤裡的飯就吃到一粒米都不剩了，看回去才發現光年仍維持原本的狀態，讓我忍不住又問了一次：

「所以你真的不吃？」

「飽了嗎？還要點什麼嗎？」他沒有直接回答我的問題。

「不要，把你的飯拿過來。點了又不吃，浪費食物。」我將高個子面前的餐盤拉過來自己這邊，然後不耐煩地勺起脆皮豬肉、塞進嘴巴裡。

嗯……無法否認，脆皮豬肉真他媽的好吃，眼淚又要流下來了。

「好吃嗎？」光年開口問，視線裡有著讀不出的情緒，只依稀覺得那像是一個大人在看小小孩。

「一般般啦，是你不吃，我才不得不吃的。」

「那好，如果下次我不吃，你就得幫我吃喔。」

是要看到什麼時候？用這種溫柔的語氣說話幹嘛……

「你還覺得會有下次喔？」

「會，想持續有下一次。」

有一瞬間，我也不經意地覺得，那句「想持續有下一次」真的非常令人安心。

♡

必須承認，我最近接的工作很重，有什麼能做的、能不讓自己餓死的，通通都接了，文件翻譯的工作陸續在進來，而字幕翻譯則有一陣子沒翻了，因為沒錢，有時候為了過日子，興趣還是必須要能換錢的，所以我改將自己的履歷投給這類型的公司。

最後的結果是人家說我的經驗不多，所以不收。好吧，反正沒幾年後他們就會自己聯絡我了，因此，額外增加的工作就是在酒吧裡唱歌了。

其實想要的也不多，只要客人喜歡、老闆滿意，能有錢跟飯吃，我就可以了。

「阿詩，這是我朋友，叫高爾，至於這個，他叫阿嵐。」

「嗨嗨。」

光年帶了朋友來店裡，我感覺有些面熟，因為他們是一群的，只不過上共同必修的時候，總是看著他們一起去坐在教室最後面，所以沒有聊過天。

現在是剛過七點一些，我得在登場時間前將自己準備好，不知道歌手一般是怎麼練習或準備樂器的，以及會預備多久，但對我來說，所謂的準備就是吃，沒有其他了。

「讓我們一起坐吧。」叫阿嵐的那個人說道，於是我聳聳肩作為同意。

阿嵐是個跟光年差不多高的男生，應該比我高七、八公分左右；皮膚跟香蕉莖一樣白；阿弟[6]般的臉，似乎有華人血統。至於高爾，則是個子高、白白的，臉上不太有表情。不過這三個人的眼神都一樣風流，真不虧是好朋友。

「我朋友他們想認識你。」光年邊說，邊在我旁邊坐下，而他的朋友則坐在對面。

「你好，我叫阿詩，很高興認識你們……吧。」我說完就繼續把飯塞進嘴巴。

「不只北爛，還有夠會吃的。」看高爾那嘴上跑馬的人說了什麼，人餓了就要吃啊，但我也不懂自己為什麼要辯解。

「只是廚師老爹比較愛我，所以做了大份一點而已。」

「這叫一點？都吃一大盤了。」自找的，要不是光年拉住我的手臂，湯匙絕對就飛到他頭上去了。

「煩什麼煩。」

「不煩也行——」

橫掃食物到肚子都快凸出來之後，我就轉身準備今天的舞台表演了，不過更令人驚訝的是，這次訂位的客人幾乎是我上次登台的兩倍，真開心。

「阿詩，如果你唱歌的過程中有人拿酒來給你喝，你要馬上拒絕喔。」光年提醒我，但他說的這件事似乎超難做到的。

6 泰國人會用潮州話的「弟」跟「妹」來形容像華人的長相，主要特色有皮膚白，可能是鳳眼或內雙。

「要怎麼拒絕啦，那是客人啊。」

「我會坐在前面的桌子，先擋掉一部分的人，但如果有漏網之魚，你得練習去拒絕，懂了嗎？」

「嗯。」

「你答應囉。」

「就是會唸唸唸。」

嗆完對方後，雙腳就在客人熱烈的歡迎掌聲中踏上了舞台，雖然才七點半，但客人卻這麼滿，傅克哥絕對是很高興的。烈酒、啤酒、其他酒精飲料被點著，服務生忙碌地跑來跑去，歡樂的氣氛不像以往那樣死氣沉沉。

「大家好，我是博詩，又一次跟大家在周二及周四晚上見面了，我真的很緊張，你們看到我的眼睛跳個不停了嗎？」每次把實話講出來，客人們就會爆出停不下來的笑聲，這次也不例外。「謝謝大家給我很棒的回饋。」

「好——」

「前幾天我讀過店裡粉專跟意見箱裡的留言了，有個客人想要我唱《I Love You So》，所以這次就唱給大家一起聽。」

「啊啊啊啊——」剛知道自己生來也能讓別人尖叫得如此大聲，過去只遇過尖叫了之後罵我而已。

「既然如此，那就先來聽歌吧，誰會唱就請幫忙一起唱喔。」

短短的吉他前奏後就進入了主歌，我的右手在弦線上撥著，左手壓著和弦，透過麥克風傳達出適合無伴奏風格的和緩嗓音。

『I just need someone in my life to give it structure
（我僅是需要一個人支撐我的生活）
To handle all the selfish ways I spend my time without her
（包容失去她的我的任性）
You're everything I want but I can't deal with all your lovers
（你有我想要的一切，但我卻應付不了你的愛人們）
You're saying I'm the one but it's your actions that speak louder』
（你說我是唯一，但你的行爲卻不是如此）』

光年照樣坐在最後方的桌子，抬起頭來望著我，他就靜靜地坐著，沒有顯露出任何表情，但富含深意的目光卻令被看著的人深感動搖。

我覺得他在這間店裡讓我神經緊繃，首先是我不太能專心，以致於差點忘記歌詞，其次是我比首次登台更加忐忑不安，雖然光年先前就這樣看我了，但為什麼……

或者是處得太近了，所以有些情緒感覺得更清楚。

『Giving me your love when you are down and need another
（只在感覺低落、需要陪伴時給予你的愛）
I've gotta get away and let you go I gotta get over』
（我應該逃開、放你走，應該忘卻）』

然後來到了副歌，我的視線從前方的人移向周遭的客人們，對他們露出笑容，看著所有人送來的目光。

『But I love you so（但我太愛你了）
I love you so, I love you so（我太愛你，我太愛你）』

我克制住了，看向別人了，但最終還是將目光移回原本看著的那個人身上，那雙黝黑如墨的雙眼無異於深淵，既誘人又危險，同時間……

『I love you so...（我太愛你……）』

又溫暖地讓人想靠近。

我再次輸了。

不知道是輸給了自己的念頭，還是輸給了……叫光年的那個男人。

掌聲交錯著響起，我鞠了個躬後才透過麥克風跟客人們閒聊，盡可能地將先前的感受都拋開。

「謝謝大家一起唱，接下來的歌是……」我愣了一下，看著兩個男性客人拿著酒杯從遠處走了過來，這下麻煩大了。

但對方還沒來得及靠近我，光年就站起身，同時先出來攔人了。

「這首歌大家一定會喜歡，因為我要帶大家到森林裡。」

「啊啊啊啊——」

不知道他們講了什麼，但客人沒有任何動作，大概是因為光年出面替我喝了吧，於是一切就輕易地落幕了。

接著表演了第二及第三首歌，這其中陸續有客人拿著杯子過來，但沒有任何人能夠越過光年，來到我這裡。該感謝他嗎？但感覺他似乎也喝進了不少酒。

「這位是我的保鑣。」都這個地步了，就開一下他玩笑吧。「因為我不太會喝酒，所以他喜歡幫我喝，而且當客人固執、不聽勸的時候，他會非常非常非常生氣喔。」

「……」

「因此，請大家聽他的話好嗎？」

「好——！」

「至於有人想要他喝的，就努力灌他吧。謝謝大家。」

光年一邊轉過來對我瞪大了眼，一邊簡短地說：「真皮。」

沒想到在我開了另一方這個玩笑之後，幾乎所有的客人都將目標轉到了高個子身上，這下子他的負擔變成了雙倍，女孩們、其他學院的同學們，還包括店裡的客人都一起走過去跟他乾杯，喝到讓我覺得可憐。但一個小時也沒有太長，不一會兒，今天的工作就漂亮地收尾了。

就只有高個子眼睛迷濛地呆站著，於是他的好友不得不拿水給他喝、讓他醒酒。

「來，說說看狀況如何？」

「埋了不少炸彈給我嘛。」聲音聽起來似乎還撐得住。

「我道歉可以吧？」

「不原諒你。」

「我哪裡錯了？又沒有叫你每一杯都要替我喝。」

「你沒說，但你做了。」第二杯水被喝掉了一半，然後說話的人才繼續往下說：「我今天應該沒辦法開車了，等下讓我朋友送。」

「好。」

「阿詩，你也要一起走。」

「嘿，不用啦，我可以自己回去。」

「不行，那太危險了。」

「你是我爸嗎？是擔心我在門口被人拉走喔？」

「總有一天會有，所以你要好好照顧自己。」

「我本來就很會照顧自己，就只有你啦！」

「我怎樣？」

「……吃醋喔？」

真想賞自己一巴掌，怎麼會說出這樣的話呢？不過，大概也來不及了。

「嗯。」

「……」

「我又沒說我不吃醋。」

那一秒，我只想著，這個名叫光年的深淵，比想像中的還要深。

9 先愛上的就輸了

車內的氣氛進入了沉默的狀態。

光年將車停在店裡，因為他無法在醉成這樣的狀態下，勉強開車回去，於是我也就第一次搭了他朋友的車。

高爾擔任司機，而阿嵐則坐在副駕上，放我跟光年兩個人坐在後座，壓力山大——這喝醉的人不知道還剩下幾趴的理智，除了盧我盧得凶以外，人竟然還癱軟在我的肩膀上。……

「光年……」雖然有呻吟聲軟軟地回應著，但那個人卻沒有睜開眼睛。「可以躺好一點嗎？我肩膀好痠。」

「人好差。」這次高個子願意撐開眼睛了，他先是在空間狹小的車裡不安分地動著，然後才盯著我看，一邊輕聲問說：「不讓我躺肩膀的話，那讓我躺你的大腿上可以嗎？」

「得寸進尺。」我抱怨個不停，但當閃著哀求的眼神看過來時，也不知道該如何是好，要答應也不是太情願。「好啦好啦，要躺也可以，但我累了就會把你踢下車。」

「真是可愛。」

「而你真是欠教訓。」說完就將臉轉向窗戶，舉手摸摸鼻子、掩飾尷尬，突然間，呼吸不順了起來，也許是因為周遭的氣氛進入了第二波的沉默，而我也感覺像是嘴巴被水淹了一樣，一句話也說不出來。

高個子的頭部貼在我的大腿上，一頭濃密的軟髮令人想要撫摸，但不得不提醒自己克制，於是一時之間也不知道手該放在哪裡，不過最終似乎被光年看穿了，他抓過我的手，長指與之交握，直到中間不留任何空隙。

媽的，突然既溫暖又詭異。

「博詩。」躺了一會兒，腿上的人突然喃喃地喊了名字。

「怎……」

「想親，可以親嗎？」

「親誰？」

「你。」

話一說完，我就用空著的那隻手打了他嘴巴，被打的人就哀嚎出聲，而他另外那兩個坐在前座的朋友則一起放聲大笑。光年，你喝醉的時候都這麼瘋嗎？

「阿詩，說實話，你唱歌真的很有魅力，難怪店裡的人那麼著迷。」高爾往下開了話題，而我怎麼可能不跟著說嘴一下。

「本來就是，就我長得好看、聲音又好聽，所以女孩們喜歡、滿店裡尖叫，羨慕吧？」

「才誇你一點，剩下都是你自己炫耀的，我都要吐了。」

光年那個叫阿嵐的朋友補充。其實他們一整群都很白目，所以我也得拿北爛下去拚，要我善良禮貌？做夢去吧。

「說實話還要被說炫耀。」

「我喜歡，你知道自己是個好笑的人嗎？」

「謝囉謝囉。」

「有空就來跟我們一起玩吧，這樣出去玩、看電影或聽歌都會有另一種樂趣。」這算是時光倒轉的優點嗎？我的生活完全不同以往，其中一項過往不從有過，但現在卻有了的就是朋友。

「如果約我又來接的話，我就會去，但更好是請我吃飯之後又有甜點，這樣我會更愛你。」

「很會騙吃騙喝耶。」說話的人仍控制著方向盤，目光透過後照鏡看向我。「那你怎麼認識光年的呀？」

「他沒說給你們聽？」

「在廁所遇到的。」

「沒有啊。」

「齁齁——」要死，叫得像我跟光年在廁所裡做那件事一樣。

「你想到哪去了，我只是去洗手，而他去拉屎，所以才莫名聊起天來。」

「對了，光年睡著了嗎？」我低頭看著腿上那英俊的臉，兩邊的眼皮緊緊地閉上，臉上的泛紅褪去了一點，呼吸也平穩了下來，同時扣著我指間的大手也開始鬆開，看樣子是沉入夢鄉一陣子了。

「睡著了。」

「那我可以問些問題嗎？但請你要照實回答。」

「嘿，你這是朋友還是洗衣機啊？這麼想摸清我。」先讓我碎念個夠。不過，當前座的人以沉默施壓，我也不得不就順水推舟。「嗯，有什麼就問吧。」

「你有對象了嗎？」超有事的問題。

「沒有。」

「有沒有喜歡的人了？」

「一定有吧，我們人都必須有喜歡的人啊。」

「別對我朋友太狠心唷。」朋友指的是光年還是小玫？如果是小玫，我才不會對自己暗戀的人狠心咧。回到光年，過去我有對他做過什麼糟糕的事情嗎？只記得跟他騙吃騙喝而已。

「我可以道歉嗎？下次不會再讓他請我吃美食了，但如果他又買食物來逗我，我也努力克制自己不吃好了，既然你們都這樣拜託我了。」邊說就邊吞了一口口水，又有點餓了。

「欸，我們講的是同一件事情嗎？我指的不是食物的事情，而是你對我朋友的感情。」阿嵐重申。我這下子比原本更目瞪口呆了。

「我哪裡狠心了？」

「他說的話，是真的。」

「……」

「他在意你，非常在意。」

突然不知所措，我不確定光年朋友口中的「在意」是什麼意思，有時也不太理解自己，雖然他對我的動作彷彿像是在對我說愛，但這個人平常不就是這樣對待所有人的嗎？到處留情，到處在意別人以獲得對方的心，然後時間一到就拋棄。

我不停地這樣告訴自己，但卻無法將正陸陸續續沉入的思考拉回來。

車子繼續向前行駛，外頭是馬路及高樓大廈的燈光通明，讓我將躺在大腿上那人的臉龐看得更加清楚——他堅挺的鼻子、好看的唇形，還有那雙看似風流卻在笑起來時會立刻讓世界變得明亮起來的眼睛。

就連睡著的時候，也展現了那人不同以往的模樣。其實，光年也不過是個二十歲的男生，有優點跟缺點，還有些任性，但光年跟其他人不一樣的地方是，他讓我這個執著初戀已久的三十歲男子開始問自己：

如果我的未來是跟光年一起，彼此相愛，那會是什麼樣子？

「把他拉到我背上，我準備好了。」

屈膝接近地面的阿嵐出聲給了信號，於是我跟高爾合力拉著醉鬼的臂膀、將人拖上阿嵐的後背，然後一起狼狽地將人帶回光年的住處。

進三步退兩步，好不容易才來到了電梯，靠，差點想往生半小時——早知道他喝醉是這副德行，我還是自己一個人喝好了——身體重得跟水牛一樣，還好是喝醉就睡了，沒有大吵大鬧讓人心煩，我覺得這是很高尚的美德。

「感應卡、感應卡。」

聽到這樣，我就用手去摸高個子的褲子，然後找到需要的東西，遞給另一位站在門前準備開門的友人。

喀！

「搞定哈！」高爾笑著說，但卻被阿嵐用快死掉的聲音插了話。

「哈你爸啦，快點開門，我要帶他進去，我腳都在抖了啦。」

「好啦好啦。」

光年被背進了臥室，接著被隨興地扔上床。

「哈，拖累朋友，怎麼叫都不會醒。」還繼續在碎念。

「好了啦，他真的喝了不少，不醉才奇怪。現在我們回去吧。」高爾拍了兩下前方的人的肩膀，然後轉過來對我揮揮手。「阿詩下次見，我朋友就拜託你照顧了。」

「蛤？等一下！你們接下來沒有要送我回去嗎？」

我承認，嚇到眼睛都要瞪出來了，但眼前的人卻裝死地瞪大了眼睛。

「欸？你又沒講，我還以為你要先睡光年這裡。」

我哪時候說了！！！

「沒有要睡這，但如果你們沒有要送，我也可以自己回去。」

「不能照顧一下我朋友嗎？」和我說話的語氣有明顯地放軟。「他這樣替你喝酒、替你出面，你突然又要丟下他。」要那麼狗血就是了。

「對啊朋友，光年他用了心力跟體力盡力幫你，阿詩你要讓他一個人睡死在房間裡嗎？」

「……」

「然後，如果他明天還在宿醉，起床後頭昏、站不穩，摔倒砸到頭可是很嚴重的唷。」

這群惡魔，都說成這樣了，還要我怎麼做？知道他們是想騙我留下來，但因為很煩人，所以我還是決定答應他們。

「好啦，我留下來也可以，你們就趕快回去吧。」

「沒問題喔。」

「喔你爸啦！」

「忘了說，光年他從中午就沒有吃東西了，如果能叫醒他的話，就幫忙找點東西給他吃。走囉，北鼻晚安——」想吐，北你個鬼。

但沒來得及罵人，門就關上了，高級公寓裡只剩兩個生物。該先做什麼才好呢？

隨便啦，我想放著光年就這樣睡死到明天早上，而自己也沒到要洗澡盥洗什麼的，只是移去外頭的沙發上睡覺，明天屋主一醒就馬上坐上摩托計程車回家。

也因為現在才剛過十點，所以一點都不想睡，怎麼翻來覆去都無法閉上眼睛睡著，而且心裡還掛記著在床上的那個人，掛記到令人生氣，任由自己胡思亂想到了十一點，我終究還是忍不住轉開門把，走進去看看喝醉的人的狀況。

「光年醒醒。」搖晃著不省人事的身體一會兒，也只得到從喉嚨裡發出嗯啊的呻吟聲。「快去洗澡。」

「……嗯。」

「嗯了就先起來！」拉手沒用，拉腳也無效，你這是睡著還是死了？

我改變目標、走出房間往小型廚房移動，以便翻找冰箱中的食物。如同一般的獨居單身男子一樣，他的冰箱中沒有太多的生鮮食材，找到的只有香腸、火腿、微波食品、麵包，還有一些果醬。

青菜類只有凋萎的洋蔥跟長得嚇人的菇類，看樣子只能做個稀飯了。

想到這裡，我開始熱鍋，拆開即時飯盒中的白飯倒下去，調味並加入切碎的蔬菜，完成後就關上電子爐，將其倒進碗裡。

哈，這是六星級的菜單嗎？

心中暗自期望稀飯的香味最終能喚醒睡死的那個人。

「光年。」沒有用。

一直到我將食物放到床邊小桌上，他還是沒有醒來，於是我不得不又是搖晃身體，又是在他耳邊大喊，好不容易才能喝醉的人醒了過來。有夠累，要不是擔心他沒準時吃飯又飲酒過量後胃會生病，我大概就不會將對方叫起來了。

「阿詩，怎麼了？」說話的人試圖將自己撐起來，一副狼狽的模樣，於是我在他身後放了柔軟的枕頭輔助。

「吃飯。你朋友說，你從中午之後就沒有吃過東西了，怕你會不舒服。」

「我沒事。」說完又作勢要趴睡在自己胸口。真是個小朋友。

「不行，我稀飯都煮好了，所以你必須吃。」

蒼白的眼皮再次撐了開來，英俊的臉上泛紅，但卻慢慢露出笑容。

「擔心我喔？這麼愛我了。」

「看在你幫我喝酒的分上。這個，快吃。」我將裝著稀飯的碗拿給面前的人，但那個白目鬼卻一直盧我，除了不願意接過去之外，還有臉出聲跟我撒嬌。

「餵我嘛。」

「你有手有腳。」

「它們現在都沒有力氣，如果你不餵我，那我就要繼續睡了喔，好睏。」

「嗯，我餵你。」湯匙從碗裡勺滿了一匙稀飯，然後遞到嘴唇前，但光年卻不肯張開嘴巴，只是沉下臉，用著做作的語氣說：

「好燙。」

What the fuck，阿詩的人生是還要遭到多少報應啦？

「好好好，幫你吹了，這次可以吃了沒？」高個子笑得燦爛，張開嘴吃掉整整一大口，而我則期待得到他的回饋。

「怎麼樣？」

「味道爛死了。」我生命中的所有驕傲都沒了。

「我盡力弄了。」

「謝謝。」

「先擱那裡。」嘴上說不好吃，但實際上還是整碗吃完了，於是我的擔心也去了一大半。「吃飽就睡吧。不睏的話就去洗澡，想換身舒適一點的衣服也隨便你。」

「你也是。」

「我沒關係。等下你狀態好一點，我就要回去了。」

「不讓你回去。」

「好任性。」

「我承認。」我嘆了氣，想將碗拿去洗，但光年的動作快了些，拉住手腕、讓我坐回原處。

「可以給我繼續對你任性的權利嗎？」

「什麼理由？我不懂。」

「寂寞。」欠揍的理由不值得同情，聽完之後我想提早一個半小時回去。

「喜歡你的人不是很多嗎？幹嘛還寂寞？」

「喜歡我的人很多，但又不是每個我都會喜歡。」光年將手移過來抓住我的手心，同時出力握得更緊，像是不想放開一樣，擴散而來的溫度讓我不敢抽開，隨了那個人的意。「阿詩……」

「又怎樣？」

「你為什麼會喜歡小玫？」

「幹嘛問這個？」

「就想知道。」真的很會多管閒事。

「喜歡，大概是因為小玫是我的初戀吧。」

「像是，一見鍾情那樣？」

「也不是，只是對小玫的行為留下深刻印象。你想想看，不認識的人卻走過來對你笑、幫助你、對你好，試問誰能不動心？」

「你很容易心動耶。」高個子的另外一隻手伸過來，來回搓揉我的頭，但我很訝異自己居然坐著不動、任由他弄。

「那你呢？曾經對誰印象深刻，於是愛上對方嗎？」

「沒有。」

「……」

「一開始只是有印象，是在關係拉近之後才愛上的。」

♡

我沒有繼續問光年所說的人是誰，只是獨自收藏起當天晚上所聽到的話語，其實時間也過了近一個月，不知道為什麼卻又想起那件事，搞不懂。

七月初開始幾乎每天就在下雨。學院裡的迎新活動結束了，但我其實沒什麼參與到，只是請直屬吃了幾次飯，其餘的時間就是不間斷的工作和吃東西。我和小玫的關係，也在有 Line 可以聊天之後，拉近了些。

但就算如此，無論再怎麼靠近小玫，似乎仍相距甚遠，她總在我們之間留下距離，不過我大概還做不到死心，只能繼續往下走。

「你等下沒事要去哪？」邁克問道，此時我們正走下系館的樓梯，來到樓下。

「我想去逛一下書，書展都辦三天了，還沒有去過。」

這是學校舉辦的書展週，期間長達七天，對學生來說是極其興奮的事情，新出版跟便宜的書都包含其中，讓人挑到眼花撩亂。此外，我尚有一份書單，列出了幾本想買來閱讀的書，用以做報告繳交給教授。

「但我今天可能沒辦法一起去。」好友的語氣有點落寞。

「跟男友有約？」

「你懂。」

「那就在這裡說掰掰吧，明天見。」

「嗯。」各自揮手道別，邁克向左，而我向右。

書展舉辦在學校的大禮堂，那裡有足夠的空間提供給店家和血拚的人。說實話，來逛這種活動就跟陷入迷宮沒有兩樣——那間店不錯，這間店的書也有意思——回過神來，準備用來裝書的帆布袋已經沒什麼空間了，於是不得不將幾本新買的書抱在懷裡。

「在做什麼？」熟悉的低沉嗓音拉著我回頭望，光年笑著站在身旁，衣服及頭髮都有些微濕，手裡沒有任何東西，除了一把傘。

「你怎麼會來？」問了出口，但心臟卻發瘋似的狂跳。

兩天不見，但他一出現，所有的擔憂就都煙消雲散了。

「我剛好遇到邁克跟他男友，他說你在這裡。」

「喔，那你來找我是？」

「有發現外面在下雨嗎？所以我拿傘來給你。」

「等下就停了，不用撐啦。」

「對了，你在逛什麼書？」真會轉換話題，但這種行為我也司空見慣了。

「莎士比亞的劇本。」

「又是莎士比亞。」

「那是作業。」

「要我幫你拿嗎？」

「不用了，光年少爺。我扛得動。」我不再注意高個子，轉回去繼續關注面前的書，在考慮過這本書必讀之後，就花了點錢買下來，接著就慢慢脫身，帶著在不遠處跟著的光年前往下一攤。

時間來到了五點多，我帶著大包小包的書走到外頭，更倒楣的是，雨還是不願意停。

「等下送你回去。」高個子自告奮勇，但我不想常常麻煩他。

「沒關係，我想先等一會兒。」

「那傘給你，你才不會在走回去的時候淋濕。」

「那你咧？」講真的，如果我把傘拿走了，光年就一定會濕掉，尤其是現在這個狀況不管怎麼看，雨似乎都不會太快停。

「我沒關係，等下趕快跑上車就好，不會淋濕的。」

我不願答應，同時也不想選其他的路，於是我們不得不在原地僵持了近十分鐘，這段時間內開始感覺到待得越久，問題就會越多，也不知光年是認識了全大學的人還怎樣，無論是誰路過都要過來打招呼，而且大部分都還是女生。

像最近這一個，超可愛的，無論是誰看到都會喜歡她的。滿腹的好奇促使我低聲詢問，即使對方會因此走開都無所謂。

「那是誰？」帥氣的臉龐靠了過來，一邊輕聲低語，讓聽者的心開始悸動。

「八卦。」

「也……也沒有很想知道啦。」

「舊情人。」當我做出不在意的模樣，身旁的人終於願意說了。

「為什麼會分手？」

「沒有分手，因為沒有交往過。我之前從未跟人交往過，就雙方講好、彼此歡喜的相處模式。」

「那現在還是那樣嗎？」我指的是不停地曖昧、不停地約會，就像他曾經做過的那樣。是說，如果問我為什麼會想知道別人的事情，也不知該如何回答，說實話，我現在也不敢問自己的心為什麼。

「你明明知道。」

「我怎麼會知道啦。」

「三不五時就來找你玩，我還會有時間去跟別人牽扯嗎？」

「……！」拋出這麼爆炸性的發言，是還要讓我回什麼啦？只能緊緊地癟著嘴、嘗試把心裡話說出來，但最後也還是只能像光年那樣轉換話題。

「雨應該不太容易停，那我還是跟你借傘好了。」

「好。」

「但等等先送你上車，這樣才不會濕掉。至於傘，用完後再找一天還你。」

「都可以。」

大手中的傘被撐開，兩人的雙腳從大樓跨了出去。

滴……答……

雨滴落在地上的聲音給人舒服的感覺，我又靠近了他一些，頻繁的雨聲令人不想去數，心中也不再介意我們是否得待在一起，現在周遭的一切都很安靜，安靜到聽得見彼此呼吸的聲音。

他拿著傘，我提著書，但清楚知道他的心並沒有專注在這些事物上。

「你的頭髮好香啊。」光年選擇打破沉默，我於是抬頭看著說話的人。

「剛洗過。怎麼了？平常就喜歡聞人家頭髮的味道嗎？」

「喜歡啊。」居然不否認。「尤其是有些約會過的女生，頭髮非常的香，有些是棉花糖的香氣、有些是香草味，也有些沒那麼甜，她說是櫻花還什麼的味道。」

我將視線從身旁的人轉向面前的馬路，聽了不太開心，想跺著腳走路，直到水花濺濕他那雙昂貴的鞋子。

「那……那你最喜歡哪個味道？」

「想知道幹嘛？」

「呃、也不是想知道啦，但就想提醒你，女生不喜歡花心的男生，尤其像這樣到處散發魅力的，就越是扣分，就算再帥、再有錢，人家也是嘖嘖兩聲。」

「呃……」

「還有啊，那種已經分了的人，還繼續笑著跟人家打招呼也不太好，如果人家有對象了，對方吃醋來教訓你就討皮痛。我說這些是為了你好。」

「是為我好還是吃醋？」

「吃醋？」我著急了，「怎麼可以這樣說，也太自戀了吧！」

「不是吃醋也沒關係，就只是個猜測。」

為什麼大禮堂跟停車展的距離會那麼遠啦，還是我們走太慢？但我想，現在應該走快點了，藉此讓自己不要成為光年的目標，不過還來不及加大步伐，另一方的低語就拉走了我所有的注意力。

「棉花糖、櫻花香……」有夠會換話題的，之前聊的事情呢？「玫瑰也滿香的，但大概比不上香草味，之前還有人用淡淡的草莓味，但另一個人用的是清新水果香。」

「居然有那麼多喜歡的味道嗎？」

「我沒說是喜歡，只說有聞過。」

「那選一個最喜歡的。」

「是要去買那個味道的洗髮精喔？」

「有病喔。」

「不用買啦。」

滴……瀝……

重複落下的雨聲比原先更大，但卻無法掩去光年低沉的嗓音。

「我喜歡頭髮被雨淋濕的味道。」

「……」

「其實什麼味道都可以，只要是喜歡的人的味道就夠了。」

或許是我們離得太近，才會將隱入喉頭的聲音聽得如此清楚，不過響起的雨聲卻讓那句話聽起來比想像的輕鬆，我緊緊抱著懷裡的書，沒有和說話的人對上眼，而他也沒有看向我，各自盯著前方自天空落下的雨絲。

現在所站的位置已經距離停車場不遠了。

但為什麼……卻想走得更遠。

或許是因為雨、因為它落在傘面上的滴答聲，儘管我過去不太喜歡，但從今天起卻不一樣了，我比以往的每一天都喜歡雨聲……

10 愛情令人擔憂

我最近的興趣全放在朱佩塞．威爾第（Giuseppe Verdi）所創作的歌劇劇本《法斯塔夫》上，其中有一幕是芬頓（Fenton）向南妮塔（Nannetta）述說自己的感受：「When I saw you I fell in love, and you smiled because you knew」，或翻譯為「當我見到你時，我馬上就愛上了你，接著你微笑，因為你也明瞭。」

超浪漫的，就像「看眼神知心意」那句話一樣。

你問這跟目前的狀態有什麼關係？也無關啦，這只是在我腦海中迴盪的作業——教授要我們將自己感興趣的劇本做成報告繳交——不過目前作業也還沒什麼進度。

叩——叩——叩——

指針來到了七點二十五分，我還沒去睡，但也暗自好奇是哪個神經病這麼早來敲門，為了不讓好奇懸在心中太久，於是我放下筆跟紙、走向門口，一打開門，旋即與眼熟的人對上了視線。

「外送來囉。」在光年舉高食物袋子，同時吐出最鬧的那句話時，我馬上笑了出來。

「我今天沒有訂唷。」

「有人幫你訂了。那個人個子很高、帥到極點，還非常搶手，無論走到哪裡都會有女生尖叫，你認識他嗎？」

「我不認識那種自戀的人。」

「……」光年有些不爽。

「但前方瘪著嘴的這位，剛好滿有交情的。進來吧。」這假鬼假怪的能耐是光年與生俱來的還怎樣？剛才還一臉不滿，但一聽到讓他進來屋裡，竟笑容燦爛得像中了上百萬的樂透一樣。

餐盒中的食物迅速被裝進了盤子，根本不須任何提點，他很清楚我房間裡所有用具的位置，讓我這陣子忍不住懷疑起這到底是誰的住處？他的，還是我的？

「為什麼你常常喜歡買早餐來給我啊？」事實上，對方每次出現，就表示我們總是會坐在一起吃飯。

「就有人說他曾經餓到快哭出來，所以我不得不來啊。」

「我最近有錢了。」一邊說，一邊將光年備好的餐盤拿到日式小桌上放。我們就坐在地板上，不拘禮節地吃飯。

「有——嗎——？借我看一下錢包，看是多有錢。」

「你是我老婆嗎？還借看一下錢包。」

「你點頭，我就當。」看他說這什麼鬼話。

我承認，自己這陣子的生活好上了許多：一來是有邁克這樣的朋友可以不時打打鬧鬧；二來我接了不同面向的工作，像是文件翻譯、在店裡駐唱，偶爾還有些翻譯歌詞字幕、上傳到獨立製作頻道的額外工作；還有三，就是有光年進入我的生活。

好處是他幫我省下了好幾餐的飯錢，但壞處也像風箏尾巴一樣長。

「今天要讓我一起付喔。」一切都準備妥當，我們坐在地板上，面前有兩三樣食物，但不可或缺的是豆漿。

「不用。」

「又來了，是要我單方面佔你便宜嗎？」

「看清楚是誰佔了便宜。」前方的人擠眉弄眼，於是我搖搖頭，像以往那樣結束話題。

「是說，我昨晚跟小玫聊了天。」坐著吃飯好一會兒後，我開啟了關於小玫的話題。

「那小玫講了什麼？」光年似乎對聽到的事情不太有反應，甚至還面無表情地拿出手機滑著。

「小玫跟我說晚安啦，我、我都要醉了，哇！」

「喔喔。」

「她傳了好多貼圖給我，但通通都有愛心。」

「想太多了吧。別忘了她喜歡的是我。」

「是『曾經』，別忘了你的時間副詞。」我相信，就算小玫之前曾經喜歡光年，或者單戀到願意委身下嫁，但現在很多事情都變了，相信總有一天，我的用心能讓小玫回頭看見我。

「是是是，小玫沒有喜歡我，而我也沒有喜歡小玫。」我對光年的答案感到滿意，吃飯也變香了。「對了，我剛跟新對象聊聊，那是高爾之前的同學，現在唸不同大學，但好像滿容易見到面的，聽他說對方喜歡我很久了、想追我，我就想說試看看。」我拿著餐具的手僵了一下。

「什、什麼時候開始的？」

「一個星期前。」

「是她先追你？」

「這年代男女平等吧？誰先追誰不是重點，只要心意相通就好。」去死，我想把你帶回到前幾天的下雨天，可別說當時講的人是這個女生。

「但要、嗯⋯⋯要跟別人聊前，得多思考一點。」僵住的雙手又動了起來，我垂下眼睛、不想看著對方回道，等著對方會用什麼方式回嘴。

聊一星期了嗎？靠，為什麼感覺胸口有莫名的煩悶。

「我有想過了，所以才想試看看。」

「所以你喜歡她囉？」

「不知道。」

「還不確定的話就先等等，就是……要考量一下對方的優缺點，有時候對方可能有十個優點，但卻有一百個缺點。」

「她有一百個優點喔。」聽到的回答讓我眼睛瞪得更大。

「不過一百個小小的優點，可能比不上讓你頭痛的那個缺點啊，一不小心麻煩就大了。」

「你所謂的麻煩大了，這得是對方有男友了吧。」

「說不定呀。那她可愛嗎？」

「很可愛，是學院之星啊。」

「看吧，又漂亮又厲害，這表示一定有很多人追，一堆競爭者。」

「但是她來追我的，代表說我一定是她的首選吧？」怎麼辦，感覺好想大聲哭出來，找不到反對的理由了，好像是自己這輩子最笨的時候，好挫折。

「漂亮女生的選擇可能很多。」不太有底氣卻仍努力回著。

「死心踏地的漂亮女生也是有的。」

「她可能不適合你啊。」

「我現在是個好人，不花心，不太任性，不像之前脾氣那麼大，會控制自己了，所有不好的習性都戒了，如果那個人有一樣的想法，我已經準備好了。」

「那麼她夠認識你嗎？如果有人把你以前的風流韻事跟她說呢？她說不定就不會信任你了。」我盡力了，雖然反對的話還有許多。

是說，我人幹嘛這麼差啊？總感覺阻撓別人的自己很差勁。

「阿詩看著我。」

光年放下餐具，而我則緩緩抬起頭看向他，那雙漆黑如墨的眼眸裡透出某種堅定，然後那個人才開口對我述說他的感受。

「如果她真的喜歡我、如果她真的認識我本人，」

「……」

「她會明白現在的光年是個怎樣的人。」

「……」

「我不隨便喜歡一個人的，所以你覺得我會跟她有後續嗎？當然不會……只是想讓你吃醋而已，太開心了——！」

「哼哼，好好笑喔。」

聽到這樣，你覺得我接下來會怎麼對待光年這個混蛋？一是踹死他，或者二，罵到他忘記回家的路。

當然，兩樣我都要。

♡

「你看臉書社團的貼文了嗎？」在學院餐廳的桌邊，邁克邊吃著巧克力冰淇淋，一邊問道。那舔東西的姿勢嚇死人了，害我都忘記在聊什麼事情。

「社團貼文說了什麼？我還沒打開來看。」

「傍晚要開會，好像是要找大一大二一起合作辦營隊。」他邊吃冰淇淋邊說。你是要不要先吃完再說啦。「你有在聽我說話嗎？」

「有啦，大大。」

「現在還有人這樣說喔？」

「幹。」

「對了，你今天不是要去『The Favorite L』駐唱？如果開會開太晚，就趕快打給老闆。」

「不會開太久吧。」我嘟囔著，邁克也沒有再提什麼，只是繼續盯著手中無比可口的美食。

但我錯了，系上的會開起來比想像的更花時間，都七點了還沒有要結束的意思。如果我偷溜出去，被同學看到會議還沒結束就出現在店裡，會被排擠嗎？但如果說了店裡不好請假，同學們會不會又將大量的工作丟給我？

許多擔憂在腦海中打架，而邁克似乎是看見了，於是身體湊過來低聲說：

「先走吧，剩下我幫你處理。」

「怎麼可以？我的問題怎麼可以害到你。」

「那我去問一下大三的學長姊。」他跪著爬出大二群，再回來的時候差不多是五分鐘後了。「問到了，再五分鐘後放人，有事的可以先走，但有空的人就繼續待著。」

「是嗎？謝了。」

現在七點十分再加五分鐘，還要穿鞋子、跑下樓、轉搭摩托計程車去店裡，來不及啊。一發現自己會遲到，我就馬上打給傅克哥，他人也很好，說知道了會先播音樂等我，雖然不是個多好的處理方式，但也沒辦法，就算要被扣一半的酬勞也無所謂了。

最後會議比邁克說的還晚五分鐘結束，於是博詩的人生就陷入了危機，跑到都快暈倒了，跟司機說用最快的速度衝去，而且身上的衣服也還沒換，這對店方不太好，因為法律有規定工作人員跟顧客都不可以穿大學生制服進店裡。

於是我又花了不少時間在這些瑣事上，差點要昏倒，當我要踏上舞台時已經快八點了，但重點是沒有任何客戶出口抱怨，因為已經有人在那裡替我盡義務了。

——光年。

不知從何冒出來的，還是傅克哥打去麻煩他，但高個子已經踏上舞台、坐穩在我平常所坐的椅子上，手上拿著吉他，笑著透過麥克風發聲。

似乎受到店裡許多客人的喜歡，有些人拿出手機拍照或錄製影片，光年所唱的似乎不是他會聽的歌，但聽起來卻一樣很適合他。

『Sweet Marie, you beauty shines（甜心瑪莉 你閃耀的美麗）
You are the wonder in my eyes（你是我眼中的美好）
I just wanna be the man（我只想成爲你的男人）
So choose me...（所以選擇我吧）』

The Walters的《Sweet Marie》是一首我偷偷練習過好幾次，但還沒機會表演的歌，但誰想得到，最後在店裡表演這首歌的第一個人竟然是光年。

『I make you sway, I twirl you twice（我令你搖擺 兜了兩個迴旋）
I do the move that makes you smile（我的舞步讓你笑顏逐開）
I just want to take your hand（我只想牽著你的手）

And show you（展現予你）』

不知道那傢伙唱完幾首歌了，一來就看見那個人充分散發自己的魅力，但能從頭開始聽這首歌還是滿不錯的，來到某個時機，他好像發現我站在前面，於是揮了揮手，然後才繼續專注往下唱：

『My love…（我的愛）
This night is all for you（今晚都屬於你）』

聽到這裡，我幾乎要忘了原唱的版本長怎樣。有跟現在光年展現出來的聲音及模樣同等可愛嗎？而我為什麼竟會覺得可愛呢？

『And we're not gonna waste it（我們不該虛擲這時光）
My sweet Marie（我的甜心瑪莉）』

嗯，無法否認，真的很可愛。

『You're the only one for me （你是我的唯一）
It's fate and that's the way we want it（這是命運、是我們的心之所向）』

當他正唱著那句「你是我的唯一，這是命運、是我們的心之所向」時，他的目光也是如此，讓我彷彿即刻溺死在這首歌的甜蜜之中。

一曲結束，掌聲及尖叫聲響徹了整間店裡，我走向傅克哥，舉起手不停地道歉，於此同時，光年將吉他放到椅子旁邊，一邊站起身來。

他讓聲音透過麥克風放送，臉上仍舊掛著燦爛的笑容。

那雙眼睛掃過全場，好似要將聽眾的所有畫面都記錄下來，接著才將目光匯聚到站在台前的我的身上。

「今天原本的歌手系上有事情耽擱了，但他現在來了。」

「……」

「如果有人想知道讓我唱這首歌的動力是什麼，就請看著他。」

「……」

「歌裡講的是甜心瑪莉，而他現在是我的甜心博詩。」

在此之後，我再也無法像以前那樣聽《Sweet Marie》這首歌了……

♡

——Side 光年——

從在酒吧裡多管閒事、替阿詩上台駐唱的那一晚算起，我們又整整一週沒見了，說實話，光是一天沒見到面就夠令人心神不寧的，也無怪乎，我會對週一的第三節課感到興奮。

「是在興奮什麼啊光年？」阿嵐問道，但我不甩他，還對他聳了聳肩，於是高爾抓到機會又再說了一次：

「他怎麼可能不興奮？下一節就是英文課了啊。」

「喔喔喔——」

混蛋朋友喊到整間教室都聽得見，讓修同一堂課的同學通通轉過來看著我們。

「跟這位是認真的？」

「嗯。」我不否認。

「給個好理由，我們就不問了。」

「可愛。」

「吼——你要是喜歡可愛的人，早就跟全校的人有一腿了。」

「但像阿詩那麼可愛的，只有阿詩一個吧。」我把手上正在寫的講義紙揉成一團，丟到好友的頭上，因為他們害我寫錯一次又一次，直到必須重來。

「那我介紹給你的老同學咧？不行嗎？」還不放棄啊你們？不得不承認好友們在得知我不小心被博詩這人文學院的小子擄獲時都十分驚訝，坦白說我自己也不敢置信，我這種一輩子以為只會喜歡女生、也只跟女生交往過的人，竟然會對相同性別的人產生悸動的感覺。

「不了，我不想跟沒感覺的人有後續發展。」

回想我們第一次見面的時候，靠，一點都不浪漫——我正找尋一個安靜的地方抽菸，還特地找在一個位於大學生鮮少使用區域中的廁所，但還是被人意外地破壞了寧靜，而且好笑的是，那個進來的人竟然在鏡子前面練習向女生告白。

好笑到已經無法更好笑了，我這輩子從來沒有對愛情這麼努力過，於是就靜靜地偷聽著。

直到聽見那個人喊了我同學院同學的名字「蓓玫」，想一探究竟的感覺湧了上來，讓我不得不以最快速度打開門、跟外頭的人面對面。

只聽聲音是不會知道長相如何的，不過當我一見到真身，就立刻說不出話來。

超級可愛。

世界可愛、全宇宙最可愛了！我看女生們都這樣說，也覺得這很適合他。

就是這個人喜歡小玫嗎？越聊就覺得他越有趣，好會回嘴，一般換作是別人，我應該問完就走了，也不會放在心上，就算對方喜歡的是我同學，那也不是與我有關或該擔心的事，但對他卻完全不一樣。

不明白，我不確定這是不是世上的吸引力法則，見了第一次又有下一次，況且我本來就是不在乎性別的那群，喜歡就是喜歡，只不過……以往不曾對哪個男生有這種感覺而已。

我曾經覺得，能跟這個人來往的話，不管是什麼關係，應該都會滿開心的，但突然有一天，他沒來由地脫口說出不想成為炮友，於是我不得不刪去那方面的想法，換用另一種感覺看他。

越是認識，就越是喜歡上他的某些特質，第一是非常會吃，也不知道那是人的胃還是大象的胃，就連點大份的餐點也還是吃不飽，於是我後來就很樂意買美食餵食他，每每看著對方吃得像個孩子，就更是覺得開心。

第二，就算跟店裡其他駐唱歌手相比，他唱歌很一般，但我看見的是這個人本身的魅力，每當他拿起麥克風唱歌，就能輕易地讓每個人跟著露出笑容，此事傅克哥也頗有同感。

第三，阿詩是個很棒的人，他好幾次都同時兼兩三份工，並且對每一份工作都盡心盡力，我也為此有動力去做更多的事情，換言之就是，我也想成為像他那樣對某件事盡心盡力的人。

第四，頭髮很香，不知道是用什麼牌子的洗髮精，不過我真想一整天都將鼻子埋在他的頭上。

第五，我喜歡捉弄阿詩，越是看他嘟著嘴，心情就越好，想再多捉弄他一點。

第六，可愛。

第七，可愛。第八，可愛。第一百項還是可愛。

來個人把「可愛」這個詞從我腦海中拿走吧。

「如果你不想跟別人有發展，想對這一位認真，我也沒話說，但可別忘了，小玫還在喜歡你。」任我坐著書寫喜歡對象的優缺點到心滿意足之後，損友又轉過來用蓓玫的事情敲醒我。

我們讀同一個學院，但不同主修，而且我也沒把阿詩暗戀小玫的秘密說出去過，所以阿嵐跟高爾只知道小玫那一方的資訊——她偷偷單戀我。

要說偷偷也不對，因為小玫掩蓋不了的羞澀讓所有人一眼就看穿了。「你不也知道我沒有喜歡小玫？」

「你何時才要跟人家說？還是想讓她在你跟別人交往之後才知道？」

「小玫沒有告白過，是要我怎麼說？」

「那你就別給人家希望。」

「我何時給人家希望了？」

「是誰英文課常常跑去跟小玫坐一起啊？」忘記考慮這塊了，只顧著看阿詩。「我知道你不是那樣想，但你的行為就是那個意思，所以這節課就跟我們一起坐吧。」

「嗯，也只好那樣了。」小玫的事情，我一直牢記在心，還是說該對阿詩更明顯一點，以便接下來可以拒絕小玫？但最後仍舊沒有結論，只好把問題拋諸腦後，留待以後再解決。

「幹，雨他媽每天都下是怎樣？」

由於在冷氣教室內待了兩個鐘頭，不知道外頭的天氣變得如何，於是，我們在下樓之後獲得了一份大驚喜：一場下個不停的傾盆大雨。

「好吧，跑過去一下就到了。」

「我都不帥了。」

「誰會在這種亂七八糟的狀態下看你啦。」

由於管理學院的系館跟共同教學大樓的相距不遠，於是我跟好友多用走路的方式在大樓間穿梭，像今天就得忍受一下這爛透了的天氣，但也不是什麼太糟糕的事情。

我們在上課前幾分鐘抵達教室，裡頭有好幾個學院的學生佔了位置，不過因為阿嵐認為必須和蓓玟有所距離，於是就一起坐到了階梯教室的最後一排。

而小玟依舊坐在最前面一排，但小玟身邊的位置仍空著，看來阿詩應該還沒到。

英文系的同學依序走進教室，由於可以自由選位，於是他們分別坐到與第一次上課時不同的座位上，唯有……

「好可憐喔，齁齁，心疼。」在看見小個子與其好友全身濕透、像落水的小狗一樣走進教室之後，該死的高爾一邊哀嚎、一邊用手抱住自己的胸口。

「又淋雨跑來了。」

看吧，一臉氣噗噗的，從頭到腳都在打顫，害我很想走過去找他，但卻被混蛋朋友制止：

「今天先不要接近小玟，下課之後再去找你那小子。」

「但他濕成那樣……」

「他朋友也濕透了。沒事啦，阿詩皮粗肉厚的。」結果就連教授都走進教室了，我還是無法將自己的視線從遠方那單薄的後背上移開。

「各學院請派代表把我指派的作業收到前面來，今天我們要開始教新的了。」我將作業從資料夾中拉出來，一整疊送給班代，而同樣的，人文學院那頭也派了阿詩代表收作業。

「喂，阿詩還行嗎？」

映在我眼中的臉色很蒼白，小個子看起來沒什麼力氣，雙眼十分迷濛，像是沒什麼睡飽一樣，原先就有些擔心，現在又更緊張了起來。

「嘿！」

「靠——」

然後意想不到的事情發生了，視線焦距中的那具瘦弱身影倒在地上，教室裡的人們發出驚呼，許多人飛快地圍到小個子的身邊，但我的動作更快，回過神時已經超越人群、跑去找傷患了。

整間教室鬧哄哄的，眾人的吵雜音充滿了兩隻耳朵，那個人說那樣、這個說要這樣，而我不知所措，所有的理智都消失了，只能將另一方撐在臂彎裡。

阿詩並沒有昏過去，他撐開眼睛、嘟囔著沒事之類的話，但我兩隻手臂碰觸到的卻是令人心疼的顫抖。

「不要圍著，有同學昏倒了。」好幾個人讓出了通道。

「阿詩！」我喊著他的名字，注意到眼淚順著臉頰滑落，這才知道他撐不太住了。「再撐一下。」

「嗚……」

他的身上全都濕了，人們依舊圍在附近，周遭過於嘈雜的聲響讓腦袋無法及時處理這團混亂，最終整個情緒爆發了出來。

「安靜！！」而一切也真的靜了下來。「我帶阿詩去醫院。」

「帶去醫務室吧。」有個人語帶驚嚇地說。

「共同教學大樓有醫務室？沒有吧。還是有人可以做緊急處理？如果也沒有，幹，我到底該怎麼辦？」從病患在顫抖，現在換成我也開始抖了，好在有高爾先衝過來壓制住我的情緒。

「光年！你失控了，先冷靜下來！阿詩你……還好嗎？」

名字的主人慢慢點了點頭，但雙頰上已被淚水打濕。

「我有薄荷棒，去看醫生的路上可以用。」一位小個子的女生拿出了薄荷棒，我簡短地道謝後，轉身對那些原本想幫忙卻被意外被我怒吼的同學們致歉。

還好沒有什麼人怪罪我，都認為是情況讓人太過緊張，現在我將阿詩撐著、帶出了教室，但他的雙腳走起來還是不太穩。

「光年，我沒事。」

「沒事會在我面前昏倒？我們必須先去醫院一趟。」

「我真的沒事，就只是……只是沒睡飽。」

我不顧病患的反對，在阿嵐、高爾還有邁克的協力幫助之下，將人帶到樓下、塞進車裡，直奔大學的附屬醫院。醫生的結論是休息不足，外加淋了雨，於是便替他注射了藥物跟補充一些點滴。

不過此刻的我無法離開阿詩、擔心他的病會加重，於是決定將人帶回家，讓他躺在床上，而我則在一旁慢慢換掉他身上有些乾了的衣服。

「為什麼要脫？」剛解了阿詩衣服一顆扣子的手腕被抓住，制止我的動作。

「你不能這樣濕漉漉地睡覺，剛才被醫生罵過，沒記性嗎？」

「哼。」

「發出這種聲音也沒用，先放開我的手，不然就要扒開你的衣服囉，看過《愛的被告[7]》吧？」

7 จำเลยรัก，初翁．查雅金妲（Chuwong Chayajinda）的經典小說，多次被翻拍成電視劇或電影，最新一次是二〇〇八年由三台翻拍，裡頭充滿了虐戀、綁架、強暴等老哏情節。

小個子一聽便飛快搖搖頭，嚇得臉都要垂到胸口了，但我很喜歡，尤其是只看得見紅通通的臉和鼻子時，真的十分可愛。

當所有釦子被解開，白皙的肌膚出現在面前，這讓我忍得很辛苦，只好趕緊抓過準備好的T恤，迅速幫他換上。

人生太難了。

「褲子。」這次我開始咬著牙說話。

「褲子乾了。」小麻煩這樣說，但我會相信嗎？

「它怎麼可能比衣服早乾，脫掉！」

「不脫！脫了就下空了，怎麼脫！呃、你要欺負我嗎？」看他說的，但他做出這種示弱的表情並不會讓我心軟，相反的，更像是往火裡添加燃料，讓火燒得更旺。

「那你要怎麼樣？」

「我……我自己換。」

「好，那我去外面，好了就喊我，這樣可以吧？」聞言的人點點頭，而我則有點可惜地起身、雙腳發顫地走去外頭。再待久一點，就真要撲上去了。

沒幾分鐘後，我就聽見房裡的人發出輕微的聲響，便大步走回房裡，那小子已經躺下了，還拿大件棉被把自己包到只剩下眼睛，讓人忍不住想笑。

我慢慢陷坐下去，伸出手，疼愛地撫摸那頭柔軟的髮絲。

「生病的時候還會掉眼淚喔？」還記得在教室裡跟躺著打點滴的時候，那眼淚流得跟水龍頭一樣，看了就忍不住想笑他。

「哭是因為它會害我吃東西不好吃。」那傢伙嘟囔著。

居然這樣說，可愛死了。

「居然還擔心吃的！」

「吃東西很重要！」

「等你好了，通通買來你面前堆著，看要吃什麼隨你選。」

「又在當乾爹了？」

「是說你這幾天在幹嘛？為什麼會讓自己生病？」

「我……」說話的人沉默了一下子，但看著我殷殷期盼的眼神，還是把所有的事實都揭露出來：「最近想趕快自立，想吃些好吃的東西，所以接了比較多工作。」

「你是兼了幾份工啦？」

「要練歌、上字幕、翻譯、做MV的字幕，然後還有要交給教授的報告，做得事情一多就忘記睡覺了嘛。」

「那會忘記吃飯嗎？」

「不會。」好欠打，真的是吃飯皇帝大耶。

「之後不要那麼逞強。」我會擔心，之前沒有這麼擔心過一個人，而且只是看見對方在我面前昏倒就很難控制情緒，讓我有時會很氣自己為什麼要放他一個人這麼辛苦。

「我只是想賺錢，想讓人生過得有價值。」

「但有價值的人生並不是同個時間做好幾件事情，是你每一天都感到幸福才對，下次不要再這樣了，懂了嗎？」

「懂了啦。」

「乖孩子。」

「光年……」我靜靜地盯著他那張臉，薄唇緊抿，似乎想說什麼卻又沉默，過了一下子又好像要講什麼，但我沒有催促，給他心甘情願說出口的機會。「這是我第一次生病時有人照顧，謝謝你。」

「嗯。」我很樂意。

樂意替你做，就算沒有回報也還是願意。

事實上，我認真在等機會跟他告白，可能是明天、後天、下一週，或是下個月，但既然我的感覺始終如一，那其實什麼時候說都是一樣的。

因此也沒什麼好猶豫了，今天就把我內心深處的感覺告訴他。

「博詩——」

「嗯？」

「所有我現在跟過去為你做的事情，都是因為喜歡。」

「……！」

阿詩看似愣住了，淺棕色的眼珠差點從眼眶中瞪了出來，但對我而言，看起來還是好可愛。

「所以，我想問，有沒有可能……」

再藏久一點的話，絕對是要爆炸了。

「讓我追你。」

所以我必須說出口……

我的人生自從在現今與過去來回穿梭之後，每一天都有無窮盡的驚喜，但這會更勝以往的是，名為「光年」的這顆隕石撞得我猝不及防，好不容易能回過神思考發生什麼事時，就……

碰！像可可脆片一樣爆炸了[8]。

「追、追我？」我問道，即使知道光年剛才真的有說出這句話，但還是不敢相信自己的耳朵。

「嗯，追你。」但他用堅定的語氣又強調了一次。

拜託，給我一點時間去適應自己剛才聽到的。

靠——

之前並不是不知道，只是裝作不知道，有一點的悸動，卻還是安慰自己，每個那樣對我的人，我可能都有感覺，不是因為那個人是光年，但在對方告白的這一秒，劇烈的心跳還是讓我快要昏倒在這裡。

「我不知道。」搞不清是開心還是難過，「我好困惑。」

我還喜歡著小玫，無論小玫豎了多高的牆，我還是想繼續追求她。這是我這次時光倒轉所設定的目標，但突然……事情就完全不一樣了。

鈴——鈴——

就在我腦中的想法打架之際，老舊的手機起了如救命鐘聲般的作用，拯救我逃離這艱難的情境，但還來不及接聽，就被大手用力抓住了手機。

8 哏來自雀巢可可脆片的卡通廣告，內容是巧克力隕石襲擊可可島，勇士利用陽光引爆隕石。

「不准接，除非我們把話講完。」

「但這是邁克的號碼，他應該很擔心我，我得趕緊接電話。」我眼露哀求，希望能獲取眼前人的同情，但光年努力拉住、半點不讓，於是我們就上演了一會兒的幼稚戰爭。

最後的贏家是我，藉著不要臉及逃避問題的動力，趕緊抓回手機，並馬上衝進廁所。

「怎麼那麼慢接？我還以為你死了咧。」我手抖腳也抖地接了電話，混蛋友人直接就開噴了，而我則像八點檔一樣跌坐在蓮蓬頭下，幸好在邁克有打來，因為我現在毫無頭緒，只能出聲向他求救。

「你冷靜點，我現在很緊急。」

「蛤？那麼嚴重嗎？幹……該不會需要住院吧？」

「與我昏倒無關，但就是……」說不出口，先讓我擦一下額頭的冷汗。那頭的人似乎也忍不住了，生氣地吼了回來。

「你那麼小聲幹嘛？有事情就直說啊混蛋！在那邊跟我老婆一樣扭扭捏捏的。」

哈，你自己洩底之前，我還不知道你們誰上誰下咧。

「就我現在人在廁所，」這個點上，我必須先拋開所有的事情，因為最重要的是自己的事。

「我在躲光年，所以要小小聲說。」

「啊？你為什麼要躲他？是偷了人家的東西嗎？」

「才不是！邁克，我親愛的朋友，你聽好了，我要一個字一個字說給你聽。」

「說吧，我在聽。」

我深吸一口氣，蓄積所有力氣，以便將每一個字都將清楚。

「光、年、說、他、喜、歡、我！」

「喔，很正常……啥?!你剛剛說了什麼?!」混蛋友人的驚呼聲害我的耳屎用三種節奏在跳動。

看吧，不管是誰聽到都會嚇到的，不過這次我就不重複了，只是繼續追問他的看法：

「你說我該怎麼辦？就是……我有喜歡的人了啊。」越說聲音就越輕，手仍在抖，而心跳的節奏仍舊是很劇烈的程度。

「你自己都不確定了，問我會有答案嗎？」

「所以我才會找你想辦法啊！」

「不喜歡他就拒絕，隨自己的心意。」

「這……這樣好嗎？」我吞吞吐吐地說著，不太確定這個答案。「就如果拒絕了，我想光年會很難受吧？」

「哪會難受！你沒有意思卻一直拖時間、哄騙人家，他才會比較難受吧。」

「我哪有騙他……」

「那是怎樣？來，說給我聽聽。」

「有時候會覺得自己對他有點心動，但一想到小玫，我就會努力將這些感覺拋開，所以我也搞不清楚現在這個情況究竟是什麼。」

「這樣好了，你現在對小玫是什麼想法？」那頭的回覆比一開始冷靜了許多。

「我喜歡她。」

「真的？」

「嗯。」沒有改變過，以前多喜歡，現在也還是如此。

「阿詩，如果你真的喜歡一個人，你就不會對別人也有好感。」

「……」

「但你對光年心動的這件事，再問自己一次好嗎？對你來說，到底誰才是重要的那個？」

邁克給了那樣的回覆後就不說話了。

自從回來過去之後，就訂好了目標，要將僅剩一次的人生發揮到極致，其一就是去面對新的事物，包括愛情也是——小玫是我心裡的那個女孩，而光年不過是情敵。

但不知道從何時開始，許多事情逐漸有了變化。

曾有一次，我幾乎是嚇瘋了，從他的床上醒來，然後發現我們之間的關係比原本更加複雜，說真的是既害怕又不想再次遭遇這種麻煩的狀況。

不過一旦認識他、靠近他之後，其實他也沒有那麼糟糕，相反的，甚至覺得現在的光年是最好的了……

喀！

所有蓄積好的勇氣都被用在打開廁所門上頭，僅是如此，我已沒有多餘的力氣去和眼中帶著期盼的高個子講話，於是帶著一臉糾結、慢慢地爬了回去。

「跟邁克聊完了？」

「嗯，他……他問我的狀況啦，所以我就解釋得比較細一點。」要我猜他會相信嗎？一看就知道他不相信卻也不想說破，平時絕對是互相嘲笑對方了，不過現在的我們還處在嚴肅模式中。

「講完就好，上來床上睡吧，不然怕你會病得更重。」

「我可以睡床喔？」光年笑了出來，然後將我拉到床上躺好，順便拉過被子蓋好。

「睏了就睡，不用硬撐。」

「我沒有硬撐，只是在想……你不繼續問之前的事情嗎？」鼓起勇氣說出口，卻有些害怕對方會逼我說，但他反而沉默了，相反地，我在廁所時就決定好了，「光年……」

「嗯？」

「我要跟小玫告白。」

「嗯，知道了。」

「我這樣說，你會跑去喜歡別人嗎？」

「那你要我去喜歡別人嗎？」

「我還喜歡蓓玫。」

「答非所問。」

「因為不知道該怎麼回答才好。」我想過邁克所說的話了，但終究還是想順著自己的心走，沒有理由非得絆住光年、讓他等我，那樣做似乎太自私了，或許……在最後這次的時光倒轉中，我還是希望我們能成為相親相愛的朋友。

「博詩，」我們各自放任沉默發揮它的作用，然後略帶沙啞的低音才打破這一切。

「叫我幹嘛？」

「我會等你。」

很平鋪直述的一句話，沒有任何需要多做解釋的字詞。

卻是我聽過最安心的一句話了……

♡

我本想以嘴上的話語作為隨身劍刃殺死光年，但他竟然早已緊緊地裹上護甲難以死去——對他來說，等候取決於擁有多長時間的耐性，而我也為了能繼續跟初戀有發展，盡其所能地將這些事情拋諸腦後。

當我發現自己因蓓玫所豎起的高牆而無法與她更靠近時，剩下的唯一選項就是直接往牆上撞，無論得到的回報是打破那面牆，還是把自己撞得鼻青臉腫，我都願意接受現實。

「哈囉，阿詩怎麼了嗎？」當甜糯的嗓音從電話那頭傳來，一步步的告白計畫也到了必須離廠的時候了。

第一步就是先打電話邀約對方。

「怎……怎麼了，小玫？」

「沒有沒有，我是要問你打來有什麼事情？」又在她面前鬧笑話了，這麼遜大概是因為太緊張了吧？

「明天是星期五，我想問妳有約了嗎？」

「還沒喔。」安心了，有個空檔可以給我。

「我明天想約小玫去吃好吃的東西啦，有空一起去嗎？明年三月是我生日，所以想先請朋友們吃一頓。」我的生日在明年，明天就純粹是吃吃喝喝，沒有其他目的。

「欸——阿詩，你也太早請客了吧，我都偷偷嚇到了。」

不用偷偷啦，小玫，妳可以嚇到，就連我自己也嚇到了，靠，這計畫也太不經大腦。

「嘿嘿，其實我只是想約妳一起去吃好吃的蛋糕而已啦。」

「喔~好啊，我都可以，看阿詩想約什麼時間地點再跟我說唷。」

耶！！

最後還是成功了，我跟小玫約好了時間地點，接著就翹腳躺著、等候明天的到來，衣服是昨天備好的，店則是一家可愛溫馨、非常適合小玫的咖啡廳，希望那家店的氣氛能讓我第一次的告白順利。

在我提前到店裡、駐紮了半個多小時之後，所有的等待都結束了，蓓玫走了進來，她還是老樣子，跟我們第一次見面時沒有兩樣。

這是我的初戀、這就是我活著的理由。

「阿詩等很久了嗎？抱歉遲到了五分鐘，剛好有點塞車。」

「沒關係，我也才剛到而已。」

騙子！屁股坐到都要麻掉了，但還是得露出微笑。說真的，在跟小玫相處時，我看起來都不太像自己，可能是擔心自己會失態、擔心無法讓對方有好印象，所以就算已經認識好幾個月了，但所有的互動還是帶著尷尬。

「餓了嗎？點些東西吧。」

「可以可以，今天我請客。」

「怎麼可以讓阿詩請客，當朋友就是該分著付錢。」

「不用啦，我很樂意請小玫，盡量點。」所有存下來的錢都被領了出來，算算絕對是夠用的，還有小玫是個不太好意思的人，因此，點完單後，我在心裡大概算了一下金額，要付的總額剛剛好在準備的預算裡。

「其他人不來嗎？像是邁克、光年那群，或者你系上的同學們。」坐了一會兒，飲料跟甜點陸續被送上桌，在此同時，嬌小的人兒也問起了問題。

「我只有約妳而已。」

我想，總得選擇有件事情是沒有騙她的。

「啊！還是說，你其實是有重要的事情要拜託我？有什麼問題隨時都可以跟我說唷。」蓓玫始終是那個心地很好的蓓玫，我就只是想知道，她對我那麼好，是不是我有比別人特別？

「也沒什麼，我們還是先吃甜點吧。」只是還需要一些時間。

「阿詩也吃。」

事實上，我幾乎什麼都沒有吃，除了飲料。我們慢慢地吃著，一邊聊著零零碎碎的小事，像是喜歡或討厭的事物、小時候的經驗，以及中學到大學的英勇事蹟等等，小玫是個討喜的人、講話也很風趣，相處起來非常舒服，但偶爾還是會因為對方所豎立的高牆而感到緊張。

於是我很想知道，無論是時光倒轉之前或之後，這段日子以來，她改變了多少，抑或是還癡戀著同一個人。

「小玫，我有話想對妳說。」甜點及飲料已消耗殆盡，開始飽了的我們也沒再加點東西，於是就到了適合認認真真告白的時候了。

由於店裡此時並沒有客人，而且我們所坐的角落非常隱密，於是也就不怕被人打斷或聽見。

「嗯，阿詩有什麼想跟我說就說吧。」面前的人笑著說。

於是，我鼓起所有的勇氣、將那些不曾說出口的內心話告訴她。

因為……這就是我用掉最後一張旅票、回到過去的原因——她一直都是我的初戀。

「小玫或許不記得了，所以我想從更之前開始說起，」接著我笑了一下，搔搔後腦杓緩解緊張，然後才往下說：「那時我們大一，說是新生好了，那天實在有點混亂，我迷路了、找不到想去的社團攤位，於是在原地繞來繞去。」

她聽得很專注，臉上仍帶著笑容。

「然後小玫走了過來，問我要去哪個社團，說妳要帶我去，其實那時我們兩個人都有點迷路了，但妳還是很努力地拉著我的手、讓我緊跟在後，最後總算找到要去的社團，這是我第一次對小玫留下深刻的印象。」

「……」

「就好像，無論時間過了多久，我還是無法將那個畫面刪去，我喜歡上一個女生了……」那雙美麗的眼睛仍與我的目光交織著、沒有閃開，但唇邊溫柔甜美的笑容卻慢慢掉了下來，那讓看著的人心裡有不小的難過。

不過，要退縮……也來不及了……

「一直在想，有沒有可能還有機會去認識妳、跟妳交朋友？但我想要的，其實更多，一整年來都想把心裡的話告訴妳。」儘管這件事情實際上佔據了一個男人長達十多年的歲月。

「阿詩想要跟我說什麼？」

「小玫，我一直都喜歡妳。」

我說了，不過那張甜美臉蛋上的笑容也一點不剩了。

「阿詩喜歡我？」她又問了一次。我點點頭，同時又強調了一次。

「嗯，我喜歡小玫。」

「我只把你當朋友，真的只是朋友。」

「……」

「我很抱歉，但我想我只能給阿詩這麼多了，真的很抱歉。」

她說得像是要哭了一樣，彷彿正在責怪自己傷了我的心，但錯的人是我才對，小玫不接受我的愛並沒有錯，那為什麼她必須為了眼前的情況而感到糟心？

「小玫不需要怪自己，我沒事的。」

「……」

「我們還能當朋友對嗎？」

「當然，一直都可以。」

雖然技術上有些失誤，但也很奇怪的是，我並沒有如想像中的感覺痛到快死掉了，或者不停糾結，或許是因為我早就準備好失望的可能了，於是疼痛比應有的還輕了一半。

一滴眼淚也沒有掉。

但在這個時候，我很高興自己能直接告訴她，就算只是得到簡短的抱歉也無所謂。

謝謝妳讓我知道……

對於某些人，就算回頭修改了幾次過去，他終究是不可能屬於我的。

寂寞、傷感、憂鬱、開心及難過，許多情緒在我的心裡交雜。

我窩在房裡睡了兩天，今天一整天的課也翹了，但那是因為懶，可不是失意的愛情吃掉了我的心，其實也只是想重新整理自己的感情而已。

邁克七早八早就打來鬧，但他沒有硬是要我去上課，只是叫我記得找東西吃，因為他明白我之後需要用多大的心力才能變回原本的樣子。

叩——叩——叩——

門外的人狂敲著門板，我只好強迫自己從床上起身、向門口走去，直到轉開門把、和那人面對面時，我才看見那有近一週沒見面的高個子直挺挺地站在那，雖然這陣子有上同一堂課，但我們分坐在教室內天南地北的兩個角落，好像不認識一樣。

但不知道是想到還是怎樣，他今天居然出現在我的面前。

「來，聽說附近有個小子很難過？」這就是光年版超級欠揍的安慰。

「誰難過了？我才沒有難過！」

「邁克跟我說了。」

「真愛多管閒事！啊你今天沒課嗎？」高大的身上穿著大學的制服襯衫跟牛仔長褲，而且我不小心剛好記得他的課表：媽的，這時候不是應該在系館了嗎？

「教授不點名。」

「你這傢伙！如果是來鬧我的，就可以回去了，我要睡覺！」

「那一起睡。」

「講什麼幹話！」不管再怎麼罵，光年還是那麼厚臉皮，等我再回過神時，他已經自顧自走進屋子裡去，沒事找事做地東翻西找，像把自己當成主人了一樣，留我一個人站在原地抓頭。

「你冰箱裡沒有食物了耶，要一起出去買嗎？等下我付錢。」

「不去。」我心累地說著，同時趴到了床上，但光年屬於糾纏不清的那種人，不只是走過來拉扯我的手臂，甚至在看到我不願意動彈的時候，還把手伸到我衣服上來，害我嚇到差點往他臉上踹下去。

「幹嘛啦？」

「你不去，那就方便我在房裡對你做些什麼囉。」這一臉猥褻是怎樣？

「我失戀，想一個人待著。」

「難過才需要鼓勵，快起來，我帶你去找好吃的東西吃。」

「沒有什麼好吃的東西啦。」我說完就臉埋進枕頭裡，喉嚨裡感受到的乾澀還留在那裡咧。

「巧克力熔岩蛋糕、巧克力鍋，還有那什麼蛋糕，表面有灑了軟Q果凍的，真的不好吃嗎——？」

「可惡！」

我都餓了。

「去不去？不去的話，我就睡這囉。」混蛋，我還以為你要回家！

「好啦好啦，那你等一下，先讓我去洗個澡。」

「遵命，博詩少爺。」

明明跟自己說要在房裡好好整理心情，但最終還是再次輸給光年，他真的很清楚我喜歡不喜歡什麼、要講哪些話才會打中我。

就連出門買東西的時候，他還是一樣任性與白目，搞得我全然忘了小玫的事情，現在甚至開始感覺神經線要斷掉了。

「買完東西要去哪？」我走在前面，身後不遠處跟著推推車的光年。我們選了一家很近的超市，選購各種必要及不必要的東西，有些甚至不知道是拿來幹嘛用的，但還是總吵不贏另一個人。

「去吃你喜歡的這個甜點啊。」

「好答案。」我轉頭對他笑笑，然後就看到另一方正拿著大支胡蘿蔔要放進推車裡。「靠，拿那個幹嘛？我又不吃生胡蘿蔔！」

「說不定煮菜會用啊。」

「我住的地方不能煮東西！」那是個租給來自各地大學生的宿舍，而且空間也很小，於是禁止煮食及養寵物就變成了鐵則。

光年於是聳聳肩，推著推車往下走，然後他媽的什麼都要拿，喜瑞爾營養穀片、鮮奶、優格的，害我不得不跟在後面檢查，把推車中的東西一一歸回原處。
「這個鮮奶不好喝。」
「那你喜歡哪一種？這種呢？」他舉起另一瓶。
「這個很快就過期了。」
「快點喝掉啊。」
「還可以放久一點的。這個、這個！巧克力牛奶，還有草莓口味的，香蕉牛奶也好好喝，其實我們可以買很多香蕉牛奶，我常常半夜拿來喝。」
「想吃什麼就拿。」
「你說的喔！」光年點了點頭，接下來他就沒拿過任何想要的東西了，通通都讓我挑，像是今天特意來付錢一樣。我不想佔朋友便宜，但真的到了結帳的時候卻不夠錢，只得在櫃台前點著銅板。
而這總是慢了遞出信用卡的光年一步。
「說過了，今天爹地我會出。」還對我挑了兩下眉，你那眉毛是有什麼毛病啦？
「爹地怎麼那麼有錢？你老婆不會說話嗎？」
「我沒有老婆，但情人很多。」
「哼哼，這麼會花錢，我問你，你媽不會罵人嗎？」我們推著滿載食物的推車前往停車場，在途中我問了自己很想知道的事情。光年也沒想過要遮掩什麼，幾乎是馬上就回答了。
「跟我媽講過了，她准的。」
「那你有說，錢是用來請朋友的嗎？」
「沒說是拿來請朋友的。」

「欺騙媽媽會下地獄喔！」

「哪有騙？我跟我媽說是用來請喜歡的人的。」

「……」

「我媽沒說什麼，只說她想見你。」

「蛤？不知道你在講什麼，回去得趕快喝個四瓶香蕉牛奶幫助消化，讓肚子消下去。」

不懂自己為什麼急著改變話題，應該是因為長這麼大，還沒有人跟我講過這種話，所以不知道該怎麼在臉頰及耳朵都燒燙燙的時候去控制自己的身體。

♡

我跟小玫的關係疏遠成只是認識的朋友，我跟光年之間也沒有太多進展，只不過這陣子以來，我們偶有機會就一起去各種地方，連到店裡駐唱的時候，他也幾乎每晚都會帶朋友來捧場，並不時攔截那些準備拿酒上來要我喝的客人，從來沒有遺漏過。

可以說，我真正的保鑣就是光年本人啦！

「說真的，英文這種共同必修，不需要約一起念書吧？各唸各的就好，其實不唸也沒關係吧。」

沉浸在過去這幾個月來生命裡經歷的事件好一會兒之後，邁克咕噥個不停的聲音就重重地敲在我的頭骨上。

「就小玫約的。」簡單回答之後，就轉頭繼續在筆記型電腦上寫著要繳交給教授的報告。

「拒絕她啊。」

「喂——！小玫約我要怎麼拒絕啦？她是我的初戀耶！」

「初戀又怎樣，不過只是朋友呀！」

「我現在真的想敲你的頭了！走啦，至少去那堆管理學院的人之中陪我。」

「也只能這樣了吧。」

最近接近期末考，許多人孜孜矻矻地唸書唸到眼睛都要瞎掉了。第一學期即將過去，而我的生活每天都上上下下的，跟股票指數沒什麼差別，但還算是值得，我學會了如何不汲汲營營，也能在生活中找到快樂。

想到這裡，就想起在教室裡昏倒的時候，真是太丟臉了，但也不得不承認，幸好自己沒有因為攬了太多工作而過勞死。

吃完晚餐之後，我們七點約在圖書館——不同學年的學生大多會使用這個地方唸書，那是因為我們無須額外付費，這些都包含在學費裡了——至於學校附近的咖啡廳就別問了，早從上輩子滿到下輩子了，於是大家決定換成在圖書館開研討室一起唸書。

「看吧，阿詩跟邁克來了。」坤婉用開朗的聲音打著招呼，女孩群們坐在桌子的最後面，前面及中段的位置仍還空著。

「你們好。」我們彼此招呼了一下子，我跟邁克才開始找位置坐下來。

之前的話，應該就趕快去坐在蓓玫旁邊了，不過自從被拒絕後，我們之間留下了適當的距離，但好在她始終留有一個笑容給我。

「喂，來很久了嗎？」

屁股還沒坐熱，新到的人就推開門，那是光年的朋友群及其他關係人，當他一看見我，就趕快擠到旁邊坐下，還問也沒問就抬手捏了我的臉頰。

「煩欸！」罵了也沒記性。

「吃飯了嗎？」他邊問邊湊上來，距離近到可以感受到那溫暖的呼吸。

「煩欸！」

「那有吃飽嗎？」

「煩欸！」

「現在不聽話了齁。」

「你管別人幹嘛！」

「怎麼可以不管，我的心想管。」

在爭論了好一陣子之後，我們之間的戰爭也不得不宣告終止，因為屋內有太多同學的視線在盯著我們了。

身為英文系的學生且有紮實的英文基礎，我跟邁克就自願教學並講解可能會出的題目，在各講了一個小時後，第一個科目就複習完了，待大家休息之後再繼續講解共同科目，雖然不是修同一門課，但還是可以一起唸書。

「阿詩，要下去買東西嗎？」在好幾個朋友走出研討室、往四面八方離去之後，邁克問道。

「我想去樓下超商買個咖啡，你要去嗎？」

「去啊，順便去舒展筋骨。」

「你……你要吃什麼？」離開前不忘問一下坐在旁邊的高個子，光年露齒一笑卻搖搖頭，於是我也不再問了，安靜地跟好友一起離開了研討室。

「靠——！」還沒到樓下就發現忘記帶錢包，於是我對著走遠了的好友驚呼：「邁克！你先去，我忘記帶錢包了。」

「先借你也沒關係。」

「沒關係，等下超商見。」聞言的人點了點頭，而我則轉身大步返回三樓，直奔走道的盡頭，同時推開研討室的門走進去。

……！

不過，一抵達卻沒來由地感覺自己彷彿來錯地方，我的前方只有光年和蓓玟待在研討室裡，且兩個人緊繃的表情顯而易見，該死的我就像個多餘的存在，於是綁手綁腳地不知該如何是好，只能一步一步慢慢向後退到門邊。

「阿詩不用躲去別的地方了。」慘了，你攔我幹嘛啊光年！

「我現在有重要的事情要跟光年聊一下，阿詩你可以先出去嗎？」但小玟卻用顫聲哀求著。

「不必，你待在這裡。」

「光年！這是私事！」

好了，所以我是該走還是該留，講清楚。

「對阿詩不是私事，如果小玟有什麼要跟我說，就讓阿詩一起聽。」

「……」

嬌小的女孩緊緊抿著嘴唇，沒有再說什麼，但我卻深深感受到緊繃及房內凝重的氛圍，要離開也不是，要祈求其他朋友們趕快走進來也無法，他們才剛走出去而已，嗚嗚，我該如何是好？

「我知道小玟妳要說什麼。」最後還是由光年打破了沉默。

「知道什麼？」

「小玟喜歡我？」

一片死寂……

其實，這衝擊的程度就跟我決定和小玫告白那天一樣，只是今日的主角換成了她跟光年而已。

「光年知道？」

「我早就知道了，誰不知道。」

「那……那光年對我有什麼想法？過去，我一直忍著不說，但感覺現在該是說出口的時候了，你最近不像以前那樣到處約會了，所以我想你這次的改變……」

「我有喜歡的人了。」

第二波衝擊，衝擊到我想在這裡裝死，會不會講得太直接了啦?!

「光年，小玫要哭了啦。」我真的忍不住了，無法看著初戀情人在自己面前哭泣，所以雖然我知道這不是我該管的事情，但還是趕緊插了嘴。

「但阿詩，小玫必須知道。」高個子的答覆很平靜，但也很堅定。

「你顧慮人家一下。」

「那我呢？你有顧慮我嗎？」

「那不……」話還來不及說完，就被對方堵了回來。

「我現在認真問，你有沒有一點喜歡我？」

「……」

「一直以來，我試著想明示你，為了你，我想改變、想清理自己的關係，就是因為我愛你，所以才會拒絕別人，就算知道你喜歡的不是我，但我還是愛著你，媽的……真夠蠢的！」光年用力地扯著自己的頭髮，就只有我跟小玫一動也不動。

有時候會覺得，好像許多事情的時間地點都錯了，但也因為這些錯置的時間及地點，才讓我確定那些一直以來試圖想逃避的情感。

「誰說蠢的只有光年你一個，其實……」

「……」

「我們都一樣蠢。」

為了不愛上他而努力了好久，但最終還是不小心愛上這個人了……

我信了。

有些人，就算回頭修改過去幾回，他始終會屬於我。

12 為什麼博詩必須屬於光年

天空雖已完全暗了下來，但卻陰濛濛的、不似平日那般明朗，就如同我和光年現在的心情一樣。我們沒有繼續一起念書，只是以急事作為藉口，兩人就先回家了。邁克打來罵了我一頓，但當我回以憂鬱的語氣後，他也沒有再說什麼，只是再三提醒要好好休息。

光年開車送我回住處，兩個人都沉默地如同吹杵，他沒有要求住下來，但我卻拄著門等，直到另一方終於踏進屋內。

有時候獨自待著會更難受，所以必須找個人一起分擔情緒。

真詭異，明明各自坦承了愛意，但卻沒有任何高興的感覺，應該是因為我跟光年害另外一個人不得不哭泣之故。

「阿詩，我好累，肩膀可以借我靠一下嗎？」我們一起坐在床尾，神情落寞，當聽見旁邊人的撒嬌聲後，我只是笑著閉上眼，任他隨自己的意思去。

他的後腦杓垂到肩頭上，髮間仍是我很熟悉的味道，深具他的個人特色，我們坐在房間裡，讓沉默發揮它的功用，感受得到呼吸及許多的情緒交織在胸口，時間一久，原有的壓抑一湧而上，讓人不得不開口。

「所以到底傷心的是誰？是我還是你？」問題引人發笑，但事實上卻一點也不好笑。

我被小玫拒絕，而光年拒絕了小玫，但心意相通的竟然是我們兩個。

人與人的關係比想像中複雜太多了。

「阿詩，可以牽手嗎？」光年比平時更加撒嬌，就像個小孩一樣，而我也不怎麼想拒絕他。

「嗯。」

五根手指插入空隙之間，交纏為一體，他的手比我大上許多，既溫暖又熟悉，彷彿早已為我準備好了。

「阿詩，讓我撒嬌一下。」

「你是小孩嗎？」我用手輕輕撫著那個人的頭。

「阿詩，」

「又怎樣？」

「可以親你嗎？」

「幹……幹嘛要親？」我的問句開始結巴。

「因為忍不住了。」

「是忍很久了還怎樣？」

「嗯。」

「那……那就不要忍。」不知道自己在說話時不經意露出的表情是怎樣，但一說完這句，我就連忙低下頭，交纏的手掌緊緊地握著，我們之間的距離越來越近，直到感受到順著低下來的高聳鼻尖碰觸到東西，接著他的臉偏了一些，好看的雙唇落到我的嘴上，同時施力仰起了臉。

陌生的感覺立刻向我湧來，接著甜蜜在口中蔓延開來，我沒有親吻過別人，只有他……一直都是他。

火熱的舌尖在上唇慢慢攀爬，然後緩緩探進縫隙中，讓我不得不張開嘴巴投降，心裡的怦然讓身上的每個部位顫慄著，當舌尖在口腔內上下挑逗、交換彼此濕潤的唾液之時，我彷彿是要窒息了一樣。

自己身體的誠實反應幾乎令人生氣，但也無法繼續克制心裡的衝動，終究還是用笨拙的回應對慾望投誠，慢慢探出自己的舌頭回應高個子，這讓對方輕笑著退了開來。

清澈的唾液從唇角流淌到了喉嚨，我感覺自己像在某部情慾電影中，順著內心的渴望讓它發生。

光年並沒有停在那裡，在第一輪的退開之後，他又陸續親了我第二次及第三次，現在的我真的哭了出來，大顆的晶瑩淚珠隨著起伏不定的情緒流了下來。

「為什麼要哭？」他問道，但我搖了搖頭，任由他一邊舔舐著臉頰上的淚水，一邊繼續親吻。

我不知道為什麼要哭。

到底是因為我害小玫流淚，還是因為我太渴望身邊的人而無法控制住情緒？

「害怕嗎？」

「不怕。」

「我們接吻，你難過嗎？」

「不難過。」

我的吻，本來就屬於他了，所以……我不會難過。

記不得跟光年吻了幾次、吻了多久。

但我們止於親吻，在情緒太過失控之前。兩人各自冷靜之後，便輪流去了廁所，然後對方就要求讓他在此住一晚，因為夜深了、懶得開車回家。

在電燈被關上之後，沉默又再次籠罩在兩人之間，我們背對背、分別佔據著床鋪的兩側，但我心裡還有事情想說清楚。

「光年，你會覺得我很自私嗎？」這個問題懸在我心中已久，從第一次回到過去到現在。

就是因為我的自私，才將大家都害得很慘：第一次死的是小玫，第二次、第三次，還有第四次，我傷害了許多人的人生，而這一回又還是讓小玫哭了。

不知道這次的改變會給未來帶來怎樣的結果，所以忍不住害怕自己可能會毀了一切。

「人有自私的權利。」低沉的嗓音回答道。

「但如果我們的自私給別人帶來困擾，應該是不好的，對吧？」

「但沒有人有困擾啊。」

「有，就你啊，小玫也是。」

「我哪裡困擾了？」對方繼續問，我緊緊地抿著嘴，在黑暗中瞪著眼睛思考，而電風扇的呼呼聲來回地吹著。

「不知道，但我害你的生活改變了。」

「是往好的方向改變，並沒有變糟——我是因為你而不再風流；因為你，開始穩定下來；因為你，看見了愛情的價值——這有哪裡不好？」想到這一面，就開始有一點安心，一點點而已。

「我還害小玫傷心。你有想過嗎？如果沒有我，你未來或許會跟小玫結婚喔。」我見過的，在十年之後的世界裡，就算必須接受光年的花心，小玫看起來還是很快樂，至於他，我不確定。

「結了婚又怎樣？如果結了也只有一個原因，那就是家裡想聯姻。」

「對吧！」跟我在未來看到的完全相符。

「信不信？我也曾經這樣想過，如果我以後沒有跟哪個人定下來，但家裡要我結婚，那我應該就結了，但她終究還是會知道沒有人可以綁住我，最後以離婚收場，所以傷心的會是誰？每一個人，不是嗎？」

我說不出話來。

「但這樣的事情不可能發生了，那只是我還沒遇見你之前的想法而已。」

「遇見我也沒有改變那麼多吧。」

「有啊，自從遇見你，我就沒想過要傻傻地結婚，不再想背負那些重責大任，我只想要幸福、想要跟你在一起，那樣真的就夠了。」

「為什麼必須是我？」

「不知道，我比較想問你，為什麼必須是別人？」

「……」

「如果不是你，不知道會不會有今天的這個光年了。」

♡

眼淚要流出來了，期末考考完了，耶——！

有時候，生命中的時光過得很快，像是一眨眼，一下子就過了好幾個月。這陣子以來，由於對所有人敞開心懷，不再像過去那樣沉浸在自己的小世界，於是博詩同學的日子可是過得十分滋潤，人見人愛、花見花開。

我跟小玫的關係還是像朋友一樣，但我從來沒有問過光年是否跟小玫恢復了往來，說真的，我不想讓他們完全決裂，至少有個朋友的名頭也好。

「笨蛋，那是你跑步的鞋子嗎？怎麼會破爛成那個樣子啊？」如此苛薄又欠揍的言論也不會有別人了，就只有我親愛的朋友邁克而已。

兩天的期末考過去，我們幾乎都窩在椅子上，連吃飯跟睡覺都是，簡直快跟豬一樣了，光年則將時間都花在跟同學一起念書和討論上，要見面也是等考完之後的事情了。這段時間我幾乎沒什麼運動，所以邁克就提議在傍晚相約一起跑步、消耗熱量。

「我又不常跑！不過這雙穿起來很舒服。」我趕緊反駁。為了這雙二手鞋，我可是在跳蚤市場翻找了近兩個小時呢！

「你開心就好。快點跟光年在一起，然後叫他幫你買新鞋。」

「幹嘛要這樣？我有能力自己買。」

「你嗎？不可能！有錢就只會拿去買吃的。」

可惡，居然被看透了。

「你男朋友今天去哪了？」轉移話題，這我擅長。邁克似乎也放過了這件事，對我長嘆一口氣，然後拍著肩膀、要我跟他走到路面上。

「我男友不會來，跟朋友約去吃到飽了。」

此時大學的田徑場滿是練習比賽的跑者，於是我們便離群躲去學校的水池周圍跑步，空間雖不寬廣、也不擁擠，而且環境一樣涼爽。

我們一開始先用走的，讓身體適應了一陣子後才慢慢換成慢跑，兩人並肩跑著，高大的友人沒有一絲疲憊的跡象，相反的，我的後背已經被汗浸濕，彷彿是剛去宋干節玩回來一樣。

「問你喔，你跟光年現在是怎樣？什麼時候要交往？」肩膀被玩笑地拍了一下，但他對我的問題卻一點也不溫柔。

「又想雞婆我的事了？」

「看你們去哪都黏緊緊，他去酒吧也是坐在那邊顧著你，趕快在一起吧！」

「時間又沒有很久。」

「我們人齁，心意相通的話，時間長短又不重要，你看我跟我男友。」混蛋，你跟你老婆第一天就妖精打架了，還需要什麼心意相通，速度比 Wi-Fi 還快！不過，奇怪的是，他們交往將近一年了，居然沒有為了任何雞毛蒜皮的小事吵到不可開交，遇見這種愛情的機會只有百分之一吧。

絕大部分看到的，總是第一天上了床，然後就分道揚鑣、沒有結果的。

「我再看看啦。」

「這樣吧，阿詩，我發自內心的提問喔，你喜歡他嗎？」從發現自己的心意，並將小玫懸在心上十多年的事情解決後，我便開始一點一滴地接受自己對光年的感情。

「嗯。」我答得含糊，不想讓好友調侃。

「齁齁，臉紅了！」

「我跑得很累，你看到了吧？」就連說話的時候，我們也沒停下慢跑的腳步，直到後來撐不下去了，才降慢速度、換回一開始的步行。

「喜歡就不用等，人家表現得那麼明顯了，你不用擔心會丟臉。」

「亂講什麼。」

「嗷！我是指主動這件事啊，誰先追誰不重要，但『那件事』得乾淨俐落。」這是在說什麼？開始每次都要想到十八禁了？說到邁克，其實也不是什麼內向的人，之前不願意跟大家混在一起是因為不想公開出櫃，外加黏著他男友，所以才會不想交朋友。

現在一放心公開出櫃，他也就毫不藏私地揭露各種技巧。

「你是要我先出手喔？」

「必須的吧，是在拖拖拉拉什麼？」

「不知道。」

「討論過誰上誰下了嗎？」

「沒有。」

「那你喜歡哪一種？想攻克光年嗎？我等下給你幾招攻敵致勝的建議。」

「我沒有想對光年那樣。」句末漸漸淡去，聲音幾乎消失在喉嚨裡，死邁克旋即會意地笑了笑。

「我懂了。但承受方也是有些絕招的，像是在上面之類。吼吼——，一想到這，我就精蟲上腦了。」

「上腦個鬼啦！」

「跟我男友聊聊這個如何？像事前準備、你會比較喜歡哪種套子、潤滑液，這其實滿多的，像我男友就喜歡透薄型的……」

「夠了！我要因為你的推薦而睡不著了！我還沒想到那裡去。」

「真的？」

「得等我們先交往吧？」

「等什麼等，今晚快點開口，在一起之後就快點上，我等著聽結果。」

「死邁克！你好好看著我的嘴型！」

「來吧！」

「我、絕、對、不、會、那、樣、做！」

嘴上說不會那麼做，但當光年約要去他家，我還是趁他洗澡時上網找了些資料——誰想達陣了？就還沒交往吼！

不過，我手上飛快敲著的是：「增進情趣的保險套」。

過往的人生中，我在性方面的經驗值趨近於零，雖然用手自慰過，但久久才一次，從沒想過人生倒轉之後竟然有一天必須要應對我們之間的性關係。

好啦，或許我曾在某個早晨醒來、發現當下的自己淪落成光年的老婆，但狀況就是不一樣吼！這是我們第一次按部就班地來到這裡，而不是一覺醒來發現自己在床上被高速啪啪啪，那太精神創傷了！

找了一下子的資料，我就開始搜查房間，放著檯燈的床頭櫃十分可疑，得翻找看看，說不定會發現什麼。

我想光年應該有思考過這件事，而且他身為一個極受異性歡迎的男生，過去的日子一定不缺親密伴侶，所以房裡必然藏有某些東西。

就想找一下資料嘛，看一下光年用什麼型號、款式跟牌子。

隨便找找而已，才沒有要拿來用。

「幹——！」事情大條了。

保險套是滿滿一盒、還沒拆來用，牌子不太熟，但是厚薄度是〇．〇三公釐，哇靠——貼身款喔？這有戴跟沒戴一樣，至於尺寸……

靠！用這種尺寸喔？我應該不太能承受吧。

心裡一邊想，抓著盒子的手就一邊抖，我將東西塞回原本的地方，嚇到都起雞皮疙瘩了，眼淚也要掉下來了。這只是第一個抽屜而已，不敢想下一層會是什麼。

我鼓起勇氣打開第二層抽屜，好，這層什麼也沒有，只有嶄新到彷彿沒打開過的經書，一看就知道是之前人家給的，被隨便丟在這裡之後就沒人再拿出來過了。

至於最後一層……

我的手頓住了，當看見某件東西出現在眼簾中時，身體就像是被定身了一樣。我依舊記得，而且不可能會忘記——尤其是那朵引人注目的藍色玫瑰花——那是在我出車禍之前，店主老伯送給我的最後一顆音樂水晶球，但問題是……它怎麼會在光年這裡？

如果在那個世界裡，我已經死了，那麼這顆音樂水晶球為何會來到這裡？

越想，頭就越痛，還是說時光旅行的人不只有我一個，光年同時也一起回來了？

「你在幹嘛呀？」低沉的嗓音冒了出來，我嚇了一跳，回過頭看向全身濕答答、剛從浴室走出來的高個子，眼睛和心臟都不受控制地顫抖，不知道該如何組織字句、不知道該用什麼方式去詢問對方。

媽的，太誇張了！

「光年……這是誰的？」說完還不忘舉起手中的音樂水晶球。

「什麼？你指音樂水晶球喔？」我點頭，像是自己快要哭出來了一樣。「我的啊。」

他的答案讓原先蹲著的雙腳一軟、難看地跌到地上——那是光年的！所以，他也拿到了時光倒轉的權利了嗎？我們是一樣的，但為什麼我完全不覺得奇怪。

「其實你……」必須問出口，必須弄懂，但卻先被他打斷了。

「就好幾個月前，我跑去替系上同學挑選禮物，店長伯伯人很好，附贈了這個音樂水晶球當作謝禮。」

「店長伯伯？」

「嗯，他很可憐，聽他說一整年店裡都沒什麼客人，所以我也就多多支持他的商品了。」

「蛤？店裡？你說的是不是有賣花還有一些有的沒的小東西，外觀像是鬼屋的那間店？」

「對。」

「然後，老闆大概是五十來歲，有一點微胖，對嗎？」

「啊，應該是吧，我其實不太記得了。」

「為什麼他會把這個音樂水晶球給你？」

「不知道，我也莫名其妙，他只說要報答我。」

「那伯伯還有多說什麼嗎？」我繼續問道，心情就跟在驚悚片裡完成任務沒有兩樣。

「他叫我收好別丟，就像是不久之後，我會把它送給某個人一樣。」

「……」

「一開始我也莫名其妙，這種東西是要給誰？好幼稚。」那人先是碎碎念，然後才盯著我手中的音樂水晶球看。「我還想說，再過一陣子就收進盒子裡、拿去儲藏室放好了。」

「不行。」

「為什麼？」

「因為它之前是我的。」

我不太理解為什麼花店的老伯要將音樂水晶球從未來送來給光年，但問他也沒得到多少解答，只能試圖去理解剛才聽到的事情，又或者，音樂水晶球其實就是某些事情的解答，然後好笑的是，它從來不曾出現在小玫——也就是我回來的目標——的手裡。

不過，它卻在光年這裡——那個不管時光倒轉幾次，他都出現在我生命裡的那個人。光年沒有回到過去的時空，他只是個二十歲的小子，而我的出現成為了他生命中的轉捩點。

「你的東西怎麼會出現在那間小小的商店裡？我都搞不懂了。」不想講那些超乎想像的事情去嚇面前的人，於是我找了個最簡單的理由跟他解釋。

「記得是之前買了忘記去拿吧，那間店好像離我住的地方滿近的。」他理解地點點頭，沒有繼續問下去。

「唔、但好像還記得些什麼。」我抬起頭，緊張地看著剛換好衣服的高個子。

「什麼、什麼？」

「伯伯曾說，如果不知道要送給誰，那也可以留著給以後的對象。」

「……！」

「那時候還想說誰會喜歡這種東西，但一知道你是東西的主人，我想是店長伯伯滿會算命吧。」

老伯不是人啊，光年！但我明白了，在這最後一次的時光倒轉裡，生命中的一切都被安排好了。

我不知道這是不是爸媽的另一個心願，但也許，所謂讓我擁有美好的人生，就是從今往後都有光年在我身邊。

♡

一晃眼來到了週五，邁克又約我跟他老婆一起去吃到飽了。

那個總是慮我去跑步的傢伙就跟剛才吃下去的豬肉一樣消失，毫無存在感，然後像我這麼精打細算的人，每次去吃到飽，當然得吃夠本，吃好吃滿像是這輩子沒吃過東西一樣，結果就是差點把店吃垮，而我坐著打了一次又一次嗝的事情，也讓邁克的男友不得不禮貌地制止我。

「看一下旁邊那桌，對人家不好意思。」靠，難受。

鹹的吃完還沒來得及吃甜點，大麻煩就來了，幹——

傅克哥打來的，還能說什麼呢？我只得癟著嘴、接了電話，除非真的有事情，不然他一般不會打電話來，這次應該也一樣。可是大哥，這是星期六耶，員工也是要休息什麼的吧！

還沒來得及出聲，就聽見他吩咐一句「來店裡」了。我沒得選了。

於是，我只好苦著臉、精疲力盡地向著好友和他男友道別，接著還得付錢買捷運的票，再轉乘摩托計程車去到店裡。

傍晚五點，還沒開始營業的店裡氣氛冷清，員工們已陸續將桌子布置好了，我看見傅克哥站在櫃台前，而光年則背靠牆壁地坐著、雙腳墊在另一張椅子上，看起來莫名地開心。

「傅克哥，你好。叫我來有什麼事情嗎？」我一邊舉手行禮，一邊進入正題地問道。

「我剛好今天要出門辦事，所以想麻煩你唸個意見箱啦。」

「欸？可是光年不就坐在這裡嗎？」

「想請你們一起弄，會比較快。」

「傅克哥，我剛才在吃到飽，但最痛苦的是，我還沒吃到冰淇淋跟甜點。」

「等下叫光年帶你去吃，先做事。」

「啊？」

「我先走囉！光年，店裡就麻煩你了！」

「是。」喊著交代完，傅克哥就走出去了，於是店裡只剩我跟光年待在室內，至於戶外區則有少數的工作人員在負責。

「臉真臭，是餓到生氣喔？」眼前人白目的招呼，讓我的嘴巴嘟得更高，同時跺著腳、心不甘情不願地坐到店裡意見箱前的椅子上。

「沒有，吃飽了，但沒吃到甜點。」

「晚點我請你。」

「還是彌補不了我今天付掉的錢。」說完就想尖叫，到底在氣什麼呀！光年也沒有再說任何安撫的話，只是笑了一陣子，然後拿起平板、代行老闆的職責——紀錄顧客們的意見，以便改進店裡的流程。

我探頭看了一下，裡頭依舊有兩種顏色的便利貼。

「什麼顏色是哪一天的？」一邊問著，但心還掛在吃到飽的冰淇淋上。

「黃色，星期四；星期五是粉紅色。先唸完黃色的，我才能一天一天記。」

「好。」

一般來說，店裡通常都有紀錄客戶意見的流程，像其他天是傅克哥跟他的另一半，再不然就是店裡的員工會輪流負責，至於週末就看要請誰幫忙，因為我只是個駐唱歌手，所以籤大多不會落到我頭上。

但不巧我竟然認識光年，自己人就不客氣地使喚了。

「第一張，」我撈出一張黃色的紙，用最厭世的表情準備開始唸。

「開心點，博詩同學。」

「還有逼人家開心的喔？」

「那想吃什麼？等下請你，想吃哪種冰淇淋就用手指，沒有限制，想在店裡躺著吃也沒人會說話，晚點跟老闆說，讓他特例處理。」立刻爆笑出聲。他就是知道要怎樣讓我不難過，超會的。

「第一張意見說，博詩最可愛了。」我癟著嘴，然後不好意思地搔搔頭，「客人又講實話了。」

「嗯，真的。」光年回覆著，他笑到牙齦都要撞上眼頭了。

手再次伸進去、拿出第二張，又有我的名字了……

「為了見你，我想要每天都來店裡。」

「……」

「吼呦——！是在耍什麼浪漫啦！」唸完就害羞了，於是只好自嘲，媽的，「這你不用寫，一些沒營養的，我怕傅克哥會先吐出來。」

「嗯，繼續唸。」

第三張便利貼依然有我的名字……

「其實我不認識那首飄什麼的歌，但你一唱，我就打開聽了一整天。」我開始覺得尷尬了，竟然要唸這些便利貼給光年聽，於是決定節錄有用的部分告訴他就好，其他跟店務調整無關的部分，只唸在心裡就好。

「我們第一次見面的場面不太好，但我卻對你印象深刻。」

這是第四張便利貼的留言，然後接下來是第五張：

「你笑的時候，我感到很開心；你哭的時候，我想抱著你安慰。」

我將手伸進箱子裡，心臟開始劇烈跳動，臉上熱得不敢正視光年的眼睛。

「我最喜歡你，因爲你是我最愛的那條魚。」

看到這句話的瞬間，我馬上抬起頭、正視面前的人，光年已經笑著等了——因為沒有跟別人說過這首歌，因為不曾在店裡表演這首歌給客人聽——於是我確定，這些留言都是他直接要給我的。

「就算海裡有很多魚，你還是喜歡嗎？」討厭自己問了這句，明明心裡差點要在他面前哭出來了。

「嗯，不管怎樣都是最喜歡的。」

「我不敢繼續唸了。」

「為何？」

「我怕會心臟病發作。」然後我們兩個人一起爆出笑聲，然後伸手進箱子，再抓出一張黃色的紙張。

「我喜歡你笨拙的吻。」

「這是褒還是貶？」反問回去，臉上比原先又熱了一點。

「褒，那是個很純真的吻。」

「現、現在很厲害了。」

「去哪練的？」他問道，但我沒有回答。說實話，只有在想像中很厲害啦！

接下來，剩下的黃色紙張被拿了出來，一張一張唸了留言，那些都光年對我的深刻印象，數量非常地多，讀得越多，就像是心臟病慢慢要發作一樣，最後，只剩下唯一一張粉紅色的紙。

「星期五只有一張留言喔？」

「嗯，只要一張就很夠了。」

我的手伸進箱子裡，將它拿出來唸，同時催眠自己先不要害羞到死掉，但一唸就發現自己錯了，可能會再死一次。

紙上的留言是用謹慎好看又易讀的字體寫成的，看起來非常非常用心。

「博詩……成爲光年的男朋友好嗎？」

他這樣寫著。

而那個人正靜靜地坐著，用期待的眼神盯著我看。

我們認識的時間尚淺，但和過去十年的時光我所看見的光年相比，現在的他改變了許多。不知道世界是什麼時候把我們兜在一次的，讓我們能夠相識、能夠親近，他是我的初吻、是某種說不清道不明卻湧上心頭的感覺。

奇怪的是，海裡頭有那麼多的魚，他卻喜歡上我這條平凡無奇的魚。

不過，我在世上這麼人之中愛上他，卻不是那麼奇怪的事情了。

我們既然心意相通，就沒有拒絕的理由，因為與他相愛讓我何謂幸福，那是我不曾期盼……卻幸運收穫的幸福。

「嗯……我答應你。」

13 你們兩個不能睡帳篷！

交往了要做什麼？

「啾！慶祝——」

鏘！

好幾個酒杯撞在一起發出聲音，我安靜坐著、睜大眼睛瞪著死邁克和光年的朋友們痛快地一起乾杯。

「The Favorite L」莫名其妙成了慶祝我跟光年交往的場地——原先也沒有別人要祝賀什麼，畢竟交往是兩個人的事情，但一交往，馬上在這群缺少酒精的朋友中變成大事。

好吧，朋友們方便就好。

我本來就不喝酒了，光年於是點了餐點及氣泡飲料來一解我嘴中的寂寞，一開始，好友們還不太甘願，但一看到紅牌[9]男友的犀利眼光，他們就閉緊嘴巴、不敢再邀我喝酒。

其實，交往跟追求時的他並沒有什麼差別，還是一樣照顧人，而我可能得開始用心一點、不能再只顧自己了，前幾天剛打過電話跟舅舅更新近況、說自己現在交了男朋友，舅舅很開心，說要送竹筒糯米飯來給光年吃，害我愣了兩秒。

舅舅以為我拿到竹筒糯米飯之後，會分給別人吃嗎？還是藏起來自己獨享好了。

從開始接些零零星星的工作算起，已經有好幾個月了，我沒有再麻煩舅舅送錢給我，也擔心他還得送另外兩個小孩上學，錢會不夠用，我想盡可能地減輕他的責任，畢業後也想偶爾送錢給他用。

9 這裡指的是紅底黑字的車牌，多數是剛交車、還沒完成相關登記程序的新車在掛，故意指光年剛掛上男友的名分。

「還想吃什麼嗎？」光年湊過來耳語。不打算讓我的胃休息了是吧？

「不要了，很飽。」

「親愛的朋友們，既然都放假了，來揪一團出去玩吧？」

「尖叫聲，哇嗚——！好想去！」醉了之後，人人都覺得自己是系上的帥氣鮮肉，但在我看來，那副模樣就是一群圍著營火露營的小學生。

「去哪好？」

「海邊。」

「去山上比較好吧？雨季去海邊不方便。」

「等等，先讓我去找些資料。想去的話，就得大家一起去！知道嗎？」

「遵命！耶——」發什麼瘋？自問自答，該死的光年還過去一起起鬨，沒攝入任何酒精的我就成為一夥人裡看起來最正常的一個。

結束的時候，每一個都醉成了死狗，別人就必須負責將人扶上車、一個一個送回家。等到光年把我送回住處的時候，時間都已經來到凌晨三點了。

「會累嗎？如果累了，可以睡這裡。」從那一臉疲倦及快點閉上的眼皮看來，我想光年應該也要不行了。

「今天可能得借宿一晚了，會很擠嗎？」

「就讓你睡地上囉。」

「你狠心這樣對我嗎？」講得像是我過去沒有對你那麼壞過一樣。

「先去洗澡吧，等下拿你穿得下的衣服給你。」我轉身拿出一條相當新的浴巾給眼前的人，之後就走向櫃子，翻出光年剛好穿得下的T恤及短褲。

「阿詩，」在此之間，那麻煩鬼已經走出來、坐在床上等了。「搬來一起住好嗎？」

我的手頓了一下，不太理解地轉身詢問：

「要住我這裡嗎？很窄耶！陽台就很小，只能曬兩件內褲；兩個人睡三點五英尺的床，脖子都快靠在一起、呼吸困難了；還不能煮飯。搬來住的話，你受得了嗎？」好擔心……

「我是指，你搬來我公寓住。」

「吼，」幹嘛害我浪費那麼多時間叨唸？「但這樣不會讓你更辛苦嗎？如果你是懶得接送，我可以自己過去，沒問題的！」

「不是那樣，只是一般情侶都會住在一起。」

「為什麼要住在一起？」就我之前沒交過，所以決定跟光年交往的這件事改變我的生活很多，更重要的是，這十幾年來，我已經習慣一個人住了。

「這樣做一些事情比較方便。」

「做什麼啊？」開始無法理解了，但另一方卻不願意回答，只是舉起一隻手、將手指彎成圓圈，然後用另一邊的手指插進洞裡。「禽獸！」於是我把T恤丟到他臉上。

「那是很正常的事情。」

「我有說要做嗎？」

「不想做的話，你那時候幹嘛偷翻我放套子的抽屜？不要說你沒想過！」光年不只邊說邊舔嘴唇，甚至還用撩人的眼神看著我。

「就……就真的沒有想過，我只是找東西剛好看到而已。」

「是喔，剛好也沒關係，總之我們同居吧。」

「我什麼時候答應了？你這人怎麼那麼會自說自話！」

「不是很會自說自話，我只是很懂你而已。」

「蛤？」

不讓我繼續爭論，高個子站起身，拿著浴巾、吹著口哨走進浴室，留我站在那裡，一個人對剛才的對話感到不解。

很懂我？——要是真的很懂，就不會要我搬家了！我要住在原處！

「您好，我是搬家公司的代表，現在車子已經準備好了。」

笨蛋，住在原處的不是地點，是感覺！

騙自己還會住在原處，但好不容易回過神時，所有物品都被打包好了，搬家工人從廁所牆上貼的海報，一路搬到了放在陽台的仙人掌盆栽，可以說這房間裡的回憶一點也不剩了。

不過，就算什麼也沒有了，但一看到周遭，我的記憶還是很清晰。

第一次對道別有道不明的愁緒，甚至比我從外府第一次搬來曼谷念書時還難過，那時是離開舅舅、離開親戚及認識的人們，但這次是必須離開自己曾經活過的舊人生。

我一直住在同個地方，沒有搬過家，付著每個月幾千銖的租金，換取一個像老鼠洞般的房間。十九歲，一個外府小孩搬到這裡，直到三十歲也沒有搬去別處，十幾年的歲月實在很漫長，一想到自己有天不會再回來睡在小小的床上，心裡就慌得要死。

那些曾經屬於博詩……

「附近怎麼有小孩那麼愛哭？」一聽到調侃的低音，原先試圖忍住的眼淚就不停流下來，而我也不想保留了，一股腦地宣洩出來，光年好像嚇到了，於是將我拉過去、緊緊地抱住。

厚實的懷抱散發著溫暖，又是開口安慰，又是拍著後背，才慢慢讓啜泣的力道緩了下來。

「如果有一天，我被你拋棄了，我也沒辦法再回來這個房間了是嗎？」

「那什麼話！誰會拋棄你？」

「就是你。」

「在做夢喔？」從擁抱變成試圖將我舉來舉去，除了心煩意亂外，我開始三不五時就神經斷裂了。「阿詩，人生本來就會有變化，只是時間早晚而已。」

在時光倒轉之前，我的人生十年不變，一直停留在原地，一有了男友，一切就默默地變了。

「不要拋下我喔！我想要有個棲身的地方。」

「誰敢拋下你，先別哭了，對人家不會不好意思嗎？」

又沒什麼好給人家看的，幹嘛不好意思？但我捨不得自己在哭時的臉蛋，還是不得不舉起袖子、慢慢擦掉眼淚，還好有些鼻涕留在光年的襯衫上了，所以我的袖子才沒有那麼邋遢。

「走吧，現在物品都打包好了，租約也處理好了，我們等下還要繼續整理東西。」

「嗯……」

然後到了那邊的房間，搬家工人已經將能放的物品都放好了，剩下的只能自己處理——這下工程浩大了，雖然沒什麼大件家具，連冰箱都是房東附的，但因為住了很久，所以有的沒的物品、書籍，包括衣服什麼的，都多到令人冒冷汗。

我們協議好，櫃子是一人一半，至於其他東西就共用，談完之後，我在光年自願幫忙分類下，開始一點一點整理物品。

「這內褲有夠小朋友的。」他一邊說，一邊舉起我的粉藍色內褲，我嚇得趕緊跑過去、下意識地抓過內褲。

「喂，怎麼可以偷翻別人的東西！」

「偷翻什麼？我只是在幫你分類。」
「叫你分的是那箱！放書的箱子，有看到嗎？管人家的內褲幹嘛！」
「就東西可愛啊，哇！還有蛋黃色的！哇嗚——看不出來阿詩是個性感的小子呢！」
「別鬧！再鬧我的話，我就把很緊的內褲戴到你頭上去喔！」
「齁齁，好怕喔，但你的內褲都是鬆的。」
「太看不起我了吧！」
「沒錯，明天帶你去買新內褲，要那種遮不住屁股、方便做什麼事的。」智障！不過收拾家裡一天，我跟光年就幾乎什麼事情都拉出來吵，不敢想這樣住下去，日子會有多歡樂。
收拾家裡的期間就像是近藤麻理惠[10]上身一樣，光年負責大件物品，但我也一起分工將東西搬到各個角落，沒有讓他太累，至於有的沒的小東西，便坐下來重新排好，需要的收進櫃子裡，不需要的就丟掉。
邁克在傍晚打來說，已經和各方好友確認好考艾的旅行了，這次人數比以往還要大群，光年的朋友竟還邀了同學院的女孩子，小玫也在其中，但我不懂的是——什麼時候說好的？我居然不知情。
「光年，邁克打來說大家要去考艾旅行。」為了跟坐在客廳的人說話，我在臥室裡喊著。
「我知道。」欸？
於是，我走了過去、把頭靠在門框上。
「那為什麼他們沒有問我們去不去？」
「他們問了，所以我就答應了。」
「你問我了嗎？」

10 近藤麻里惠（Marie Kondo），撰寫與收納技巧相關的書籍，如《怦然心動人生整理魔法》。

「小玫會一起去，你哪次不答應。」

「你記住，我才不是為了小玫而去的！」

「那是為了誰？」

「問你自己啦，不是很會猜我在想什麼。」好氣喔，越是看到那張露出微笑的臉，就越想用力拉扯自己的頭髮，藉此掩飾臉上的火燙。

我們交往不久，日常沒有很甜蜜，不過總有這些增添生活情緒的點點滴滴，有時白目、有時害羞，然後再以打鬧收尾。

鈴——！

高個子的高檔手機震動了起來，高大的身軀立刻從沙發上起身、抓過手機接聽，但他只說了幾句話就掛斷了，也不知道是誰打來的。

「阿詩，你先在這裡等一下，我下去大廳拿個東西。」

「好。」

光年去了樓下，而我則在繼續整理臥室的物品好一陣子之後，被敲門的聲音打斷了專注力，猜測是那個麻煩鬼忘記帶鑰匙，於是趕緊快步去幫他開門。

不過，在看見有個人站在門外的那一秒，我什麼話也說不出來。

這是誰啊？

「我可以進去嗎？」

「呃……我想您可以走錯了。」整體來說，對方應該不是什麼宵小之輩，無論是衣服還是飾品，看起來都很富貴，就是有點時代感。

「沒有走錯，這是光年住的地方對吧？我是光年的媽媽。」

阿姨梳了一個大澎頭來耶，這不是《邱比特的眼淚》[11]裡的夫人嗎？好想說「呃、查威先生不在喔」，但我的聲音不知道上哪去了。

「我可以進去了嗎？」

「可以，您、您好。」行禮啊，在等什麼？如果可以，我應該已經鑽到地底下去了，他媽媽就這樣來了，還不讓我有任何準備。「那個、光年不在家，說去樓下拿個東西，等下就上來。」

「是我要他在樓下等的，等我叫他……他才能上來。」哇，為什麼結尾聽起來那麼凶狠？這讓我更是害怕，就連看到長者優雅地走到沙發坐下時，我還是不知道該把手放在哪裡，只能握在褲頭上、低下頭。

為自己默哀一分鐘。

「地板很髒喔。」哭出來，我跟你的感情大概得結束在這裡了。

「就我正要搬過來住，所以我們還……還沒整理好。」難過到眼淚差點擦過我的膝蓋。

「來沙發這裡坐。」

「沒關係。」

「不聽阿姨的話了嗎？」不是——！聞言，我馬上衝過去坐在沙發另一角。

「阿姨會渴嗎？」

「不會的。」阿姨的拒絕割傷了我的心。真的是博詩的冤孽，才會遇到這麼凶的男友媽媽。

「先進入正題吧，你是誰家的子弟啊？」我像被提上砧板、準備要被殺掉一樣，阿姨單刀直入，一來就是調查身家的問題。

「我的父母過世了，是舅舅養大的，他住在外府，而我則在這裡租房子住。」邊回答，腳也瑟

11 น้ำตากามเทพ，二〇一五年的泰劇，是一齣集結了各種狗血劇的老哏、以逗趣的方式呈現的戲劇。

瑟發抖，對方應該有觀察到，但並沒有軟化，繼續問了第二個問題。

「光年說你們同年，那應該就是二十歲囉，讀哪個學院呢？」

「我唸人文學院的，主修英文。」

「有什麼人生目標？像是要做什麼？」

「想當賣座鉅片的字幕譯者。」一看阿姨的表情，發現她不太明白的樣子。「喔，就是成本很高的一些電影。」這輩子只做過小眾電影，所以希望能在喜歡的領域有所增進，並且增加一點薪水。

「我喜歡美國隊長。」想了一下才抓到意思。

「真的嗎？我也很喜歡史帝夫．羅傑斯！」

「想法一致。對了，我還沒問你的名字呢！請問你的姓氏是？」想問阿姨您的泰文是哪裡學的？也太咬文嚼字了，似乎不太像是這時代做室內裝潢的，不過想想，也可能是因為公司主要是老公跟大兒子在負責的就是了。

「我叫阿詩，大名是博詩。」

「博詩，我現在知道了。請問你怎麼認識光年的呢？」

「我們在廁所遇到的。」

「是個令人不太愉悅的地方呢。」好的，阿姨還是使用很文雅的詞彙呢！如果是我那群朋友，應該就會冒出「他媽的鬼地方」這種字眼了。「我今天會來是因為光年說他男朋友會搬來一起住，所以想親自來看一下。」

「是。」

「知道光年很風流對吧？」

「是。」感覺室內遍佈著濛濛的黑色煙霧。

「我跟他爸曾經想過，如果他未來還是像過去那種糟糕的樣子，我們就會叫他跟某個好女孩結婚，至少讓他不至於走錯路。」這就是未來的規劃嗎？那意味著，他娶小玫是因為這個原因？

「就算光年不會喜歡那個人嗎？」其實應該沉默，但我無法安靜地坐著。

「對，反正他本來就不會愛任何人。」

「……」什麼也反駁不了，能做的只有往下聽。

「但一知道他對某個人認真了，家裡很震驚。」阿姨一邊說，一邊瞪大眼睛。「所以今天就來看看你，博詩很可愛。」

「謝謝。」我不知所措，開心到嘴角抽動。

「阿姨第二個兒子的對象也有男生，剛知道時，家裡天翻地覆、逐出家門什麼的，一團亂，也花了好多年去相互理解，所以到光年的時候，大家都覺得是很正常的事情了。」

幸好他二哥開好路的，這真是阿詩的福氣。

「兩個人既然相愛，家裡就不會阻攔，只要別帶壞彼此就好，我們家很新潮的。」可是阿姨你的髮型很復古，但我沒有說出口。

「……」

「因為光年是小兒子，跟他三哥差了九歲，所以非常任性妄為，請你讓他一點。如果他對你說了不好聽的話，你別跟他吵，換成用衣架打他。」什麼鬼？

「是。」

「今天他爸有事情不能來，所以託我帶了衣服來給孩子們。」說完，阿姨遞了一個白色紙袋過來，然後溫婉地站起身，似乎是怕衣服會皺掉。

「要……要走了嗎？」

「對，要下去跟光年講個話。」

「那麼，阿姨再見。」

「再見，博詩，很高興見到你。」

我們簡短地道別後，阿姨就下樓去了，反而是我得回去仔細思考，剛才到底發生了什麼事情，要不是手上還提著紙袋，大概會以為一場午夜夢迴。

阿姨說，這袋是光年爸爸給的禮物，所以就擅自拆開來看看是什麼寶貝。

碰！

這家子真的很新潮！

因為禮物是甜蜜蜜的粉紅色情侶衣，而且兩件衣服的前面還印了不一樣的文字，但我知道那是十足十的韓國風格——**Honey & Baby**。

我哪一件都不想穿……

♡

莫名其妙約好的考艾旅行被移了又移，比百貨商場裡的電扶梯移了更多次。

從一開始計畫好放假的時候要去，但因為人多事忙、被有的沒的事情耽擱，等到眾人好不容易都有空檔、這趟旅行要出發的時候，第二學期已經開學了。

我們的時間被限縮在兩天，週五下午出發、週日晚上回來，只讓大家知道去就是了，不用像以往一樣擔心要睡哪裡。

有兩輛休旅車，能容納一定數量的人及物品，大家輪流開，誰累了就換另一個人上來開，從曼谷到考艾的路程要花的時間不長，長的是注意路況，還有集合的時間……

「欸——『Honey & Baby』！」

豬頭……

就說會被朋友們八卦吧！為了拍照給光年家裡看，不得不穿上最可怕的情侶衣，要問我開不開心，我也只能夠乾笑著、轉頭望著高個子，他比我還愁眉苦臉，因為他從家裡就開始抱怨了！

「情侶就該穿情侶裝吧！」

「被我媽逼的。」光年說出了真相。

「欸——不用拿你媽當藉口，想穿就說。」

你們開心就好。

「『Honey & Baby』，超可愛的啊！」

「好羨慕喔，羨慕死全世界了，尖叫——」

調侃完就上了車，小玫跟她的朋友坐另外一輛車，一半的男生被分過去服務女孩們，我坐的這輛車也沒有不同，大家混坐著，一邊唱著歌，誰體力不行了，就換個人來開，直到換成光年的回合，我也不得不移動尊臀來坐在他旁邊，以防他有什麼需要可以方便點。

「會餓嗎？」他銳利的目光盯著路況，雙手抓著方向盤。其他朋友們開始吃點心了，我擔心他會餓，所以試著問看看。

「想喝水。」

「好。」我的手伸進帆布袋，拿出仍保有冰度的水瓶、遞給旁邊的人喝。「還想吃什麼嗎？」

「點心。」

「要什麼點心？有超多的。」

「麵包。」

「哪種麵包？」

「你來亂的嗎？」不只是轉過來，他還用手捏了捏我的鼻子。

「就有很多種咩。」

「要你吃的那種。」

「我吃的那種才不分給別人，我要一個人吃光。」說完便打開帆布袋，開始一樣樣區分所有權。「可頌吃了會想睡覺，這樣不行，我吃就好；這個泡芙好吃，你不能吃；磅蛋糕就更是好東西了，所以你的是這顆乾乾的麵包。」一講完也不等別人要求，馬上拆開來。

「真是有夠愛我的——我跟吃的，你選哪個？」

「吃的。」

「好，瞭解。」最後，光年吃掉了一片乾乾的麵包。

我們在接下來的這一小時停下來到路邊的餐廳吃飯，然後就繼續開車直奔目的地。

買好的泡芙被拆開，盒子裡有五顆，我分了光年四顆，自己吃掉一顆；磅蛋糕也通通給他吃了；可頌被後座的朋友要走，所以我們兩個都沒得吃，但那並沒有讓我們兩個餓一整路。

「不是說要收起來自己吃？為什麼通通都給我了？」旁邊的人仍專心地在開車。

「你開車，可能比較容易餓。」

「那你自己不會餓嗎？」

「不會，比較想給你吃。」

「愛我愛到昏頭了齁——」

「你知道就好，幹嘛說出來。」非常小聲，應該只有我們兩個能聽見，而他也用一樣小聲的耳語說：「糟糕了，我也同樣愛昏頭了。」

汽車在傍晚六點時駛進目的地，並沒有超過預計的時間，幸好我們有因為安全顧慮而先開車出來。訂好的度假村不是什麼五星級的豪華住宿，但對大學生來說，價格卻很合理，但有件運氣不好的事情是，這裡在我們抵達前幾天剛遭遇了暴風，有好幾個房間受到影響，不得不突然取消客戶的訂房。

而且，下一個倒楣的事情是我們沒有哪個人讀了電子郵件，於是只好站在大廳協商。

「怎麼辦？要換地方住嗎？」一個朋友問。

「但這裡環境很好，還離那些漂亮的景點很近，不然這樣，剛才渡假村那邊說他們也有為旅客提供露營服務，這是另一個選擇。」好幾個人點點頭，我也覺得滿興奮的，所以自願要去睡。

「那我睡帳篷！」

「不行——，我親愛的朋友阿詩，你就去睡房間！」不知道阿嵐是中了什麼邪，立刻就趕過來阻擾我。

「為什麼不行？帳篷可以睡幾個人？」

「兩個。」

「那我可以跟光年睡帳篷。」都交往了，朋友們應該也沒話說。但這一回，不只是阿嵐了，連高爾跟邁克都異口同聲，讓我開始摸不著頭緒。

「朋友，你不能睡帳篷，聲音太大了。」

「聲音怎麼會太大？只是安靜睡覺而已。」

「哪會安靜，會太激動。」

「激動什麼？我睡覺不會翻，打呼也沒有太大聲，夢遊就更不用說了。」

「噓噓，不要說了。我自願，有幾個帳篷要睡？」

「兩個。」

「那就是四個人，其他人睡房間，好，就這樣。大哥、大哥，我們討論好了。」混蛋！還來不及開口反對，他們就跑去跟櫃台報告了，只剩我不解地看著光年的臉。

「為什麼我們不能睡帳篷啊？」不懂，帳篷裡是有鬼喔？但我覺得，我應該比鬼還可怕啊。

「我們不能睡帳篷是因為聲音會太大。」

「但我不會聲音太大啊。」

「我會啊。」然後就沒多補充什麼了，任我產生各式各樣的想像。

處理完房間分配的事情之後，就將行李搬進房裡——這個度假村臨近大自然，樹木又大又高，還能聽見溪流的聲音。房間乾乾淨淨的，以白色及木頭為裝飾的主調，一走出去外面就是觀景用的陽台，可以看見用來替住宿客人舉辦派對的廣場，另一邊則是相當露天的浴室，因為有溪流臨著。

天然的要死！

今天又是上課又是移動的，大家都累了，因此沒有舉辦任何派對，吃飯閒聊完就各自回房，這時也晚上十點多了，光年讓我先去洗澡，等下再換他。

在不熟悉的歇息讓人不太有睡意，於是我轉頭整理包包及明天要穿的衣服，卻沒想到會在高個子的衣物袋裡看見某些東西——

保險套……

潤滑液……

這是什麼意思？是要在森林裡進行終局之戰嗎？我才不會接受！偏偏太過湊巧，此時光年剛好從浴室走出來，於是我不得不逼對方說個明白。

「這是什麼？」

「就你看到的那樣啊。」

「你帶來幹嘛？」

「帶來跟你一起用。」我幹嘛要逼他說個明白？他自己就會直說了。

「不讓你用。」

「不用也行，想無套喔？」

「我才不是那個意思！」兩條修長的腿邁向我面前，讓正坐地板上的我慢慢地後退，直到後背抵到床鋪。「不要鬧啦！」

「沒有鬧，我是認真的。」

那瞬間，我的雙臂被撐起來、整個人被拋到床上，高大的身軀旋即跟著爬上床，一副侵略的模樣，於是我趕緊找了個藉口，像過去一樣試圖改變話題。

「你先穿衣服，這樣不得體。」

「我幹嘛要穿衣服，反正都要脫掉。」

好過分！

「可以親你嗎？」

「不行！」話還沒講完，好看的雙唇就堵了上來，讓我只能一邊嗯啊地呻吟著，一邊笨拙地回應，他退開又親上來，就這麼一次又一次，直到我喘氣不已。

「阿詩，說真的，我們哪天做愛都好，但可以是今天嗎？」

「不可以。」

我一說不可以，他就動手了。你的腦迴路是相反的還怎樣？

等到發現自己抵抗不了時，身體已經軟弱無力了，大手緩緩從衣服下襬伸了進來，手指頭正在皮膚上輕輕地勾勒，所有的寒毛似乎都被喚醒，身上每一處都緊繃著，在手指溫柔又催情地畫過我胸口時輕顫。

「啊！」光年傾身吻上頸項、輕咬著，麻癢的感覺讓羞人的叫聲脫口而出。

我的臉被嵌進枕頭裡，嘗試用雙臂僅有的力氣將高大的身軀推開，但一點作用也沒有，越是那樣，上方的防衛就越是輕易地被抓到脖子兩側，並且感覺到濕熱舌頭的碰觸，讓人不得不弓起身，發出不成句的嘶啞呻吟。

碰！碰！碰！

所有的動作都停頓了，然後抬頭看著床頭上方的牆壁，那清楚的聲音是從隔壁偷渡過來的。

「年輕人，小聲一點，聲音大到隔壁來了。」

我聞言差點要哭了，這牆壁隔音不好！

只希望現在跨坐在身上的那位能對鄰居有點禮貌，不要再欺負我了，但結果卻完全相反，那張帥氣的臉龐靠了過來，近到我們的鼻尖撞在一起，一邊用低啞的聲音悄悄說：

「等下光年會小力一點。」

小力個鬼！

「不行不行不行！光年——」

我現在明白為什麼朋友們那麼不願意讓我睡帳篷了，完完全全明白了。

14 人都有精蟲上腦的時候

這不是哪個朋友的計畫，只是他們很懂我的個性，所以才不放我跟阿詩兩個人去睡帳篷，不然明天一早，帳篷大概就壞了，我們也得賠償渡假村的損失。

看看我那躺在床上、眼睛濕潤的男朋友，誰會忍得住？

過去，我非常努力讓自己不下手，等待時機、等待一切總算就緒、等待你爸啦！也不知道何時才不需要再等下去。

我知道阿詩開始會找一些這方面的資料，像他也在酒吧裡問過，所以知道跟我交往之後會發生什麼事情，但就算如此，也沒有誰主動過，只是一再地等待，不過今天所有的忍耐瞬間被擊碎，從他走出浴室的時候算起。

阿詩衣服穿得好好的，沒有哪一處會喚起情欲，但撩撥起感覺的，並非他羅衫輕解地走過來，而是他的氣味、他的臉蛋、迷離的眼眸，還有明明是混血兒卻仍舊小巧可愛的鼻子嘴巴。

這時我全身都在痛，即使隔壁房間傳來了潑冷水般的警告聲，也無助於我壓制住體內任何一點迸發的衝動。

「要讓我繼續嗎？」我又問了一次，十隻指頭緊抓在一起，忍受著正在肆虐的瘋狂。如果可以……可以的話，想要他的同意。

「但聲音會太大。」真是可愛。

看著即便淚水盈眶卻還是這樣回答的他，我差點傾過身好好欺負對方一番，靠，興奮死了！

「我會輕一點。」

「多輕？我沒有經驗，嗚——」哭了。

「信任我嗎？」

「不信！」我沒轍了。

「那沒關係，你睡吧，什麼也不做了。」我在身下那人的額頭及眼皮上輕吻，心裡感到可惜，猛烈的欲望讓我不得不咬緊牙根，平時沒起頭就算了，但現在是準備好要開戰卻不得不遭遇失敗，就像眼前這樣。

決定好今晚應該無法睡同一間房後，雙腳慢慢下了床，準備直奔浴室而去，但卻先被小個子給喊住了。

「你要去哪？」眼睛紅紅的，鼻子也紅通通，嘴唇還腫成那樣，硬要繼續待下去，等下死的人就換成是我自己了。

「再洗一次澡，然後我今天晚上去跟阿嵐他們睡帳篷。」

「光年……」

「你可以自己睡對嗎？」褲襠已經太撐，必須先讓那些緊繃不舒服冷靜下來，才能夠出門去。

「光年……」阿詩沒有回答問題，只是蜷縮在床上、叫著我。

「會怕的話，叫邁克來陪你也可以。」

「你先前說的那個，」泛紅的臉蛋及發出的輕音非常撩人，但我還是站著不動、壓抑著自己的情緒，等著聽他嘴裡所說的話語。「你說會小力一點，真的會輕輕的，對嗎？」

幹，就像中了意料之外的頭獎一樣！這樣給我希望，但我還是怕最後會被拒絕，所以想再確認一次。

「要讓我做嗎？」

「如果你保證會輕輕的，那就……就沒關係。」

誰來幫我播一下《We are the Champions》，除了有中頭獎的感覺之外，還覺得自己像是個幸運兒，又得到了一座名為「信任」的獎盃。一直以來，我們之間分不出誰是主導者或跟隨者，只是以自己所能給的部分扶持著對方，就像今天晚上，我想盡可能將自己的感受傳達給他。

「不會哭對嗎？」我在詢問時走回床邊，溫柔繾綣地緩緩爬向另一方，浴巾已經不在身上了，我丟在半路，避免它成為我料理老婆時的阻礙。

「別弄痛我就不會哭。」

「不好說。」

那人聞言癟了嘴，於是我覆了一個吻在他柔軟的唇上，慢慢緩解對方的恐懼，即使已經親過許多次，但由於經驗值不多，所以我得慢慢教他，冷靜地主導一切，讓對方跟上來。

舌尖探入了濕潤的口腔，舔弄著臉頰內側的柔軟，接著在齒間碰觸滑曳，阿詩的呼吸開始不穩，他抬起顫抖的手抓住我的手臂，出力微微地搖著，似乎需要同情，而我也為此退開，讓他能夠呼吸，然後再重新吻上去。

這次交纏的舌頭更是激烈，磨蹭、愛撫，我們像是掉進急流之中、在情欲的漩渦裡載浮載沉了好一陣子，接著換作吸吮著薄唇，侵略性十足的吻讓那張甜美的臉仰起，喉嚨中發出輕微的呻吟。

我抓住對方撐開眼睛看過來的時機，慢慢地脫掉他身上那件柔軟的白色T恤。

上身已全然赤裸，我仍流連在唇瓣之間，不知疲憊地交換蜜汁，過了許久……才離開嘴唇，舌尖劃過白皙的肌膚紋理，用吸吮跟輕咬留下一個個紅色痕跡，撩撥起每一個所經之處的情欲。

從耳際開始，一路吻到了頸項，沐浴乳的香味仍殘留在皮膚上，即使我們的用品是一模一樣的，但無論是何種味道，只要用在博詩身上就能吸走我所有的欲望。

「光年、哈……嗯……」身下的人咬著牙，非常努力不讓自己發出羞人的叫聲，十指緊緊地掐著底下的床單，在指尖輕輕地在胸口兩端交錯滑過時，弓起身向我尋求更多的碰觸。

「舒服嗎？」我在調戲著他胸前的凸點時問。

它已經變硬了，當我越是愛撫它，導致身體的主人越是頻繁地抽搐，甜美的臉在枕頭上來回輕晃，舒服得雙眼迷離，而那也更是加倍地喚醒我體內的野蠻。

雖然應該溫柔且按部就班來，但一次又一次，刻苦的修行幾乎無法繼續。

怎麼可以這麼可愛！

「啊！」忍不住咬了他胸口一下，最後聽見小個子的呻吟作為補償。「光年不要咬，會痛。」

「只有痛嗎？」我們分別悄悄地低聲說著，但沒有得到答案，阿詩只是搖著頭，眼裡滿是淚水，應該正在疑惑自己面臨了什麼。

「乖孩子，沒事的，不咬了。」說是那樣說，但還是不願將嘴巴移往他處，只是用舌頭舔舐、安撫著先前的咬痕，而這也讓那人更加不平靜。

「光年、嗚嗚……」不小心又讓他哭了。

於是我不得不最大限度地克制自己的情緒，然後重新安撫起身下的人，從嘴巴落在眼皮上吻起，到雙頰，再繼續到被狠狠欺負而開始有些紅腫的嘴唇。

我的雙手也沒有空著，挪到了白皙的臀部，施力捏揉著那處皮肉作為前戲，同一時間，嘴唇也沒有停止移動，對著白皙的腹部又吸又抿，直到留下痕跡。

褲子是下一個我正要去除的屏障，因為是鬆緊帶很容易脫去，還可以一次將小個子的內褲順便拉掉，這次簡單。

「光年，不行。」在我正要將火燙的舌頭滑到大腿內側時被打斷，阿詩的反應非常快，他趕緊把腳併攏，但被撩撥到發軟的身體並沒有足夠的力量阻止，於是力氣較大的我將抓著臀部的手移向膝窩，然後將腳拉了開來。

「好丟臉。」

「我們只有兩個人在，沒什麼好丟臉的。」

「但是……」

「只要我們別太大聲就好。」說完，我用牙齒輕咬著大腿內側的軟肉，試圖激起瘦小身體中的情欲，阿詩縮著頭、不敢直視，一邊將雙手移到躺著的枕頭上捏緊，以便掩蓋住自己的啜泣聲，一次兩次，都得受壓抑自己聲音的折磨。

不過我沒有停下來，一切都已經走得太遠，很難回頭了。

除了大腿內側，我慢慢地在腿上啄吻著，一邊交替看著另一方同時佈滿許多情欲的臉，媽的，真的太喜歡了，快要無法忍耐想往前突破的心，但現在能做的只有等待。

「你可能還不習慣，但等下就會舒服了。」

那樣說著，讓瘦小的身體有所準備，接著用手分開身下那人顫抖的雙腳，方便自己更好靠近，我張開嘴巴、慢慢地將還未完全膨脹的硬物包覆進來。

「光……光年、光年！」

小個子手足無措、努力想退開，我用雙手壓住對方的腳根，撇了一眼滿是唾液及淚水的臉蛋。

「那樣不行，嗚。」就算那人再怎麼哀求，我還是繼續動作，軟磨硬泡地慢慢安撫他，等到他好不容易心甘情願地接受。

「乖孩子，不用怕。」

「不會有事的，對嗎？」

「嗯。」我點了頭，然後第一步先是用舌頭舔舐敏感處的末端，接著再將所有部分重新包覆進口腔內，口水的幫助讓移動不會太辛苦，越是開始上下吞吐，輕重交替到那處重點部位完全甦醒，就越是喚起小個子不小的情欲。

阿詩將自己的嘴唇咬到滲血，為我給予的觸碰輕吟著並逐漸增強，直到他無法再壓抑一湧而上的極樂，最終將藏起的叫聲通通洩漏了出來。

「光年，要到了，你放開……」他似乎想叫我的嘴巴退開，但到了這個程度就必須盡興，於是我奮力動著嘴巴，感覺到下顎快要裂開了，持續地吞吐，直到所有慾望在口腔裡噴發。

我吞下了部分，然後才去擦拭剩下弄髒臉上的那些。

「舒服嗎？」我的臉湊過去在耳邊低語，然後得到了點頭的答覆，以及一個最能打動聽者的短句：「謝、謝謝你。」

「不客氣。現在，你願意給我嗎？」

「嗯。」阿詩仍喘著氣，我將單薄的身體翻了過去，讓他的側臉靠在枕頭上，接著抬起他的臀部、將人擺成趴跪的姿勢，並叉開雙腿，這個看起來極其淫蕩的姿勢卻同時讓他看起來極度的可愛，另一個重點是，對第一次發生關係來說，這姿勢應該會讓他比較容易習慣。

準備好的潤滑液被倒在手心和長指上，還有部分在後穴，確認夠濕潤之後，我的一支手過去抓緊他的屁股，另一手的中指則緩緩插進去，同時不忘跟阿詩說明現在發生的事情。

「冷靜一點，別緊張，我正要慢慢進去了。」

「不會痛……對吧？」

「如果太緊繃就會痛，所以放鬆一點。乖孩子，深呼吸。」長指探進後穴，那裡已經被潤滑液浸濕了，所以擴張起來比所想的要容易些，最後終於能將第一根手指全部放進去。

博詩的臉側在枕頭上，雙手緊握，將嘴唇咬得比原本更緊，緊到看見一絲緋紅流了下來弄髒白布。

「阿詩不要咬嘴唇，都進去了，你還好嗎？說說看有什麼感覺？」

「好奇怪。」

「不痛，對嗎？」

「不、不痛，但不太舒服。」應該是真的，就連我伸進去的手指都被緊箍到差點抽不出來，裡頭非常火燙，柔軟的內壁讓我幾乎要失去理智，必須咬著牙、用極大的意志力才能慢慢抽送指頭進出，放鬆裡頭的肌肉。

「要放第二根手指進去了，會痛就趕緊跟我說。」

「我在這裡，要相信我。」

「嗚、光年，我怕……」

第二根手指被緩慢地送了進去，偶爾小個子會縮一下，必須將手指退出來一些，但終究還是成功放入了整根手指，本以為第三根手指問題不大，但還是因想得太簡單而出錯，最後聽見對方漏出了哭聲，臀部也躲了開來。

「痛、嗚、好痛，光年！」

「阿詩等等，別緊張，深呼吸、放鬆，我們慢慢來。」我又倒了些潤滑液進去，希望能有所幫助，好不容易成功的時候，已經滿頭大汗了。裡頭緊繃到無法移動，我不得不等身下的人適應了一陣子後，才開始慢慢移動，雖然那還是讓他用破碎的話語哭喊出聲。

擴張所需要的時間比想像更久，阿詩的心情似乎也起伏不定，第四根手指伸了進去，這下會有什麼結果也不用懷疑了，小個子掙扎到我不得不抱著他好一陣子，安撫著讓人冷靜下來，又是吻去他的眼淚，又是用手指及掌心將胸前的凸點再次搓揉硬挺，等一切準備就緒，才讓自己移動到被叉開的雙腳之間。

一手抓著臀部固定，另一手則握著自己完全脹大的肉棒抵著後穴，我並沒有忘記戴套，就為了不讓他第一次就苦於清潔，甚至事後會生病或不舒服。

「乖孩子，一下下就好，我正要進去了。」

我將火熱的肉棒慢慢壓了進去，不過剛才的擴張沒有幫上太多忙，最終我還是無法全部進到另一方的體內。

「光年……我怕、呃……」

「一點點而已，我們要一起撐過去。」所謂的一點點就只有前端，其他都進不去。

有夠慘。

不得不一邊主動哄著他，一邊自己動，就算一次進去一點都好，而我也同樣憐惜阿詩，他現在的狀態十分狼狽，雙腳打顫，埋著頭哭到能聽見啜泣聲，就算呻吟也不得不壓抑住聲音。

我不想讓他處於這個狀態太久，這應該是兩個人都要舒服的事情，因此必須先渡過最難的一關。

「乖孩子放鬆點，我快要通通進去了。」

「嗚……」

「成了，會覺得很痛嗎？」我在肉棒埋進最深處後問他。又軟又緊的通道險些要擠斷我的肉棒，就算進得去也很難移動，於是不得不換個姿勢。

以背後式來說，最輕鬆的方式是拉住另一方的肩頭，導致甜美的臉龐抬起，雖然可以進得更深，不過最辛苦的人應該是小個子。

「我要開始動了，不要怕。」然後我真的動了起來，開始將自己的肉棒幾乎抽了出來，接著再慢慢趕出空氣、重新塞回最盡頭，後穴還不太習慣承受，這是他的第一次，所以每次聽見抽泣的聲音時，我都會感到心疼。

「很棒，還會痛嗎？」

「好痛。」

「還在痛嗎？」

「啊！」我撞擊進體內，然後用雙手將小個子拉近懷中抱住，單薄的後背接觸到我的胸口，感受到劇烈的心跳，雙手微微環在前方的脖子上，直接掰過甜美的臉龐承受我的吻，同時下身開始跟著移動。

「啊……嗚……啊……」

「阿詩，痛的話就咬緊我的手臂。」環著他脖子的手臂像是僅存的出口，而他也沒有拒絕，在我的皮膚上咬到留下牙痕。一開始的確會痛，但時間一久，我也就完全忘了對方正在我手上發洩所有的不舒服。

抽插的節奏開始變得順暢，身體結合成一體，直到放蕩的聲音傳遍房裡，這一秒也不在意有人會聽見了，我只專注在快要克制不住的自己身上。

將單薄的身子從背對翻成正躺，我正視著那張一路紅到脖子的小臉，覺得既可愛，但同時又好想欺負他。

「阿詩幫忙把腳打開一點。」聞言的人笨拙地跟著行動，於是我不得不一邊讚美他，一邊感謝地壓了一個吻在唇上。

「真可愛。」

「嗚、輕……輕一點啦。」

「好，痛的話就摟緊我的脖子，要抓我後背也沒關係。」就算手臂還被咬著，血都流到手腕了，但已經沒什麼可以拆散我們了。

下一秒，一場巨大的風暴席捲而來，無法再忍受任何的阻攔了，小個子的身體也開始調適過來，比剛開始時容易了許多。

我移動肉棒進出最深處，然後陸續加快速度，直到肌膚在摩擦之間產生的快感，像被微弱電流擊中一般遍佈全身，體內的水聲混雜著淫蕩的撞擊節奏，卻撩撥起令人難以置信的情欲。

阿詩緊抱著我，呻吟到聲音嘶啞，不過我卻覺得很滿意，那聲音裡不再殘有疼痛的痕跡，只有極致的甜美，以及正要飆升到頂點的陌生情欲。

我們兩人即將各自抵達終點，我一邊用手箍緊著小巧的肉棒，一邊挪動著自己的屁股、快速在又濕又軟的後穴進出著，準備餾出最後一滴，讓它瘋狂地迸發出來。

阿詩先到，而我在後。

就在認知到侵襲的巨大風暴準備登陸之際，我趕緊抽出自己的肉棒，同時扯下戴著的套子丟到床邊，準備讓欲望及白色的濁液一起傾洩而出。明明一開始是設定好要釋放在阿詩的身上的，不過當冷靜下來、看清楚周遭的一切時，我就馬上知道自己失誤了——

噴了整臉……

眼前的畫面是我沒預期的，看著他那張疲憊的臉龐和半瞇卻試著要睜開的濕潤眼瞼，但無論是嘴唇、鼻子，還是雙頰卻都被白色濁液給弄髒，十分楚楚可憐，撩撥著觀看者的欲望，讓人忍不住想無止境地繼續欺負他。

「你身上都髒了，我帶你去洗澡。」我將虛軟的身體支撐在懷裡，直奔浴室而去，然後又狠狠地做了一次。

「不是說會輕一點的嗎？騙子！」即使小個子現在連移動身體任一部位的力氣都沒有，但他還是在咒罵我跟抽泣之間交替著。

「輕是指聲音，不是那裡。」

「這是詐欺！為什麼要這樣騙我，嗚。」

想想，就連對方站都站不穩、累到癱軟在地，我還是繼續那樣欺負他，可以說不是只有兩次，而是要了三次，等到分開回去睡覺的時候，也幾乎是不知道是幾點，因為沒有人能再睜開眼睛去設定鬧鐘。

新的早晨在甜蜜的臥房裡艱困地展開，但不甜蜜的，是我。

阿詩的眼睛腫成雁蛋，像蠶繭一樣縮著身體、躺在棉被裡，但他一想起昨天幹的事情，就開始鬧著要下床，讓我看傻了眼。

「幾點了，光年？」

「十點。」我老實回答。他沒有發燒，也沒有生病，但狀態看起來十分痛苦。「等等，你要起身去哪？還在痛吧，先回來躺好。」餐點跟藥都準備好了，但小個子還是很固執。

「客房清潔要來了嗎？」

「中午時會來。」

「光年！不要讓客房清潔來，現在立刻去掛『請勿打擾』的牌子！」

「怎麼了？」

「不要讓人家知道我們做了什麼色色的事情。」

那樣喔，懂了！由於不想讓那傢伙焦慮，於是我打開門，將門上的牌子翻至寫著「請勿打擾」的那面，然後才回來將睡在地板上那團棉被裡的人抱了起來。

「先上床去睡覺，等下一起吃飯，朋友的事情晚點再跟他們說。」

「床單。」

「嗯？」阿詩這是累到開始說夢話、胡言亂語了嗎？還是我昨天下手太狠了？

「床單上有痕跡，要洗。」

「幹嘛洗？反正打掃阿姨都會收走。」

「不行，不可以讓別人知道，要洗！」

「很固執耶。」

「沒有固執，只是覺得丟臉。」

「這件事是天性。」

「那我洗囉。」那傢伙在懷裡扭來扭去，但我不願意放開他，因為擔心會造成他的身體更大的傷害。最後，將人帶回床上，接著拉走被昨晚的英雄事跡弄髒的床單。

有一件床單、有肥皂跟沐浴乳、如果再來個臉盆就更好了。

想來就只有疑問——我這到底是來渡假村旅行的，還是來當打掃阿姨的？——但也只能這樣啦，抱怨也沒什麼用，只能蹲坐著、繼續搓揉白色的床單，直到手指發疼。

這完全是個悲慘的結局啊！

♡

第一天沒生病，一切都很正常，但隔天就像是所有症狀一次連本帶利向阿詩追討一樣，又是發燒，又是全身無力，因此我們這趟旅行沒有跟朋友玩到多少，就連回程也是我抱著生病的人上車，然後坐在最後一排，以便照顧小個子。

坦白說，他現在的狀況令我很擔心，就連一件小毯子蓋在身上都無法給他溫暖，那傢伙還是一直嘟囔著好冷。

朋友們也沒有問，但應該有幾個人知道發生了什麼事情，所以就讓另一方能夠好好休息。由於兩個人都傷痕累累——我在手臂上有繃帶，而阿詩則病到胡言亂語——，我想這應該會給旅伴留下好一陣子的深刻印象。

「乖孩子還有哪裡痛嗎？等下朋友們要停車去吃飯，我擔心你無法下車。」為了只讓對方一個人聽見，我在他耳邊悄聲說。

「每個地方都痛。」

「那裡也還在痛嗎？」小個子這次點了點頭。

這都已經特別在椅墊上鋪了好幾層軟墊了，但還是無法降低路上的顛簸對後方傷處所帶來的影響，每當遇上路況很糟糕的馬路時，就可以從懷裡那人扭曲的表情觀察到這件事。

「等下吃完東西之後，還要再吃一次藥。你的飯想吃什麼？我請朋友停車的時間幫忙買。」

「不想吃。」

嚇到我了！平常說到吃的，他一次都沒有拒絕或者搖頭過耶！

「對不起，我弄痛你了。」我忍不住靠得更近、將人抱緊，同時在他的頭髮上落了一個吻，但下一秒，我就聽到混著羞澀的輕柔嗓音回了一句：

「幹嘛說對不起，我們都有得到快樂不是嗎？」

「但是你生病了。」
「那就照顧我啊！」
「已經在照顧了，但你要照我說的吃飯跟吃藥。」
「嗯。」
「要吃粥嗎？先吃點軟軟的東西。」
「豬肉粥。」
「加蛋嗎？」
「兩顆。」一聽到小個子的反應很好，我馬上就露出笑容。
沒多久，轎車也停好了，朋友們下車去吃飯，也不忘拜託阿嵐替沒有下車的我買些軟軟的食物給阿詩，他先是消失了一下子，然後就拿著所點的東西回來給我，接著才走開、去跟其他朋友一起吃飯。
「超商只有即時粥，等回曼谷之後，再找美食給你吃。」毯子被從臉上拉下，我靜靜地坐著將食物跟藥餵給他，沒吃完的部分由我負責清掉，等到什麼都不剩的時候，朋友們也剛好吃完飯回來。
車子再次駛出，阿詩又窩回毯子裡，只剩一顆棕色的頭髮露在外面，車裡有好多人開始睡死，我也想休息了，於是把自己藏進跟小個子同一條的毯子裡。
路程還很漫長，但我並不著急。
我比較喜歡這裡，可以偷親他卻不讓朋友發現。

15 用最後一張票旅行的結果

就算再過了多少年，我到死都會記得那次考艾的極樂之旅。

我都說不要用力了，他還是壓榨我到膝蓋一軟、倒在枕頭上。明明時間已經過好幾個月，感覺一樣羞恥的第二次、第三次關係也發生過了，但仍舊比不上在森林中的第一次，以及如何在不發出聲音的情況下完成精蟲上腦的任務。

太折磨人了！！！現在，我要說：再也不要了！請給我一點隱私！

光年也有聽進去，說喜歡隱私的話，那就是我們家了！臥室、桌子、床上、前陽台、沙發等地方都做過了。講真的，我有好幾次差點都要去世了，那麻煩鬼力氣又大，三不五時就興奮，也不知道他生來到底是人還是狗，但想必他的觸覺一定有什麼問題。

一碰就興奮，不用浪費時間等。

嘿，這腦子在想什麼亂七八糟的事情！一發現自己不小心讓胡思亂想擴散到整個腦子裡，我就設法擺脫這些思緒，然後轉頭跟服務生點了第二杯飲料。

今天是假日，所以邁克的男友就約大家來一個外系前輩的咖啡店裡玩桌遊。由於我開始放開心胸、認識新的人，於是生活馬上就有趣了起來，不過，現在桌遊還沒開始，我早到了一個多鐘頭，喝了一杯水、上了兩次廁所，可說早到完全就是浪費時間。

「我要一杯焦糖瑪奇朵冰沙。」然後，我眼中空曠的店面換成了一個非常眼熟的女生的畫面，她的聲音沒有變過，還是原本那麼甜，而且現在看起來更漂亮了。

我們上一次說到話應該是去朋友們去考艾的旅行，現在想來就覺得害羞，事實上我們幾乎沒聊到什麼，因為在光年的照料之下，我一直窩在後座睡覺。

「小玫……」有些忘我，本該沉默的我反而喊出了站在櫃台前的人的名字。

「阿詩！好久不見，最近好嗎？」

「很好啊。」她帶著與早晨陽光一樣的爽朗笑容，慢慢向我走近。「那小玫呢？」

「我也滿好的。對了，可以一起坐嗎？我正好要等咖啡。」

「好啊，不用問，我本來就想找你過來一起坐了。」

「果然是阿詩。」瘦小的人坐進椅子，身上穿著舒適的衣服——小玫喜歡穿淺色的飄飄裙，但這次不同的是，她選擇穿了一件貼身牛仔褲跟白色長袖襯衫。

原本披下來的頭髮被抓成馬尾，但那頭扎得很緊卻仍捲成波浪的頭髮還是很有她本人的特色。曾經擦過的淺色口紅，現在不太常見了，被換成玫瑰粉棕色，看起來是另一種的自信。

但不管怎樣……對我來說，她都是那麼好看。

「阿詩今天在等誰呢？」

「邁克他們，他約我們來玩桌遊。」

「真好。光年沒有一起來嗎？」句末問到了另一個人，漂亮臉蛋上的表情變都沒有變，像是已經可以沒有芥蒂地講出這個名字了，雖然對方沒有接受表白，讓她很傷心。

「光年回家了，所以我一個人來。」正在考慮問出口比較好，還是要藏在心裡，不問的話，心裡會掛念著，但問了又可能會戳到對方的傷疤、造成不必要的痛苦。

「阿詩是不是有事情想問我？」那人似乎發現了，可能是我的表情沒藏好之類的。

「就是，我想問小玫不太跟光年來往了是嗎？」

他們曾經是朋友，我不想讓事情就結束在這，去考艾的時候也不太講話，如果還沒調適好心情，仍希望他們兩個能理解彼此。

「偶爾在學院會遇到，但因為我們的主修不同，所以不常見面。」

「那麼，妳……還生光年的氣嗎？」

「借我反問一下，那阿詩是不是還在生我的氣呢？」

「不會啊，我還是一樣喜歡妳，還想跟小玟當朋友。」

「就跟我對光年一樣。」她邊說邊笑，像是不後悔有愛過。

我也是……

命運的漩渦讓我能夠遇見一個很棒的人，能夠愛上她、親近她，然後努力嘗試過，雖然最後得到的結果不盡人意，但至少也不是一無所獲，我曾經愛過、也得到愛，而且還能繼續從她那裡得到愛，無論處在何種地位。

那就足夠了……

「我還沒跟阿詩說過吧？」

「嗯？」

「自從選擇對光年死心之後，我也試著對新的朋友敞開心扉。」小玟不再是個總是低頭害羞、不自在的人了，她有了自信，但仍舊很溫柔甜美。「在偷偷喜歡光年的時候，我對所有事物視而不見，只望著他，想求一段關係，而也只以自己最初的印象來看待他。」

「……」

「但現在，我遇見另一個讓我印象深刻的人了。」

「真的嗎？」我興奮地問著，笑到牙齦都露出來了，但仍想知道：「跟我們唸同一間大學嗎？」

「嗯，是牙醫系的學長，透過朋友認識的。他說偷偷喜歡我很久了，所以……就互相瞭解看看。」我之前幾次時光倒轉的紀錄裡，不曾出現過當牙醫或者畢業於醫學或公衛學院的男生。

我記得只有管理學院的學長，跟之前那個有影響力的老公，所以這一位，過關！

「他對你好嗎？」

「他很照顧我，但就像我說的，還沒有完全放心，可能需要阿詩幫忙鑑定一下。」

「喔～可以啊，隨時都可以。」

「阿詩還是對我一樣好。」

「因為小玫得人疼呀！」

「謝謝你曾經愛過我。」

「也謝謝你做我的好朋友……蓓玫。」

我的初戀。

♡

「什麼時候回來的？」

「下午五點，現在好餓！」

那個現在賴在沙發上躺著裝死的人是我男友，他叫做光年，先前很風流，沒有跟誰認真交往過——照他的說法，是跟女生你情我願，雙贏——，而現在他不到處留情了，連曖昧對象都沒有，不過性慾很強就是了。

他的缺點有上百個，但優點卻藏得很深，必須慢慢尋找才會發現，那個人很溫暖、非常會討好人，但偶爾又愛吃醋——他真的到處吃醋，從經過的路人到酒吧的客人——，於是我們最近就在討論，是要讓我在同個地方駐唱，還是換個新工作。

考慮的地方就是字幕公司，陸續寄了履歷過去，等對方來聯絡的時候，時機就到了。

關於錢，光年說共用一個錢包就好，但我拒絕了，想要分開來算。所謂的分開來算是指我獨享的部分，能賺了多少去買食物都不分他，至於他的錢拿去買好吃的食物時就必須要分給我，這就是我自己制定的獨裁鐵律。

「是說今天想吃什麼？」我走去打開冰箱，確定裡頭有哪些東西可以拿出來做給對方吃，因為我剛跟朋友們大吃一頓了，所以很不解他為什麼回家去，媽媽卻沒有做給他吃？

「可以吃你嗎？」

「想吃我，你今晚就睡外面。」

「哇——，今天要戶外嗎？」

「意思是，我會把你踢出去睡房間外面！結論是吃炒飯加兩顆蛋好了。」我下了小結，然後將蛋打在碗裡，但仍不停聽見嘟嘟囔囔的抱怨聲從後方傳來。

「這道是做給我吃的還是你自己要吃的？老實招來。」

「你沒吃完的話，我就會接著吃掉。」我是飽了，但應該可以再塞一點。

「阿詩，過來一下。」

「要幹嘛？沒看到我正在幫你做飯嗎？」

「先放著，先過來找我，想撒嬌一下——」

「搞什麼？被媽媽罵嗎？」

「沒有，只是想親你。」

「……」

「可以親嗎？我等下會認真唸書。」

有時候的光年很像小孩子，有時候也有成熟的一面，但他幾乎不會讓外人看見他任性不講理的模樣，不過跟我在一起的時候，卻會為了拗到自己想要的事物而做出哭鬧的樣子，很怪也很真，而我每次一被他撒嬌，就什麼都給了。

「靠過來一點啦。」

「又想玩什麼把戲？今天不跟你玩喔。」

「靠過來。」這個眼神、這副模樣，看了就覺得寒毛直豎，讓人不得不自動向後退，但似乎來不及了，高大的身軀從沙發上蹦了起來，同時撲過來、用力抱住我。

「喂──放開啦！」

「親一個？」

「不要。」

「香一個？」

「不要！」

「咬一下也不行？」

「不要不要不要不要！」

最後，我全都遭遇了一遍，而且被弄得跟洗衣籃裡的抹布差不多髒。

媽的，是誰說肚子餓的，對我很餓才是真的！從下午五點弄到天黑，醒來又再被欺負一次，直到我不小心兩次把他踢下床，接著就睡得歪七扭八，不知道高個子是何時才爬回床上睡覺了，不過這次我知道他沒有睡著，所以就在深夜再次醒來的時候，把白天發生的事情講給他聽。

「我今天也遇到小玫了，在咖啡廳碰巧遇上。」高大的身軀翻到另一面，同時將我摟進懷裡。這個愛吃醋的個性真的很難改。「我不再那麼喜歡她了啦。」

「我吃醋。」看他說的！

「你像以前那樣重新跟她來往了對吧？」

「嗯，正常往來，只是不太見得到面。」

「小玫有喜歡的人了喔！對方似乎暗戀她很久了。」

那張帥臉退開了一點，讓我們能夠直接對視。

「真的喔？」

「嗯！聽她說是牙醫系的。」

「小玫選的人應該不錯。你看我，好到女生們都會尖叫，所以啊，你要很驕傲有我這個男朋友。」才一下子，他又繞回來誇自己了，心累。

「有啦，很自豪能跟你交往，滿意了吧？」今天的我們似乎已經離旅程的起點很遠了。

這個「遠」不是時間層面的，而是經歷了好多事情而成長——從原先那個很自閉、很寂寞，而且生命裡一無所有的我，能得到回來的機會、重新開始，我認識到，人生的目標不是要滿足所有生命中的需求，而是這一路上給予我的許多東西。

光年就在那段路上，一開始以為我們會像其他人那樣擦身而過，但現在，他已經變成一個讓我待起來很安心的小小景點。

到現在為止，我不需要抵達自己設定的最高目標也沒關係了，這樣我就滿意了、也感到幸福。

只要有他，我就滿意了……

「今天一遇到小玫，有個問題就在我腦中冒出來：如果時光能夠倒轉，我會為了讓自己得到小玫的愛而再去改變什麼嗎？」我緊抱著高個子，把臉埋進他的頸窩。「答案是不會，我最喜歡跟你在一起了。」

「博詩是個浪漫的人呢。」

「那你呢？如果能夠時光倒轉，會想回去嗎？」

「嗯，或許會吧。」他跟我一樣會選擇了回到過去，其實是人就會想修正生命中曾經做錯或者不完美的事情。

「那你想做什麼？」

「應該是……回去追你第二次吧。」

這種的回答，你應該也不用追了，因為他的每一天都跟重新追我沒什麼差別。

與許多人諮詢聊過之後，我最終決定要停掉在「The Favorite L」的駐唱工作，以便走自己所喜愛的路，那就是成為賣座鉅片的譯者，因此今晚……這個星期四的晚上將是博詩先生最後一次有機會唱歌給所有人聽。

暗自有些難過，下次再回到這間店裡時，可能就是別的身分了。

相反的，光年卻有著明顯的開心，因為他已經厭倦要一直顧著我、遠離那些老愛過來要電話的輕浮客人了，而另一個原因是，這樣我才會有時間可以唱歌給他一個人聽。想想看，這個人心眼有多小！

「今天客人非常多，都快滿到店外去了，這下子，我必須要讓員工加桌子了！」傅克哥興奮地說，然後我掃視了四周，氣氛喧鬧的不像是一家開於大學學區附近巷弄裡的小店。

最主要的功勞得歸給寫了非常多廣告文宣的粉專小編，而且還標註了這是我最後一晚的駐唱，所以大學生跟常客們都很踴躍參與，光是前面的桌子就被同學院的同學跟光年的朋友群們給訂光了。

「我也一樣偷偷驚到了。」

「不用偷偷，被嚇到沒關係。」

「喂！」難怪光年跟傅克哥這麼好，一樣賊賊的。

「再五分鐘就上台唱歌吧，好好娛樂客人們，就當是你的個人演唱會。」

「這麼誇張？」

「當然要玩大一點啊！等下好好準備。我呢，要去跟光年那群喝一下啤酒了。」他不等我回答，飛快地就遁進學弟妹群裡，站在我旁邊的就只剩光年了。

「店裡公告過了，讓大家不要在演唱的時候拿酒上來要你喝，所以別擔心。」這就是光年來店裡的重責大任。

「這樣我就安心了，你去好好跟朋友喝酒吧。」

「准我喝喔？」

「可以喝，但不要喝到爛醉。先說好，我不拖你回家喔！」

「你才不敢丟下我，一沒有人可以抱著睡，你就要哭哭了。」

太懂我了……

「阿詩，時間到了。」傅克哥在前方顧客的座位上喊道，同時指著牆上懸掛的時鐘，於是光年轉過來用力揉了我的頭一下作為鼓勵，接著推著後背讓我上台去。

「啊啊啊啊啊——」光是現身在台前，每個人就給予了熱烈的尖叫聲及掌聲鼓勵。我坐到同樣一張椅子上，手則抓起立在附近的吉他，將其放置在大腿上，調整了兩三次麥克風到嘴巴的高度，然後才出聲說：

「大家好，」

「啊啊啊啊啊——」

「我是博詩，」

「啊啊啊啊啊——」每次都這樣尖叫，我今晚能把話說完嗎？好難找機會插進去，於是只能坐著傻笑了一陣子，好不容易等所有聲音都安靜下來，我才繼續往下說：「又見面了，每週二跟週四的七點半到八點半，但今晚可能是我最後一次唱歌給大家聽了。」

混著哀嚎的聲音不停地傳來。我記得住客人們的臉，越常來的人就記得越清楚，所以感覺非常捨不得。

「但大家不用難過，如果有機會的話，我也會再來幫忙駐唱的，不過比較有可能的，應該是我在你們隔壁桌喝醉才是。」

緊接著是好一陣爆笑聲。

「好啦，我們聊得太久了，是時候聽些愉快的歌曲了，會唱的人別忘了一起幫忙唱唷！帶來這首 Phum Viphurit 的《Lover Boy》。」

第一首歌在輕快的節奏中響起，接下來的歌則帶著聽眾逐漸深入越來越悲傷的曲目，接著來到了轉折點，必須用明亮的歌再次攀回頂點，讓大家能持續投入在不間斷的演唱中。

我是個沒什麼技巧的歌手，就只是唱而已，還好算是個太容易緊張到有些滑稽的人，所以大家喜歡我站在台上，要問這一年下來有什麼進步的話，我會說有，但進步的不是唱歌，而是搞笑給客人聽的伎倆才是。

「我最後一首要唱的歌，」

「啊啊啊啊──」

「還沒！我什麼都還沒說，大家是要急著去哪？」一個恍神，就一片尖叫聲。今晚的時間已經超過快十分鐘了，但傅克哥沒有多說什麼，因為下一個樂團要上台的時間是九點半，並沒有影響店裡的任何規劃。

「我過去唱歌的時候，都是唱歌跟讓大家點歌交替著，會唱的歌就唱，不會唱的就矇混過去，或者直接跳過，所以今天晚上我希望大家能一起參與這個活動。」

「……」

「想點歌的人可以寫在紙張上傳過來。」

許多人開始向前轉或向後轉，但我擔心只能挑一首歌唱的選歌會很麻煩，所以決定再次透過麥克風說：

「請讓我把權利給第一個將紙張送到我手裡的人，但大家不要覺得這是比賽喔，我們都要開心。」就算這樣說，但後方桌子的女孩們更尖叫到整間店都聽得見。

我看著眼前的熱鬧及歡樂的氣氛在等，不過接著動作最快的一個人已經來到我身邊，同時遞上一張檸檬綠的紙張。

直到視線從手掌往上移到那張臉時，我也和這個遊戲的贏家對上了眼──

……光年

事實上，每件關於我的事情，他總是贏家。

「我已經拿到動作最快的客人的點歌了。」

高個子轉身走回座位上，店裡進入一片安靜，只等著折成四方形的便利貼慢慢被打開，接著就看見光年整齊易讀的文字：

只是讀而已，我似乎又想哭了……

「客人點的歌是《My Favorite Fish》。」

這是我跟他一起聽的第一首歌，像是我們之間回憶的一首歌。

「很多人可能對這首歌不熟，我也是，不過第一次聽到這首歌時，我就瘋狂愛上它了，所以希望大家也會愛上它。」

吉他順著和弦彈奏，非常自然流暢，我不用看歌詞、不用去想哪一段要壓什麼和弦，只要跟著感覺走就好，這完全是我幾乎每晚都沉迷在演唱及彈奏這首歌的結果。

『Back on the sea and the scenery（回到海邊風光）
Back on the blue that I'm speeding through（回到我加速通越的蔚藍）
Doc get to work I walk and it hurts my knee（醫生回去上班 而我走到膝蓋發疼）
Back to the scene and the scenery（回到那個場景）
Back to the blue that I see in you（回到我在你身上看見的蔚藍）
I'm just for the night but it was nice to me（我僅求一夜 對我就夠好了）』

光年拉走了我所有的注意力。

還清楚記得，那天我們初次見面就吵個沒完，但最後卻結束在我跟他一起吃飯。

還清楚記得，我們第一次一起聽這首《我最愛的魚》。

清楚記得，他發自真心、喜歡用「可愛」稱讚我。

清楚記得，他來敲我住處的門，同時提了滿手我不曾品嘗過的美食。

清楚記得，他吃著醋並努力讓每個人保持距離，就因為擔心我會對別人有意思。

『Soft-spoken（呢喃細語）
Chipper and choking（歡愉和窒息）
Jess will lead the way 'cause she can mimic the motions
（Jess 會帶領你 因爲她能模仿那些動作）
Off axis…（偏離軸心）
Sprightly and spastic（活力而愚昧）
She said, Jeopardy is fake, my love（她說 親愛的 危險並不眞實）
Live life like it's practice（活著是一種實踐）』

清楚記得，下雨那天他為我撐傘，也是同一天，我比生命中的任何時刻都更愛上了雨的氣味及聲音。

清楚記得，他跟我告白的時候，心裡還深深記得第一句話和他的觸感。

還記得，他每天晚上給予的擁抱及溫暖。

『You're my favorite fish（你是我最愛的魚）
You're my favorite（你是我的最愛）
I don't usually fall in love（我通常不會愛上別人）
I'm not used to…（我不會習慣於此）』

之所以深刻銘記所有的事情，理由都是因為他……那個叫光年的男人。

我愛的人。

就像是我們喜歡的那首歌——

無論海裡有多少的魚，他依舊還是我最愛的那隻魚。

♡

鈴——鈴——

手機發出的鬧鐘聲響了起來，手機換過好幾代了，但奇妙的是，我還在用同一個鬧鐘聲。

大床上缺少了旁邊的人，蓮蓬頭的水聲在浴室響起，我撐起身體坐著，伸了兩三下懶腰後，才將腳踩到地面上，徑直走向沒有上鎖的浴室。

我喜歡和他一起洗澡……

假日早晨的安排很簡單，我們平常會比現在更晚起床，然後一起做飯，哪天要是發現冰箱裡囤積的食物快沒了，就會相約去外頭的超市買東西，接著回家、兩個人一起睡到迷迷糊糊的，這就是在不用考慮時間，也沒有急事來打擾時，我們度過假日的方式。

不過今天有點特別，因為我們得快點起床，而且要打扮得比平常還帥。

來自同一個品牌、剪裁精良的灰色西裝被穿在各自的主人身上，不一樣的只有領帶，我們在鏡子前打理整齊，我以為自己很帥了，但贏家絕對還是他。

論顏值和人氣，無論如何，我都絕對都是輸給他的。

「等下出門之前，我們要先繞去買祝賀的花束喔！」

「我們都準備禮物了，還不夠嗎？」

「我想如果有漂亮的花束一起會更好。」

「去哪間買？」高個子問道，他對這些事情不太有概念，我也一樣，但在很久之前……很模糊的記憶告訴我，有一間店的花束綁得很漂亮。

「Sweet Garden，不過它離我們住的地方滿遠的。」我提議。

「在哪一區？」

「我的舊住處，記得嗎？」

「喔。」他明白地點頭。

我們將重要的東西在懷裡抱好，那是準備好要給新人的禮物，重要的是那個放錢的信封袋，光年說要盡可能地放到最多、最厚。

西元二〇二九年五月二十七日。

是小玫的婚禮，她要嫁給一個她喜歡且對方也愛她的人。沒有想到十年過去了，很多事情改變了許多，但她和他還是一直維持原樣。

就像是我還是一樣愛著光年，十年了……十年……真不短。

「準備好了嗎？」

「好了。」打理好之後就一起走向門口、準備要轉開門把外出，不過有個好久沒聽過的聲音卻響了起來，讓我們不得不停下腳步、把頭探進了房間。

放在置物架上的音樂水晶球自己轉動並播起了音樂，我還記得它雖然送修過，但再也沒有播放歌曲給我們聽，不過今天⋯⋯

「大概是發條壞掉了，我們快點出門吧。」光年打開門，腦內的迷霧似乎也消散了。

音樂水晶球，

以及，過去這十年的光陰，

而今天是五月二十七日。

好幾項事情都太明顯了——同一天，我得到時光倒轉、修正自己過去的機會；這一天，我第一次遇見賣花的店主老伯；而我爸媽過世的日子，也是同一天。

「店沒開。」車子從公寓駛向大型的花店，他們貼了緊急告示說，老闆跑去看《復仇者聯盟六》了，如果是這樣，那我想⋯⋯

沒錯，對面老伯那間曾經隱身的店，現在又開了。

「光年，那家也是賣花的。」我跟身旁的人說，但卻得到了反對。

「改去其他店吧？」

「這間也綁的很漂亮，我記得，我曾經來過⋯⋯」

其實，他也曾經來過一次，但應該不記得了，事情已經過了十年，但對我這個比一般人得到更多機會的人來說，是絕對一天都不會忘的。

「那就去看看吧。」

噗通噗通的心臟差點跳了出來，我抬腳一步步地向前走，同時抓著自己愛人的手，店一點也沒變，就連門也還是同樣老舊。

我對此沒有很意外，它幾年前曾被換裝成招待客人的咖啡廳，但沒多久就倒閉了，無人看管、任其荒廢，不過今天它卻變回了記憶中那間賣花的店，這大概是因為老伯的魔力，那個我到現在都還找不出他是什麼的老伯。

叮鈴——

「您好，請問年輕人今天有什麼需要幫忙的嗎？」

那個笑著站在老舊木製櫃檯前招呼的人，真的是老伯！

「我想要玫瑰花。」我對他說，目光還盯著面前的人，沒有移開。「剛好……我朋友要結婚了。」

「很好很好。」

「好久沒見到您了，一切都還好嗎？」

「我很好，那年輕人你呢？現在如何？滿意當下的人生了嗎？」

我沒有說出一句話，只是對他露出燦爛的笑容。

而老伯，也同樣回了我一個祝福的微笑。

番外一 這個世界，他只是個高中生

明天是我的生日。

興奮到不想工作，但我又一次被上司從和光年享用燭光晚餐的美夢之中拉了電腦前面。好吧，有些難過的是年假用完了，所以我無法請假。

為此，只能將生日這種特別日子的全日企畫改成從晚上開始了。

「阿詩，你有包裹。」辦公室的漂亮前輩拿著一個包裹走到辦公桌前說道。我皺起眉頭，來回打量著她和眼前的東西。

「我的？」

很久沒有人寄東西給我了，就只有舅舅喜歡寄竹筒糯米飯來給光年，不過每次有重要物品，大多是寄到公寓，至於工作室……大部分是公關品，來自聘用我們上字幕的電影公司，盒子上大多會標註工作室的名稱，而不是指名道姓要給我。「對，我也有些奇怪，大概是電影公司特別想送給我們的禮券吧？」

「應該是那樣，非常感謝夠姐。」

「不客氣。」她回到自己的座位上，然後專心玩起交友軟體。

除了截稿期間外，翻譯工作室的工作壓力不大，因此，偶爾就會有在工作時間摸魚的狀況，而我也習慣生活在這樣的社會裡了。

回到包裹身上好了，仔細觀察外觀之後，上頭唯一出現的是收件人的姓名，也就是我，至於寄件人，沒寫。如果寄的人是那些在意版權的電影公司，通常會標註在盒子上面或者使用官方的盒子，但這個卻不是。

沒有耐心再繼續分析可能性了。我決定拿起美工刀、劃開透明膠帶，迅速打開盒子。在看見躺在盒子裡的是什麼東西之後，一開始的諸多疑問通通煙消雲散。

……音樂水晶球。

它同時帶來了恐懼和惡寒，偏偏我這時剛好在做一部恐怖電影的字幕，要是當下有什麼東西掉到桌上，我絕對會立刻逃回家。

除了花店的老伯外，沒有人給過我音樂水晶球，而我們最後一次見面，大概是兩年前小玫結婚的時候，但隔天他和店都消失了——這裡講的消失是指找不到人——，至於那間廢棄的店，則成了人人口中鬧鬼的地方，讓老伯的子姪輩不想裝修或釋出。

但今天，我的三十二歲生日，卻又再次回憶起了那個人。

咚！！

「幹！！！」混蛋，寒毛都豎起來了。

我嚇壞了，一聽到突發驚嚇[12]的聲音，就不小心在工作室大尖叫，然後才意識到自己不小心按下空格鍵去播放做到一半的電影，阿彌陀佛——

「阿詩怎麼了？」工作室裡的前輩們立刻抬起頭，大聲地問道。

「喔，沒什麼，剛好被某一幕嚇了一跳。」

「我就說吧，你這麼入迷，在電影院看的觀眾一定要心臟病發了。」我不想告訴你，我遇到比電影更恐怖的事情了。

沒有誰再理會我的大驚小怪，每個人都專心在螢幕上，而我正留意著盒子裡的音樂水晶球，慢

12 Jump Scare，用突發的聲音或影像讓觀眾大驚失色的恐怖電影手法。

慢拿出來仔細斟酌。

這個音樂水晶球的尺寸跟我曾經收的每一件是一模一樣的，不同的是裡面裝飾的玩偶，這一次是中間放了兩三個禮物盒，底下貼著一張淺紫色的便利貼，上頭用歪七扭八的字寫著留言，令人非常難以閱讀。

即使沒有指出名字，但此時的我已經知道是誰送來的了。

「提早送的生日禮物。」

如果留言只有這樣就好了，但不是，因為最後一句話讓我愣在工作椅上。

「如果你能回到過去一天，且這次的時光倒轉對現在沒有任何影響，你想去嗎？希望只有『去』這個答案，因爲你別無選擇。」

老伯——

他又玩我了，我記得他已經死了呀！這次冒出來還是一樣嚇人。對現在沒有影響的時光倒轉？現在想來，也還是覺得像夢一樣，不過目前這樣就很幸福了，要我回到過去的某段時間，應該也沒太多事可做。

這些想法一直縈繞在我的腦海中，直到我回到家中，光年也在一個小時後回家了，不過我只顧著思考老伯的事情，完全忘了要替他準備飯菜，所以他以此為藉口把我吃乾抹淨，害我不小心在床上睡得東倒西歪，連移動的力氣都沒有。

再次醒來，為什麼自己會站在書展裡面啊？

WTF！

老伯，你真的要這樣嗎？什麼跡象也沒有就突然讓時光倒轉，而且還出現在一個肩上背著裝滿書的帆布袋、重得要死的時候，此外，尚有好幾本塞不進在帆布袋裡的書被我抱在懷裡。

這種的情況、這個的書展，是唸大二的時候。

如果我沒猜錯的話，走到外面就一定會看見下個沒完的雨，而也確實如此……

滴……答……

我站在大樓前面，望著沒有停止跡象的雨落下來，大家紛紛躲在禮堂了。這次回來跟過去不一樣，不然現在我的身邊就會有個白目的光年了。

「明天見！」

「嗯，再見。」

問候聲從雨中響起，眼前滂沱大雨的模糊景象讓我看不太清楚，只知道有個人濕漉漉地朝這邊跑來，他雙腳踩進馬路上的水坑，濺了一身濕，他沒有傘，只能用雙臂擋住頭，但無濟於事，最後全身還是濕透了。

隨著距離越來越近，看向那個人的視線也越來越清晰：是他——

光年……

不同的是，現在高個子穿得不是預期中的大學生制服，而是高中制服和藍色褲子，從頭到腳都濕透了。

他走到大樓前的時候，看了我一會兒，才站到我旁邊來，與我保持了一些距離，然後用剩下的時間處理他被淋濕的頭髮和背包。

之前光年曾在大學附屬的學校唸書，所以站在旁邊的孩子絕對就是我未來的男朋友，但因為老伯超奇幻的時光倒轉，所以我和光年之間有顯而易見的年齡差距。

他還是一樣帥氣，身材高大，衣領上的刺繡說明了年級，儘管只是個高三的學生，但看看那風流的眼神，我懷疑應該有不少人暗戀他。

我們望著對方很久，不過卻沒有人先說任何一句話，我們只是互看，然後在被抓到的時候撇開視線。

「在看我？」看吧，找麻煩的小子。

「沒有。」

「你還聽得懂泰語，好強喔。」嗷，是怎樣？在泰國出生，在泰國長大，怎麼會聽不懂？這死小孩，你才該問問自己現在懂得說人話了沒吧。

「聽得懂，我是泰國人。」

「但臉長得像外國人，一開始我以為是國際學生。Hi~ How are you today,honey！」Honey 個頭！死小鬼。

「……」我沉默以對，不想回嘴，於是光年就不鬧了。同樣過了許久之後，對方才用更嚴肅的語氣低語：

「雨下好大，你沒帶傘嗎？」

「我忘記帶了。」

「好慘，還好多書。我其實有傘，但剛才拿去給女孩子用了。」果然是光年，哼哼。

從小就風流……

「沒關係，只是要等雨停而已。」

「你很趕嗎？如果很趕的話，我去幫你買傘，反正我都濕了。」

「不用了。」我簡短回答。其實，小時候的光年也滿可愛的，看起來很沉靜，自戀的部分還看不大出來，不過這樣他又是另一種風情。或許，老伯把我帶回下雨這天，就是因為想讓我們相處得更久一點。

收到拒絕之後，光年沒有繼續糾纏下去，他拿出手機滑了一段時間，並打了一些東西。此時，雨也下得比原先更大，我開始有些餓了……

我可以不要總是覺得餓嗎？

「呃……雨都不會停，不過附近有家咖啡廳……」不知光年是什麼時候不再注意手機並收起來的，不過，如果不是我想太多，他現在似乎是轉過來和我說話。

「你在跟我說話？」再確定一次。

「是的，我剛好跟學長約在那裡上家教，所以想問你要不要一起去？可以……避個雨，還有熱熱的咖啡可以喝。」

「店在哪裡呀？」

「經濟學院那邊。」

「過去的話，路上還是會淋濕吧。」

「等一下學長會來接我們，但如果你想去捷運站的話，也是可以的。」最後的語氣越來越輕，就像是早已預謀好用這種方式說話和示弱，甚至做出讓人可憐的表情。哪來這麼會演戲的小鬼？

一遇上他，我也不趕著要去哪了，另一方面，待在原地太久也很令人疲憊，於是選項只剩「同意」。

「如果你覺得這樣好，那我就去坐著喝咖啡、享受一下好了。」

光年給了一個燦爛的笑容，一邊用著很欠揍的語氣回道：

「再好不過了。」他對我說完，便將手伸進自己濕透的褲子口袋裡，拿起手機又打字打了一會兒。不久之後，有個人拿著傘、冒著雨走了過來。

他的臉對我來說很陌生，我猜可能是其他學院的學生，而且應該是很會唸書的那種，從他帶著的厚重眼鏡就可以看得出來，然後現在眼鏡的四周也開始起霧了。

「你是怎麼被雨困在這裡的？」他是個跟光年差不多高的男生，聲音低沉，舉止友善。

「我從學校跑來的。本來打算繼續跑去咖啡廳，結果看到一個可憐人被雨困住，所以我就站在這裡陪他。」邊說，還邊將視線撇向我。先站在這裡是我的錯嗎？

「喔，這位嗎？」

「是。」

「光年不打算介紹給我認識嗎？」

「要認識什麼？連我都還不認識他咧。趕快到店裡，等下再聊吧。」

「嗯，我拿了另一把傘來，你拿去給他吧。」

「謝謝阿因哥。你先過去吧，我跟他一起。」

「你吼！好啦好啦，快點跟上來。」說完，光年提到的學長就撐傘先走了，留下我們兩個人和一把傘。這場面似乎有點熟悉，跟之前遇過的事情差不多，那時我們一起冒雨走在停車場，然後光年聊起他喜歡哪種類型的髮香，時至今日，時間已過了十年之久，但我卻仍然清楚地記得那天的一切。

「傘只有一把，你拿去用，我頂著雨跑過去就好，反正都已經濕透了。」講成這樣，是想要人家的同情分嗎？要是我接過傘、說了謝謝，讓這小鬼頂著雨跑去咖啡廳，最後我在他心裡絕對會變成壞人。「怎麼可以？就一起撐這把傘囉。」我猜他應該比較想聽見這句話。

「那我們就走吧，傘有點小，讓你走前面，我在後面跟著。」

「嗯。」

光年撐開一把淺藍色的傘，它的尺寸不大，但也足以讓我們在抵達目的地前不會淋濕全身。

我們一起走著，我在前，而他緊隨其後，高中生的胸口碰觸到了我的後背。我們在一起太久了，當今天回到過去的時空、遇上不同年紀的他，我還是無法抑制自己的忐忑，以及快速劇烈的心跳。

我們走在一起傾盆的大雨裡，他的味道、他的碰觸，所有蔓延開來的溫暖都名為光年。無論是什麼樣的情境，我都會一次又一次地愛上他。

「你慢慢走，前面有很多水坑，等下我們避開走。」

「嗯。」

「你不太舒服嗎？都不太講話。」我猛地抬頭看了他一眼，那雙好奇的眼睛已經瞇了起來。

「你要我說什麼？我們又不認識。」指的是他才第一次見到我，不過說也奇怪，明明是剛認識的人，卻輕鬆地將對方邀入傘下，這表示高中時的光年也不是什麼省油的燈。

「那你叫什麼名字，我是光年。」

「阿詩。」

「好奇怪的名字，但我喜歡。」

「是每個人的名字都喜歡吧？那個你給她傘的女孩，喜歡她的名字嗎？」

「喜歡啊。」居然沒否認！我該有什麼感覺才好？好氣喔，等到回到現實世界之後，我要生光年的氣兩個小時，懲罰他到處留情！。

「你平常都習慣這樣隨便認識人嗎？」

「也沒有。」

「那你今天為什麼跑來跟我說話？」

「因為你先看著我，所以我就看回來。」

「就這樣？」

「感覺你很可愛，所以我想認識。」不管怎樣就是要用「可愛」這個詞就對了？「你喜歡雨季嗎？」光年繼續問，像是在制止我心中偷偷罵他。

「不太喜歡，濕答答的，不過很久以前的某一天，意外讓我比以往更喜歡下雨了。」我是指，跟他在一起的時候，還有那些甜膩的告白、差點要糖尿病的話語。「那你呢？喜歡嗎？」

「喜歡。」

「為什麼？下雨天很冷，而且會淋濕。難怪……你會這樣冒著雨過來，不擔心會濕掉。」

「沒有啦，其實我討厭死下雨天了，還會讓衣服發霉，想來只有缺點。」邊說，他高挺的鼻子就越來越近，直到能感受到他溫熱的呼吸。我躲開、轉頭盯著前方的道路，雙腳也不停地往前踏步，光年則繼續訴說著自己的感受。

「但我現在知道它的優點了，所以如果問我喜不喜歡，我會回答喜歡……」

「……」

「喜歡今天這樣。」

一個人的本質就算有再多的改變，還是會有一些不變的東西，光年也不例外，還是一樣的愛裝模作樣，但問我對他有沒有好感嗎？我會說有，無論是高中時期的光年、大學時期的光年，還是已經在工作的光年。

我一直都喜歡他。

「到了。」

直到抵達目的地，我還是無法帶自己爬出被他的甜言蜜語誘入的幻境。

一杯熱濃縮咖啡非常適合緩解下雨時的寒冷，此時的咖啡廳裡幾乎沒有客人了，只剩下我和身為家教的人，自我介紹後才知道他是大四的醫學生，被請來幫準備考試的小鬼上一對一的家教。

還有一個不能忘記的，那就是光年這個麻煩鬼，他正一邊上著家教課，一邊偷瞄我，偷瞄到眼睛都要歪了。

「光年，認真上課好嗎？」那個名叫阿因的人拍了小鬼的頭一下，於是那傢伙揉了揉自己的後腦杓。

「下雨天，不太能專心嘛！可以挪到下次再上嗎？」

「你不要討價還價，平常也沒看你這樣撒嬌，有什麼更重要的事嗎？」

「有。」

「那就先收起來。」

「耶，多謝大哥。」

「我指的不是下課，是指你現在腦子裡想的事情，下課後再去想。人要學會等待，這樣才會有值得的收穫。」長長一串話就這樣飛快向另一方掃射。我只是笑笑地看著眼前的畫面，讓他們兩個把所有的時間都花在勤奮的家教上。至於我，則點了甜點，一邊坐著看他們兩位。

一個小時之後，年輕的家教就以光年注意力不夠集中為理由，自己先離開了。最後，整家店裡只剩下換到吧檯位置的我們，吧檯旁邊有一大面透明玻璃，可以清楚看見店外的環境。

「你餓了嗎？我要去點飲料，順便也幫你點。」光年問道，眼裡滿是期盼。

「這麼有錢？小小年紀幹嘛要請客？」先前有多大方，現在也還是沒變，依舊很喜歡付錢。

「我不是小孩子了，我已經長大了。」

「但還是比我小。」

「請人家吃東西跟年齡有什麼關係嗎？」

「有關係，通常是年紀大的一方要請客。不然我請你好了，乖孩子想吃什麼呢？」我特別用「乖孩子」這個詞開他玩笑。認識十多年了，我非常清楚對方的個性。

「不用了，照顧自己和你都是我的責任。」

「……」

「不准叫我小孩唷！我已經長大到可以照顧某個人了。」

「喔！」你開心就好，我的小男孩。

我坐在椅子上大笑，然後回頭看著走向櫃檯的高大身影。其實也滿想感謝老伯把我帶回和光年尚未相識的過去時空，至少可以看到在變成今天這個光年之前，他是什麼模樣。

說真的，他沒那麼壞啦，現在看起來，甚至還滿可愛的。

「我點好飲料了，而且看見店裡有珍珠奶茶，所以……所以就幫你點了。」高瘦的人走回桌邊坐好，對我嘀咕完後就拿手機出來用，也不等我說聲謝謝或其他的話。

現在的天空已經黑了，雨依舊沒有停，店裡撥放的歌曲是唯一讓店裡的氣氛不至於太寂寥的東西。

「現在高三嗎？」最後主動打破沉默的人是我。

「對。」他回答得很簡單，然後瞪著眼睛想了一會兒，才轉頭反問我：「那你呢？讀幾年級？不過我猜應該是大一吧，因為長相很幼齒。」他頓時哈哈大笑起來。

「大二。」

「你是什麼學院的？」

「人文學院，主修英文的。」

「果然……」

「果然什麼？」我開始蹙眉，然後反問。

「這個學院都是可愛的人，你也是其中之一。」想笑得更大聲一點，但對這個還是孩子的光年不太好意思。不過，對方應該從我的表情知道了什麼，於是他急著辯解：「這不是亂說的，是真的這樣覺得。」

「其他學院的也很可愛啊。」

「好好好，反正我就是覺得你很可愛啦。」

啪！

聊沒多久，整間店裡就陷入了一片黑暗，似乎是越來越大的雨導致了一些意外，所以才會停電。我左顧右盼卻什麼都看不見，就連坐在旁邊的高個子也一樣，不過我知道，只要我們還像這樣在一起，就沒什麼好擔心的。

「停電了，就像電影裡那些老掉牙的場景。」光年開著玩笑。

「生活中就是會有這種老掉牙的事情。是說，你不怕鬼，對吧？」

「應該是我問你才對，如果怕的話，可以握住我的手。」他沒有等我回答，手就在黑暗中摸了過來，抓過我的手緊緊握住，一切都發生得太快，就算想警告他，也總是發現自己晚了對方一步。

「先生，蠟燭來了，很抱歉店裡剛好沒有備用電源。」不知道老闆娘是什麼時候走過來的，但在她的手中拿著一罐香氛蠟燭，因此柔和的黃光能夠提共一些照明。

「沒關係，我理解。」

這種氣氛超級浪漫，彷彿是老伯看透了我一直想跟光年吃燭光晚餐一樣。

「有蠟燭了，可以不用牽手。」

才認識沒多久就要牽手了，這小子不簡單啊！

「不行不行，我覺得應該要安撫你，直到電來，所以我們就這樣牽著手好了。」飲料接著被端了上來。說真的，我好像應該說些什麼去減低逐漸生成的悸動。

「你請家教的目標是為了想唸哪個學院嗎？」

「我想唸管理，但不知道考不考得上。」

「喔——，你會考上的。」

「謝謝你的祝福。」

「哪有什麼祝福，會考上是因為你自己，跟我沒有什麼關係。」

「誰知道。喔對了，珍珠好吃嗎？我點了半糖的，我怕你不喜歡。其實我應該要走回來問你喜歡吃什麼的，想來有點內疚。」他是怎樣啦？真的很會聊著聊著就跳到另一件事情上耶，好好笑。

「其實我比較喜歡全糖。」

「糟糕，那下次我再請你一次，還是你今天想喝？」

「還有下次？都不知道我們會不會再見面呢。」

「那……那你有電話號碼嗎？這樣我就可以跟你聯絡了。」

「有，但我想，我們光是這樣認識就已經夠了，剩下的就看緣分吧。」我這麼說著，不知道現在對方有怎樣的表情，燭光的亮度不足以讓我看見他的眼神，不過他之後回答的語氣卻夾雜著難過。

「你是我少數要不到電話號碼的人。」

「平常你去要電話，對方就會給你喔？」

「大部分都會給，就像說……我們彼此互相吸引，像你吸引我一樣，但不同的是，我卻沒有吸引到你。」難過什麼啦？你以為在看《日落湄南河》這種虐戀電影嗎？

「你怎麼知道自己沒有吸引到我？」

「你沒給我電話號碼。」

「我不給，是因為我們在未來一定會見面。」而且還相愛了……

「應該吧，我讀的是大學附屬的學校，而你也在這裡唸書，希望我們還能再見面。」

「嗯。」

許多的故事串連成我們兩人之間的對話，也不知時間過去了多久，店裡的燈光最終取代了黑暗與燭光，而外頭的雨竟然也這麼剛好地停了。

「先生，我們再五分鐘就要打烊了。」

「好的。」服務生的聲音就像鬧鐘一樣喚醒我們兩個聊得忘我的人，準備將我再次帶回那個有他在的時空，也因此告別便不是件如此悲傷的事情。

「我們要走了嗎？」我主動開口詢問。光年很快地回應：

「好，但現在天都黑了，要不要我送你去捷運站？」

「沒關係，就在這裡說再見吧。」我們走到店外，附近的地上還很潮濕，並有些地方還有水坑。光年把手伸進了學生褲一側的口袋裡，而另一邊則不太好意思地搔搔頭。

「嘿，今天非常謝謝你。」

最後，他用乾啞的聲音說了這句話。

「我才應該謝謝你，謝謝你走過來招呼我、謝謝你幫忙撐傘、謝謝你請了飲料並陪我坐下來，也謝謝你讓我認識還是高中生的你。」

「天啊，你這麼說，我都開心到手足無措了。就、被你吸引了，不知道，我也解釋不清楚，但第一次見到你的時候，就像是我們本來就認識一樣。」

「或許我們曾經認識也說不定。」他蹙著眉，更加疑惑地偏過頭，但我馬上換了話題，不想解釋可能會嚇死他的真相。「好啦，應該要說再見了吧？」

「也是，希望我們有一天能再次碰面，再見。」

「再見。」

笑著看光年對我揮揮手，兩隻長腿轉身準備往前方走去。至於我，還站在原地，看著緊實寬厚的後背離去，就在那一秒，一個念頭閃過腦中，於是我大聲攔住對方。

「光年，謝謝你的生日禮物。」他轉身面對我，雖然離得有點遠，但可以清楚看見他臉上不減的笑容。

「嗯？今天是你的生日嗎？」

「明天。」

「生日快樂，祝你幸福快樂。很高興遇見你。」

「我也是。」

很高興遇見你……

他微微低下頭，轉身離去，越來越遠……越來越遠……直到我看不見，只剩我還試著盡可能多捕捉他的畫面。光年謝謝你，這是我收到的最美妙的生日禮物了。

謝謝你還活蹦亂跳的。

眼皮慢慢睜開，我從短暫的美夢中醒來。

四周一片黑暗，我發現自己躺在床上，身體疲憊到幾乎抬不起手臂，那瞬間，陷入夢境之前的記憶清晰了起來，讓我感覺臉上發燙。好，我被光年吃乾抹淨了。

「博詩，嘿……醒了喔？」一個熟悉的低音響起，厚實的手掌捧著我的臉頰，嘴唇輕輕地壓在我額頭上。

被開啟的檯燈微微地亮著柔和黃光，然後目光發現有個高大的身影坐在床邊的地板上。

「你怎麼坐在這裡？過來上面睡。」

他沒有回答，但輕輕地握住了我的手，接著小心翼翼地將某個東西戴到我手指上。

「你在幹嘛？」

「想送你很久了，但一直沒有機會。」床頭檯燈反射的光線讓我知道手指上所戴東西是一個簡單的銀戒。

「光年……」

「博詩，生日快樂，謝謝你所做的一切。」

「謝謝，我也要謝謝你。」

無論是哪一個時空，無論是過去還是現在，我仍然一次又一次地愛上他，愛上了同一個人。

而且還會……一直愛下去。

番外二 這個世界，生對方氣是件可愛的事情

大三的生活非常憂鬱，我跟阿詩沒有一起上課的共同必修是原因之一。事實上，從大二的第二學期就是這樣了，但更令人痛心的是，連刻意想跟他一起上的自由選修都先額滿了，但此時另一方正開開心心地搭著邁克的脖子去上課，完全忘了我的存在。

可惡，沒想過我會有今天，就為了沒辦法和男朋友上同一門課而委屈得要命。

「兄弟們，乾杯——」在常去的店裡，緊繃的生活隨著酒精而被舒緩。阿詩今晚有報告在忙，所以沒有一起來，並說忙完之後會再和朋友去玩一下，所以我加入了管院的朋友們，討論自己目前所遭遇的問題。

「光年，你怎麼了？那一臉壓力很大的幹樣。」看看高爾那張嘴，你才是我的壓力來源。

「沒什麼，就是對阿詩的事有點焦慮。」

「為什麼？」阿嵐湊過來多管閒事，還一臉想八卦的樣子。

「這個學期沒有跟他一起修課，所以我很難過。」

「喂，你也太黏你老婆了吧。」我承認我很黏，就我很愛他嘛，但也從來沒有過度涉足對方的生活，我給了自己跟他很多自由，可以選擇自己想做的事情，要是哪天和朋友有約，就各自赴約，而什麼時候想跟大家玩在一起，那也不會是個問題。

我們雖然唸同一所大學，但卻是不同學院的，一天到晚都見面也不是個辦法，我理解也沒有從沒擔心過，直到……我有機會看到對方課表的課程統計，才發現他有近百分之八十的同學都是男生，這就成了讓我睡不安穩的大問題。

「其實，我還有一個顧慮。」

「是什麼？說來聽聽，說不定能幫上忙。」

「我擔心有人要追我老婆。」

「吼——光年，你沒事找事做耶！敗給你了——」朋友拖著長音，彷彿這個問題十分荒謬，但我就是忍不住會去想。你看，阿詩那麼可愛，任何認識他或者跟他講過話的人都喜歡他，怎麼可能去上個課會沒有人追？

而且，他不太玩社群軟體，和我的合照也只存在自己的手機裡，除了親朋好友外，不曾公開給任何人看過。

所以我才會坐在這裡頭痛，怕有什麼不長眼的人跑來追他，就算阿詩沒有意思，但卻無法否認他的可愛對別人就是有很大的影響力。靠，想到這裡就覺得壓力好大。

「冷靜點，不是每個人都會來追你老婆的，智障。」

「那如果有呢？」這次頭大了。

「有又怎樣？反正阿詩也不會對別人有興趣，他唯一在乎的就是……幹！！」

「……！」好友話沒說完，嘴裡就不小心冒出了一聲髒話。我轉過去、順著他瞪大的眼睛看去，然後在原本燈光下十分昏暗的畫面突然清晰了起來。

我、老、婆、是、跟、誰、來、的？

「你不是說他和朋友一起做報告？怎麼會出現在這裡？」由於今天小個子說，做完報告要跟朋友去玩，所以我沒有告訴對方會來這裡和朋友聚會，結果我們就莫名其妙在店裡巧遇了。不過比不解更多的是怒火，簡直要衝破溫度計了。

媽的，他是跟誰一起來的？沒有邁克和其他朋友們，他們是約好的嗎？

許多問題浮現在腦海中，我作勢要站起來，但卻被同桌的人拉住，並給了我一個「先等等」的眼神，但此刻的情緒不知道可以忍多久，我再不咬緊牙根，等下肯定會先咬舌自盡。

「光年，冷靜！」

「靜個屁，那是誰？幹——！」

「吸氣、吐氣、深呼吸。」

「吸你爸，我的拳頭才要被那傢伙的臉給吸過去了咧。」越看越坐不住。當那兩人在空桌坐下來談笑風生時，我也就變得更加生氣，氣到氣血上頭：他們這是第一次一起來，還是之前也有一起來過？

「我再也受不了了。」

「光年，等一下。」

「先讓我跟他說清楚。你們如果吃完了，就可以回去了。」不讓對方多問什麼，我從錢包裡掏出錢，放在桌子上，然後大步往目標的敵人走去，腦子裡想著：我到了那裡，第一件事要做什麼？

「阿詩！」但一抵達，除了喊名字之外，我什麼也說不出口。

小個子順著聲音轉了過來，然後在我面前瞪大眼睛。

「光年，你也來這裡喔？」我沒有回答，但迅速切入正題。

「你不是說要跟朋友一起？還有，這傢伙是誰？」

「喔喔，一起修課的朋友。你看，邁克來了。你先坐下吧。」原先熊熊燃燒的怒火，頓時被潑了冷水、熄滅了，因為除了直走過來的邁克，阿詩同系的朋友也跟在後方，害我愣愣地站在他的朋友群裡。

會不會來得太晚？我都準備好要大吵大鬧、破壞整間店了說。

不過還是有樣東西已經壞了，那就是碎到幾乎無法及時拼起來的面子……

「為什麼你跟這個朋友單獨來？」

「我沒有，我和邁克一起來的，剛好他要去廁所，所以我先來佔位子。是說，你朋友去哪了？找大家過來一起坐吧，人多比較好玩。」有些困惑，但十分不明白，就像被人拿錘子用力敲了頭一樣，我只能魂不守舍地走回來，用溫和的語氣邀請兩個摯友去和阿詩的朋友坐在一起。

阿嵐和高爾都笑得很愉悅，但不願意開口說話，應該是覺得我活該吧——自己把場面搞那麼大，但一回過神才發現所有的質疑早就不見了。

「也不錯啊，選修課就是要交些新朋友，光年你說是吧？」朋友還是繼續諷刺我。

我們簡單介紹了一下彼此的名字，接著進入邊喝酒邊說故事的冗長時間。

「我說給你們聽，就是第一堂課的時候，」然後課堂裡的史詩就被邁克拿來當作新的話題：「大家都忙著到處找位置，但是小遼和阿德這幫混蛋就默默朝我撲過來，說沒有位置了，想跟我們一起坐。笑死人，空位那麼多，竟然跑來跟我們擠。」

「比較溫暖，冷氣房好冷喔。」被提及的人連忙辯解。

「呿！這理由不合理，想跟我的朋友一起坐就直說。」

「因為你朋友很可愛啊。」這裡的朋友指的是阿詩？好幾個人聽完這句話後就笑了，但我靜靜坐著，眼睛眨也不眨地死盯著自家男友那張白淨的臉，看到他動了動嘴說沒什麼之後，我也就不再問了。

「你承認了——，老實招來，你為什麼跑來坐我們旁邊？」

「我的心在呼喊。」

「噁，咳咳！想吐！」

「欸欸，阿詩……我的朋友喜歡你，可以要電話嗎？」外系的朋友開始起鬨。

「唉唷，開個玩笑啦，不要想太多。」

不知道是誰先開口，又或者是誰接了哏，但我開始覺得不好笑了。

「起什麼鬨？替人家考慮一下。」沉默了許久之後，原有的耐心迅速被消耗殆盡，忍不住咬了咬牙，低聲說道。我知道現在的氣氛有多緊張，其他的朋友也心裡有數，就只有那群新同學似乎還搞不清楚狀況。

「喂，別當真啦，就是看阿詩可愛，所以想鬧他一下而已。拜託不要告訴他男友。」

「為什麼？怕他生氣起來，會過來教訓你嗎？」

「哇！！他要是來了，我還是先走好了，打不過人家啊。」

「那你們快點滾吧，因為我來了。」

撕破臉就撕破臉，總之大家就各自分道揚鑣了，把問題留待我回家跟老婆兩個人解決。雖然明明是件小事，但我還是忍不住生氣了。

♡

要問這場心理戰是什麼時候開始，就必須回溯到昨天晚上我正準備怒斥小個子的新朋友時。我知道沒有人有想追我男友的意思，但聽到別人嘴裡講出那些話，還是會很不爽。

那是我老婆，我會吃醋！

因此，我們從昨天晚上一路講到今天早上，但毫無共識，所以事情沒有就此落幕——我不想讓他跟這群新朋友走得太近，所以要求他保持距離，但是頑固的傢伙卻沒有聽進去，只說我沒道理、亂吃醋，掃朋友們的興——最後收在我們幾乎整個早晨都沒有跟彼此說話。

「急著去哪？不打算一起去上課嗎？」換成我受不了家裡的死氣沉沉。

尤其是看到阿詩替我準備好早餐，作勢要準備出門的時候，心裡就憤怒了起來：明明平常大多是一起坐車去學校的。但由於他也在生氣，所以問題還是沒有解決，兩個人誰也不願意讓誰。

「邁克會來接我，跟他一起去學校。」他一臉冷漠的回答道。

「那我呢？」

「您自己去啊，與我無關。」開始用「您」的時候就表示他氣炸了。他難道不懂我的擔心嗎？我們只要分開一下子，我的心就要碎了，居然還要向對方生氣！

「我們真的要為別人的事情生氣？」

「您應該先問問自己吧。」

「就是吃醋才會這樣做。」

「……」

「要是我哪天不覺得有怎樣了，你就不要哭。」

阿詩緊緊抿著唇，通紅的圓圓大眼似乎快要哭出來了，我這才驚覺自己亂講了什麼，但也不知該如何處理，最後只好讓他一言不發地走出住處。

「所以昨晚那個，沒事了吧？」高爾一臉擔憂的問道。

「沒事個鬼，氣到都不說話了。」

「嗷！怎麼會這樣？」

「我不想讓他和那群人來往，但他不懂我為什麼要阻擾他交新朋友。反正，就像你看到的這樣了。難道我就該接受陸續有人來調戲他、追求他嗎？」

「嗯，懂了，但你不試著讓步嗎？這樣至少阿詩不會失去朋友，而你呢，也可以跟當事人把話講清楚，講好不要讓昨晚的事情再次發生。我想，這樣事情就能落幕了吧。」

「再說吧，但我現在對我老婆的新朋友有夠不悅的，還需要一點時間沉澱。」

「隨你，但別讓它持續太久。」

今天是在教學大樓上講座課，我們邊聊邊走下樓梯。中午人很多，學生餐廳更是不用說，到處擠滿了人，我和朋友們於是就餓著肚子、走到隔壁學院吃飯，然後世界居然小到讓我遇見小個子，明明平常想找機會見面都很難遇上。

「嘿嘿，真巧，來這邊一起坐吧。」邁克的聲音從遠處隔空傳來。我停在原地再三思量，但高爾和阿嵐似乎有不同想法，他們明明心裡就尷尬得要死，卻還是立刻拉著我的手臂過去併桌，讓我最後不得不和阿詩面面相覷。

「光年，你要吃什麼？」朋友問道，打斷了我盯著老婆的心理戰。

「還沒想，你先去買，我還不餓。」

「不餓跑來跟別人一起吃飯幹嘛？」天啊，來了來了，但我不會認輸的。

「就如果這裡有空位的話，你應該就會讓新朋友坐下來吃飯了吧，他叫什麼名字？什麼遼的？他應該很風趣，才會讓你這麼想跟他當朋友吧。」回了他長長一串話。

周圍的氣氛一片死寂，沒有誰的朋友再開口說話，只是乾笑著，當自己是空氣，眼睛還不停地朝四面八方看。

「當然，我就想和他聊很久很久。」

「那你加油，我不會再強迫你任何事情了，想做什麼都隨你便，但醜話說在前頭，他不可能會像我一樣了解你，誰會像我一樣慷慨地買各種點心給你？誰會知道你喜歡吃東西加兩顆蛋？誰會知道你中午喜歡喝正常甜的奶茶？你好好想一想。」

「這些東西都是可以學的，就連邁克也知道。對吧，邁克？」被提及的人先是沖他笑了笑，然後尷尬地搔搔頭。

「隨便你，你開心就好，我不會多說什麼，不過既然我讓你愛跟誰來往就跟誰來往，那麼我想跟哪個人來往，也就是我的權利了。」

「那⋯⋯那是你的事。」他開始結巴。

「好啊，我不再排斥了，接受跟所有人來跟我交朋友，他們有些人是又聰明、個性又好，而且很友善，喔對了，都還非常貼心，大多數是女生，你應該不會介意吧。」

「我要介意什麼？」

「還有，他們的朋友有時也喜歡鬧我、說我帥，想坐在一起，想追我，不過人家不是認真的，只是像朋友一樣開開玩笑，我想你應該不會吃醋，因為這也沒什麼大不了的。」

一片沉默，沒有任何反駁，他只是沒什麼活力地撥著盤子裡的飯。

「那我今天就去跟你的新朋友道歉，讓事情落幕。」

「為什麼要道歉？」他抬頭問，掉下來的眼淚讓我心碎。

「因為我吃你的醋是不對的。」

「不是那樣。」

「那是怎樣？」

「就只是⋯⋯我等下還有課，先走了。」他沒有回答這個問題，而是用起身轉移話題，拿起袋子和餐盤走了出去，直到遠離視線。阿嵐的如來神掌磅地一聲砸在我頭上，但沒有我現在心裡那麼痛。

「你在胡說什麼，光年？你老婆跑去那邊哭了。」

「我說的是事實」

「那你覺得自己做錯了嗎？」

「沒有。」

嘴上那樣說，但心卻在他身上，我們兩個人都很傷心。

事實上，這他媽的就是件小事，不知道何時鬧得這麼大了。在花了整個下午的課檢討自己之後，我得出的答案是自己的心急毀了一切，阿詩的新朋友們應該沒有打算要追他之類的，只是想鬧他玩，就像我以前喜歡跟女孩子調情一樣。

因此，我必須在放學後麻煩邁克帶我去見對方當事人，把懸在心上的問題作個了結，超過一天的話，我怕就回不去了。

「嘿。」身高一百八十多公分的男人招呼道。那個人已經先坐在樹蔭下的大理石桌旁等了。

「嗯，嗨！」我回了一句。

那群的四個人都坐在我面前，也就是說，生事的話，隨隨便便就會有八隻腳落在我身上，不過那些在這一刻也不重要了。

「聽邁克說，你有事要和我聊聊。」我的腳剛停在他面前，那個名叫小遼的男生就沖著我問。

「直接進入正題吧。我是來講清楚昨晚的事情的。」

「嗯，說吧。」

「對不起，不小心對你們大小聲了，我吃醋吃昏頭了，所以來不及思考，所以這次來拜託你們像以前那樣，跟我男朋友當朋友。」

「就這樣？」

「你不用管我，忘掉昨晚那些不愉快吧，想要我做什麼就直接說，只要阿詩會笑就夠了。」我知道自己不是宇宙的中心，每當問題出現的時候，就必須選擇應該要在乎的人。

博詩是重要的人，而且我不希望他再一次因為我的魯莽而受傷，所以無論他選擇了什麼，我都會開心接受。

「我也要為對你男朋友說了不好的話道歉。我不否認阿詩很可愛，但相信我，我從來沒有起過壞念頭或者故意想追他，只想做朋友而已。還有，我保證，以後不會再說那些話了。」

「我知道了，謝啦。」

「剛才，你男朋友有來找我。」本來打算快點趕回去，但一聽到對方說起小個子，我就停了下來。

「所以？」

「他說無論如何都會選擇你，所以來告訴我，他不會再和我做朋友了。」

「……」

「也就是說，你們兩個人現在的講法完全南轅北轍，你們要不要先有個結論，然後再來告訴我？」

「謝謝。」我回答完這句話後，就以跑代走地轉身奔向停車場，目的地是我跟他住了長達一年的公寓，希望這些壞事能夠盡快結束。

嘎！

我打開門，走進安靜無聲的住處。此時已經是傍晚六點了，平時先回家的人就會負責開燈，但這次卻沒有，不過從架子上的鞋子就知道阿詩已經回來了。我決定第一個走去臥室，希望那傢伙是在床上躺著或哭到睡著了，可是沒有、那裡沒有人在。

只有一張紙放在床單上。一拿起看，就發現這是他的筆跡。

可能真的是狗血愛情電影看太多了，才會寫下長長一頁的留言。焦慮加上好奇心，驅使我逐行掃視紙上的訊息。

他的文字包含了幾個被劃掉的詞彙和句子，彷彿在糾結要不要講出來，而這些眼前所見的猶豫都讓我笑到肚子痛。

給……光年

我知道自己不小心做錯事了，但想稍微解釋給你聽，我不是因為你吃醋而生氣，反而覺得這樣挺好的，但我生氣的主要原因是不想要你用情緒來解決問題，希望你能先看看人家的動機，如果他做得不對，那就讓他調整改善，我們以後可能還會有更多要好的朋友，希望也能如此相待。

但就這樣吧，為了選擇你，我已經跟他們說要絕交了。我想向你道歉，但是我們現在還在生彼此的氣，不知道該怎麼說，所以就用寫信的。唔……我想說的是，你可能需要累一點，來找我把話講清楚，因為我去了你想像不到的地方。~~（我在浴室啦）~~

然後，或許會哭一下下，在寫信的時候，我還沒有哭我也哭了，很傷心你的冷言冷語，但就算這樣，我還是愛你。一開始我想跑得遠遠的，然後才意識到自己沒有棲身睡覺的地方，所以我會在浴室裡（某處），直到你來逮我。

說實話，就算你逮我，我也不走，因為在這裡，我才有吃的，所以你有兩條路可以選：

- 哄我吧
- 繼續生氣（這樣我會在這裡餓到很痛苦）

博詩

我忍不住笑了出來，是誰說氣到哭的？讀完淨是些喜劇橋段。

全文的重點只有幾行，剩下都很水，不算是抱怨，也不算是要表達自己的心意。

但阿詩始終是阿詩，這樣的他要我怎麼能不愛啦？

浴室裡傳來抽風機的聲音和發出柔和的黃光，如果他有聽見臥室門被打開的聲音，就應該知道我已經到家了。不過，我沒有立即敲門進去，而是選擇拿起一張紙，同樣寫信給他。

給……博詩

我很抱歉讓你哭到中午連飯都沒吃，你一定很難過吧？不會有下一次了。我知道發生的事情都是我的心急所造成的，所以今天去找了對方，你不用在我和朋友之間做選擇了，因為你可以都要。我們很瞭解彼此，希望你在選修課上還是會像以前一樣與他們交談。

現在，我清楚你一定又餓又傷心，所以我得快點哄你。我承認昨晚幾乎沒有睡著，我想抱你但不能抱，因為我們只顧著跟對方生氣，但今天就不需要這樣了。我愛你，因此，我們和好吧。

● 打開鎖讓我進去

●花點時間反省自己，不准打擾。

我希望你選擇第一個答案。

光年

叩、叩、叩。

我敲了敲門，然後把紙塞進門縫裡，心裡希望他會看到，但對方也沉默了好久，讓我開始有些不安，正準備要再敲一次門時，卻收到了同一張紙作為回應。

上面有他的字跡。另外，更好笑的是，他沒有勾選任何選項，而是加了第三個選項上去。

「門沒鎖，你可以開門進來。」

我對此笑了笑，趕緊轉開門把進到浴室裡。小個子抱著膝蓋、坐在蓮蓬頭那邊，面前放了許多袋零食，像是緊急時期的備用儲糧。在吃了這麼多的情況下，我很想知道他是否還會餓。

「來，聽說這裡有人要和好？」阿詩嘴角抽動得像個孩子，於是我走到他旁邊，曲膝到地板上，把對方整個人抱進懷裡。

「你好慢。」他用嘟囔的聲音回答著，但還是願意回抱我。

「對不起，我只顧著解決問題。你讀過信了對吧？」

「嗯。」

「現在明白了嗎？」

「明白了。」

「那我們和好吧。」

「嗯，和好了。」

有時候，我們會生氣或無法理解對方；有時候，我們會製造問題，然後必須解決它；又或者，就算站著不動，也會不斷有問題湧入。

就像感情生活不會永遠只有粉紅色的濾鏡，所以我們才需要為了某天會變成不同顏色的濾鏡做好接受和理解的準備，但無論每一天有多少事情要面對，我都能有信心說……

我沒有一天是不愛他的。

番外三　這個世界，我擁有的美好就是他

十個光年眼裡的博詩

一、胃口很大，想帶他去比世界大胃王冠軍

許多人可能會認為這是缺點，但對我而言，這是阿詩最大的優點。我們第一次見面是在廁所，但結束在餐桌上，每次都這樣，到後來就發現了某件事實——想接近他很容易，只要帶上食物當誘餌就可以了。

我喜歡看他吃得津津有味的樣子，但更喜歡他吵個不停、想吃這個那個的時候，上週六早上就是個非常明顯的例子。

「咦？世界要毀滅了嗎？你今天居然起床做早餐！」我走向狹小的廚房，訝異地盯著面前的人——他頭髮亂糟糟的，身上還穿著睡衣，但手裡卻沒停過、拿著各種東西放進碗裡。

「餓了啊！」

「我知道，但為什麼不打去訂餐呢？」

「不太好意思，最近都吃你的。」說完，還對我眨了眼，害我差點上去撲倒他，還好克制住了，不然我怕一開始之後，就一路到下午都沒辦法吃飯了。

「不用不好意思。你現在在弄什麼？」現在的我們大三了，下學期必須準備去實習，所以小個子最近在忙做報告和較以往更重的課業，沒時間接其他工作。我沒有說什麼，況且我爸媽很樂意把他當另一個兒子養。

要他想吃什麼就說，大家隨時準備找來餵食他，但他居然不好意思起來了。

「炒飯加兩顆蛋。」

「那為什麼你打了三顆蛋？有一顆去哪了？」實在忍不住好奇。

「我兩顆、你一顆。」

「咦？為什麼不一樣？」

「因為蛋不夠多，而且我餓了，所以要吃多一點。」好吧，他都說成這樣了，我還能回什麼？於是，我就站著看阿詩在面前大顯身手。家裡的平底鍋很小，必須分兩次煮，這之間他就忙著將飯鍋中的飯分進盤子裡、準備下鍋。

「等等，飯又不一樣多了。」我趕緊阻止，於是瘦小的人抬頭瞪了過來。

「回到一開始的回答：因為我餓了，所以要吃多一點。」

「好吧、好吧！」吵不得，不然他等下就會用手掌巴暈我了。

大顯身手的時間到了——倒入油，放進一些蒜頭，接著加入豬肉、雞蛋、洋蔥，還有白飯——色澤是不錯啦，但看看那些會抵達腎臟的可怕調味！阿詩平常不大做菜，只會弄煎蛋，其他時候要不是點外送來家裡，就是我們一起出去吃，但他今天竟然要秀手藝?!

我替自己的腎臟默哀十分鐘。

「好了，嚇死人的香。」嚇死我才對，我不敢吃。

在盤子放上桌的瞬間，我吞了一口又一口的口水，心理建設許久才用湯匙舀起第一口放進嘴裡——靠，吃一口就夠了，還只能含著、不敢吞下肚——我轉身看著對面的人，他也正舀了一大口飯放入口中。味道如何？

他從燦爛笑臉變成一臉的扭曲。

幹，含著飯的能力還不輸我呢！

「不好吃！」他滿口食物地說，要哭不哭的，可憐死了。「好鹹喔，做得那麼難吃，浪費白飯浪費蛋。」

但沒多久之後，他終究還是把吃下去的那口飯吞進肚子裡，代價是後面喝了一整瓶的水，然後就到了我們兩個都愁眉苦臉坐在飯桌前面的時刻。

「要訂外送嗎？」我提議，於是阿詩不太情願地點點頭。

「唔……但、但我沒什麼錢，要訂我們平常在吃、比較便宜的那家，可以嗎？就是賣的阿姨剪了一個小丸子頭的那家。」

「好，所以你想吃什麼？我先拿張紙來抄。」

「幹嘛要拿紙來抄？你用記的就好，我點不多。」他的不多是幾乎要買下整間店了吧？每次都這樣說，但絕對不會只點一項吃的，嗯哼……然後再碎念自己沒有錢。

「好，那我不抄了，點吧！我在聽。」

「既然蛋炒飯沒辦法吃了，那就換成其他不加蛋的東西好了。」

「煎蛋嗎？」

「不不！要打拋脆皮豬肉，加兩顆全熟蛋，飯要大份的，店裡有什麼就加，放豆子或洋蔥也沒關係，然後還要這個！放很多菜的清湯，這樣才不會胖。」光是你點的脆皮豬肉就沒可能瘦了，我只是沒講出口而已，只能無聲地點點頭。

「店裡有賣椰奶香蕉對吧？我們上次去吃的時候有看到。」

「不是說要點不會胖的食物？」

「我們吃這麼少，沒關係啦。」

「好吧。」

「我要兩袋。」

「蛤？」

「店裡還有涼茶[13]啊，古早味！唔、要一杯特大的，就這樣，其他你要吃什麼就點吧！我先拿盤子出來洗，開動~心情立刻變好了。」

然後他就離開桌子了，留下搞不清楚狀況的我，腦子還卡在打拋脆皮豬肉加兩顆蛋上，接下來是什麼啊？他說不用抄，但我跟不上啊……

二、唱歌好聽，像是交了一個移動式卡拉 OK 的男友

「阿詩，我今天生日，唱歌給我聽。」

公寓就像是我倆的愛巢，無論是哪個重要的日子，我們總是一起回家做些什麼，像今天是我的生日，爸媽順道拿禮物過來給我，在他們走之後，就只剩下我跟他兩個人坐上沙發上看 Netflix 的電影。

「我還在看電影。」眼睛盯著螢幕，嘴巴則大大咬了一口剛吹完蠟燭的巨型蛋糕。

「唉……我今天生日，但男朋友卻漠不關心。」裝出一臉傷心，直到他轉頭過來看我。

「搞什麼？」

痛入脊髓。

「不唱也沒關係，只是會有點傷心而已。」

「我唱歌沒有以前好聽了，但有吃的還是要跟我說唷。」又繞回食物上頭了，我該怎麼辦？蛋

13 ชาเย็น，泰國人以「涼茶」或「冰茶」稱之，在台灣則稱為「泰式奶茶」。

糕還在不停地被塞進嘴裡耶！

「相信我，你唱得很好聽。」

「不要啦，好丟臉。」

「咦？只有我們兩個，不用覺得丟臉，不然……我來幫你。」說完，我就撲上去抓住獵物，在他小巧的嘴唇上輾壓，並舔去那甜甜的蛋糕汙漬。蛋糕香甜的氣息，和他柔軟的觸感，僅有的理智都被玩弄殆盡。

在那之後，在他身上開始我所喜愛的發聲過程。

我喜歡阿詩，喜歡他唱歌的時候，但是更喜歡……他發出只有我們兩人能聽見的微弱呻吟。

三、**很會撒潑，但更會碎念**

「光年，這籃是放白色衣物的，誰讓你把內褲塞在這裡？都捲成八字型了，要是被你媽看到，她絕對會心臟病發。還有我都說幾次了，這些東西不要放進送洗的籃子，自己的內褲就要自己洗！」就是這樣，從學校回來、看見家裡的狀況之後，阿詩就開始碎念了。

這陣子以來，我們都不太有時間打掃，幫傭也是週末才會來，剩下的五天就得自己整理及清掃。最近報告很多、學業也很重，頭沾到枕頭就各睡各的了，而今天是星期五，所以必須在明天幫傭阿姨來之前，先清理一下家裡。

「那你先用腳夾過去那邊地板放，我之後再拿去洗。」我躺在沙發上，等著聽臥室裡那個人一陣一陣的碎念。

「還有，毛巾拿去用衣架吊好，不要拿來披在椅子上。」

「好啦——」

「錢要好好收進錢包裡，你吼，就是不喜歡去點錢包裡的錢，要是掉了、不見了，你要怎麼辦？五銖、十銖可是能買到一瓶水的耶！」你小氣就直說。不過阿詩說的也是事實，從我們住在一起之後，我的生活就變得更有條理，算是比以前好多了。

「知道了，之後我會點錢，也會好好放進錢包裡。」

「沐浴乳用完了就要幫忙補，櫃子裡滿滿都是補充包，不是用完了就不管，只會拿洗內褲的手洗精去洗澡！光年，不要再這樣做了！」

「遵命！」

「你媽說，要是你行為不端，可以用衣架打你喔，怕了吧？是衣架喔！」還威脅我了，小時候是會怕沒錯，因為我媽平常不怎麼打人，被打過一次之後就記恨了一整年，不過我現在長大了，也沒什麼感覺了。

接著，碎念的聲音還是持續從裡頭傳來，但我沒有打斷，只是放任他繼續抱怨，自己則拿出手機，手指在螢幕上點選，做起了國家級的任務。等到十分鐘過後，就看見小個子揮著汗、臭著一張臉走出來。

「你害我碎碎念好久，我都餓了！」

「別擔心，幫你點好餐了。」

「打……」

「打拋炒脆皮豬肉，大份的，要加兩顆全熟蛋，正常糖的珍珠奶茶，喔還多替你點了公寓前面那間日本料理店的豬肉咖哩飯，這下疲勞解除了嗎？」

「呃……有好一點。」

「來這裡坐，等下幫你按摩，請問這樣阿詩先生滿意了嗎？」

「一點點。」

「才一點點？那要怎樣才會很滿意？」

「你要照我說的去收東西。」

「是。」

因為很瞭解他，所以就像現在這樣，我很容易找到全身而退的方法。

四、要做什麼就會很認真，為它盡心盡力

看書的時候……

「阿詩，轉過來看一下。」坐在床上看了兩小時的漫畫，他連一秒都沒有轉過來看我，害我很失落，以為自己能吸引別人的魅力竟然對他一點用都沒有。

「人家看得正入迷耶，光年！」

「漫畫比我有趣嗎？」

「嗯。」

「森七七。」

「智障喔！」

「所以你在看哪部？我要一起看。」

「有一集在書桌上，你可以拿去看。」

既然無法將沉浸在那個世界裡的他拉出來，自己走進他的世界就變成我的責任了。記不得那晚是幾點才躺下去睡覺的，不過阿詩在看的那部漫畫也讓我迷得移不開眼睛。

睡覺的時候……

「設個鬧鐘，我要睡個夠，沒睡飽超疲倦的。」

「這麼認真？」

「嗯，必須是有品質的睡眠。」

「你這是睡覺還是猝死啊？睡十二個小時超過人類需求了吧！」

「補償昨天做報告沒有睡覺啊！」

「不是這樣補償的。」

「那又怎樣？有人在乎嗎？」

我承認他很認真，但睡眠不是這樣的，這叫過度睡眠吧！

或者，在房裡一對一的時候……

大概不能詳述太多他的認真，只要知道他在床上的時候很可愛，偶爾會主動，但大多時候，他總是個很棒的跟隨者，我要什麼，他都會很好地給予，努力做到所有他能幫忙的事情，就連親吻之後被情欲帶走，那傢伙事後還會問我喜不喜歡。

當我假裝只有一點喜歡，他就會想讓我越來越喜歡。這就是他的優點，而且我們意外地契合，就像是為了彼此而生一樣。

五、很愛朋友，朋友求什麼都給

鏘！

「欸阿詩，乾掉它！你平常不太喝，但今天晚上是一定要醉的。」邁克的生日，再配上我那群生日就要喝的朋友，所以大家仍舊是約在「The Favorite L」慶祝，不同的是，小個子平常會推拒喝酒，但既然是好友生日，他不得不給出百分百的誠意。

「好啊，來，拿過來！我要乾杯！」

「吼——，讚喔兄弟！喝光！喝光！喝光！」

除了坐著勸阻，我也無法多做什麼，只能等著將屍體撿回家。

「阿詩，我的好兄弟，我要你唱歌，唱首歌給我聽！」死邁克傾身窩到阿詩的肩頭上，用沒什麼力氣的聲音提著要求。平常我讓阿詩唱歌，他還會猶豫一下，但他對邁克，卻從來不會讓對方失望。

「好的！『**只留下未曾消散的馥郁，每當微風徐來，芬芳如昔——**』[14]」

「啊啊啊——，是《暗香》，尖叫——！」我的朋友是被哪隻鬼上了身啦！

十分鐘之後，他們繼續替我老婆製造麻煩。

「阿詩，可以給點錢嗎兄弟？」

「錢包只剩一百，拿去——！」

「真兄弟！」

「阿詩，讓我香一個，親囉？」

「豪啊~左邊臉頰靠過去給你親。」

死阿嵐還沒來得及近身，就被我用力踹了一下，跌坐在桌上，那喝醉的傢伙也沒什麼感覺，只是坐著開懷大笑，繼續叫朋友來讓他香一個。總之，無論朋友有任何要求，阿詩都會接受，但當我有要求的時候，那廝卻對我擰眉瞪眼，於是我當天晚上就鬧脾氣，怎麼也不願意講話。

14 ซ่อนกลิ่น（《暗香》，或稱《晚香玉》），為歌手 Palmy 的作品。

結果也只鬧了二十分鐘，他一過來撒撒嬌、彎下身抱我，同時在嘴巴上輕吻了一下之後，所有發生過的事情就消散在空氣之中了——這個人會給朋友滿分一百，但會給我的卻超過百萬。

六、成天阮囊羞澀

博詩是出了名的阮囊羞澀，錢包說有多扁就有多扁，就算額外打了工，但一拿到錢就必須支付學費、書錢，還有伙食費，讓我實在忍不住可憐他。他說不想麻煩我，但一沒有錢就坐在沙發上哭，埋怨老天竟讓他生成一個很會賺錢卻也很會花錢的人。

我難過死了，難過到抱著安慰他說，不然吃少一點，但他也就節制了一天，隔天就像以前那樣狂吃了。

「你在幹嘛？」

「數錢啊。」

大量的硬幣被從罐子倒到床上，阿詩所有的注意力都放在數硬幣上，一次一枚算得十分用心。

「我知道你在數錢，但你是要拿去存嗎？」

「不是，我錢不夠，所以要拿去付系服的錢。然後你看喔，一件衣服居然要四百，扯吧？但又不能不買，等下被同學說我不合群，想想就覺得壓力好大。」

「你罐子裡的錢夠嗎？」記得他在那邊放進去又拿出來花的，錢怎麼可能會夠？而且放錢的目的還從拿去存起來變成了缺錢時可以拿出來用！

「有兩百四十七銖，剩下的，你可以先借我、然後記在帳上嗎？」說話的人眼睛垂了下來，讓我覺得他很可憐，趕緊憐惜地走近對方。

「幹嘛記在帳上？如果你像之前那樣做，就不用欠我錢了。」

「才不要。」竟然被拒絕了。

「不過帳戶透支很嚴重的，還是清償比較好吧？讓我香一個，一次一百；吻一下，兩百，這樣你得利、我也得利，成交嗎？」

「那就從你昨天吻我的開始算起，兩百拿來。」

「那個無關吧！交往中的情侶接吻還得付錢喔？」

「那現在是……？」

「是債主跟借錢的人。」

「去死啦！就親一次，還有拿兩百給我，不然要沒有系服穿了。」嘴上說是借錢的條件，但我們對待彼此實際上還是像情侶一樣，而他也沒有像嘴上說的那樣跟我討錢，他唯一跟我討的事情只有，要我像他愛我那樣愛他。

七、是個總在半路上的追夢者

阿詩曾跟我說，他想成為賣座鉅片的譯者，或是人人口中的「Subtitler」，於是試著向幾家公司遞了履歷，直到有間公司來聯絡他。那是一家做非主流電影字幕的小公司，於是這傢伙試著做起了兼差，第一部片是只有二十多分鐘的短片。

但等到翻完的時候，也用掉了非常多時間，聽他說，字幕要翻得優美是件很難的事情。

「阿詩，你今天不做字幕嗎？」他沒有坐在電腦前面，反而在廚房偷偷摸摸好一陣子了。

「工作做完了，人家也沒有給新的，所以我想做些餅乾去賣，不錯吧？」

「蛤？」你連炒飯都炒不好耶！

「是製作量很少的手工餅乾喔，買到是幸運，沒買到就只能改天了。」

「那你要做多少？」

「十盒夠嗎？」

「十盒？不夠吃吧。」

「這是店裡的噱頭啊，我們不做很多，飢餓行銷這樣。其實呢，我還有好幾樣事情想做：想寫書介紹從捷運到學校的路程，或者介紹如何從貧苦之中生存下來；做一首歌送去 Cat Radio 也不錯，最近有一堆很讚的獨立歌手冒出頭來。」

「那麼，你不做字幕了嗎？」

「等一下……」

之後，他畫了各式各樣的夢想藍圖，然後才開始忙著做只有兩個人會吃的餅乾，因為那一點都不好吃。

八、莫名什麼都要兩顆蛋

博詩是個很奇怪的人類，也不知道是從小被用蛋養大的還怎樣，吸吐之間淨跟蛋有關，然後點餐的時候還不能只點一顆蛋，一定要兩顆，加好加滿，加到胃都要爆炸了。

前幾天買女婿蛋回來一起吃，他一個人狂吃了七顆，撐到睡不著，他媽的哭了一整晚，但今天一起坐在學院的餐廳吃飯時，他又來了一次。

「阿姨，要炒飯加兩顆蛋。」

「好！」

「吃點別的東西，你的臉都要變成蛋了。」小個子轉過來滿臉不爽，然後大大噘起了嘴。

「那明天換吃粥加兩顆蛋。」

「後天咧？每天都吃蛋，不膩嗎？」

「不膩，後天要吃醬油炒河粉加兩顆蛋，再隔天要吃魯蛋，當然，魯蛋要大份的。」

「名稱裡可以不要有蛋嗎？」

「好啊。阿姨，我要 Egg Fried Rice，特大盤的那種。」

「真夠白目。」

「白目是為了幫你增添生活樂趣啊！」

他這個人，已經讓我的生活增添很多樂趣了，不過吃的東西倒是很重複。

九、始終如一的可愛

我生日時，他買了禮物給我，是個他存錢存了好久、好不容易才有錢買的錢包，還以為是那傢伙吹噓的，但事實上的確是如他所言的昂貴，一個竟然要上萬，他連掏錢罐買一件四百的系服都會唸上好幾天，但對於要買給我的東西卻從來沒有碎念過一句。

「謝謝你。」拆完收到的禮物之後，我對他說。

「嗯，你要拿去用喔！」

「會用，你都特別買給我了。」

「就是……我平常也不太懂哪個比較好，這還是我去問小玫的，她說像 LV 就是男生用起來很酷，看起來很有型。然後我要說那天去店裡買東西的事情給你聽，那天我是一個人去……」

接著，他開始既興奮又幽默地講述購物史詩，我則在一旁仔細聆聽。

「然後呢？」

「人家店員很歡迎我，不過他也要照顧其他客人，所以我就站著東摸西摸了一陣子，接下來他就來問我想要買什麼。我說想要一個送情人的錢包，但店員居然帶我去挑粉色的女用包包耶！」

「那你接下來怎麼辦？」

「我就偷偷跟他說是男朋友，啊——，害羞死了！」

看見面前的人用手遮住泛起紅暈的臉頰時，我立刻笑了出來，因為光聽就可以想像當天發生的情況，應該是既可愛又好笑。

「店員可沒有笑我喔，他就笑著帶我去看其他男用款式，但那真的好——貴喔！看到價錢之後，我的雙腳都在發抖，雖然帶了一堆錢，很想像有錢人那樣拿出錢之後說『這比想像中便宜』，但我偏偏卻不夠錢，於是我又悄悄跟他說，想要店裡最便宜的，最後就買了這個。」

「好犧牲喔！」

「對吧？那時候我覺得自己又蠢又丟臉。」

「對了，你偷偷存錢存了多久？有沒有少吃很多點心？」

雖然一起住、一起吃，但有幾次也發現到，他有一些錢是不會拿出來花，而且同時，這傢伙還會拒絕我拿錢給他用。

「很多！我在學校有好幾個月沒喝珍珠奶茶了，也不太跟邁克去吃冰淇淋，連吃飯的時候都只點了一顆蛋，另外，我還接了兩倍的翻譯工作，都變成熊貓眼了。」

「不累嗎？」

「累啊，但我想要這麼做。一想到你收到我的禮物會很開心，就馬上有動力了。」

「你人真的太好了。」

「給人很好的我一點獎賞吧！」

「想要什麼？說吧。」

「我想吃香草冰淇淋聖代。」

「隨時都可以。」

這就是我喜歡這個人的理由：他很單純、會撒嬌、愛鬧；常常很體貼，雖然偶爾有點任性。他不是只有優點，也有好幾個缺點。在一起的這些日子裡，為了讓我們的感情順利下去，彼此都有做些改變，希望幾年過去之後，我會在未來看見——

我跟他每一年都還是會買禮物送給對方的畫面。

十、我喜歡他就是他

最後一樣就不用多做解釋了，他讓我認識了愛情，也因為是博詩，所以我才會愛得那麼深。

有時會想，如果我們那天沒有相遇，我現在的人生會變成怎樣？是像個正常人了，還是依然流連在花叢裡面。沒有人能夠想像，就連我自己，也不想思考沒有另一方的人生會是怎樣的畫面。

還記得新年那天，我們一起躺在陽台上看升空的煙火，那晚的談話跟許多印象深刻的畫面，通通被牢記在心中。

「你想過十年之後的自己嗎？」我問他。我躺在柔軟的大腿上，抬起頭、目不轉睛地望著對方。

「想過，不知道那時的工作會是怎樣、錢包還扁不扁？但有兩件事是確定的，第一是我應該還是會每個月送錢給舅舅，還有第二，希望那時在我生命裡的人依然是你，這樣就夠了。」

「想法一致，那麼……想過結婚的事情嗎？」

「跟誰結？」

「我呀！不然要誰結？」

「我沒有想過結婚的事情，婚禮完全不是什麼浪漫的事情。我的夢想是跟你這樣一起生活，我們工作、存錢，假日就一起出遊，雖然沒有結婚，但還是可以去度蜜月，也許是去外國的海邊，不然就是爬山、睡帳篷。唔……如果能一起去看極光就很棒了。」

「……」

「人生不需要跟別人比較，但要跟自己較量，成功都是從設定好的小小目標開始的。不用非常有錢，我只要過得不辛苦就滿足了，工作累了就回家休息。我們不需要蜜裡調油，只求我能抱著你入睡，然後發誓會在一起到老，這樣我就別無所求了。」

不敢相信，他所說的每一句話同樣都是我希望實現的事情。

我想在自己的未來看見……

我們一起變老，那會有多令人心安。

——END

✦作者內心話

電影裡的一個場景啟發了我，讓我想寫一部關於時光倒轉的小說，於是《Forever you 光年之詩》就這樣誕生了。之前 Jitti 曾嘗試寫過這類型的小說，但發現難以完成，於是就擱置了好長一陣子，直到有機會寫了一部被改編成電影的作品，裡頭有一個婚禮的場景，也就是這場閃過我腦海裡的婚禮，讓我想寫下這個故事：一個簡單的時光倒轉小品，沒有複雜到像第一次那樣寫不完（傷心）。

那就是回到過去的時空去改變未來，在某些條件和限制之下，阿詩只有幾次的機會能倒轉時空，並且只能在過去待上一天，除非他決定為了和某個人在一起而做最後一次的時光旅行。事實上，這樣的設定還有另一個目的，就是讓他不要只為了得到喜歡的人的好感而去修正任何事情，反而要為了能有更好的未來去改變自己，就像故事一開始說的，如果一個魯蛇能再次得到機會，他會讓人生過得多值得？至於愛情，那比較像是改變所帶來的果。

講到這裡，讀者想必已經先看過故事的結尾了，我想謝謝你們拿起這本書或是點進網頁閱讀這個故事，這是我第一部關於時光倒轉的小說，謝謝你們從故事開篇到結束以來所給予的鼓勵，一起來討論、一起投入其中，而最後，我們抵達終點了，非常開心。

謝謝編輯團隊可愛的前輩們，是你們在後面仔細照顧每一個部分，才會有現在完美的《Forever you 光年之詩》；謝謝 IRANG 畫了漂亮得超乎想像的原書封面；謝謝《現時好友》這部電影跟婚禮的場景，讓我想在小說裡寫出這一幕，雖然兩個故事裡的感受是不一樣的；謝謝給予我創作靈感的歌曲：從 Gus Dapperton 的《My Favorite Fish》（由 Tuayp 所翻唱的版本），一直到 The Walters

的《I Love You So》和《Sweet Marie》。

非常希望讀的人都能在《Forever you 光年之詩》上得到快樂，還有如果寂寞了，隨時都可以拿出來閱讀。

愛大家
Jitti

高寶書版集團
gobooks.com.tw

CRS016
Forever You 光年之詩
Forever you

作　　者　JittiRain
封面繪圖　Bindo
譯　　者　舒宇
編　　輯　賴芯葳
美術編輯　彭裕芳
排　　版　彭立瑋
企　　劃　方慧娟

發 行 人　朱凱蕾
出　　版　朧月書版股份有限公司
　　　　　Hazy Moon Publishing Co., Ltd.
地　　址　臺北市內湖區洲子街 88 號 3 樓
網　　址　www.gobooks.com.tw
電　　話　(02) 27992788
電　　郵　readers@gobooks.com.tw（讀者服務部）
傳　　真　出版部　(02) 27990909　行銷部 (02) 27993088
郵政劃撥　19394552
戶　　名　英屬維京群島商高寶國際有限公司臺灣分公司
發　　行　英屬維京群島商高寶國際有限公司臺灣分公司
初版日期　2022 年10月

國家圖書館出版品預行編目 (CIP) 資料

Forever you 光年之詩 /JittiRain 作；舒宇譯 . -- 初版 . -- 臺北市：朧月書版股份有限公司出版：英屬維京群島商高寶國際有限公司台灣分公司發行 , 2022.10
面；　公分 . --

譯自：Forever you

ISBN 978-626-7201-19-0(平裝)

868.257　　111015685